www.merlimerl.com

Meine Frau gab mir den Anstoß für dieses Buch.

Liebe Leser, ich hoffe,

ihr habt ebenso viel Spaß beim Lesen und Schmökern,

wie ich beim Schreiben hatte.

Der Autor

INHALTSVERZEICHNIS

Die Höhle lag im Halbdunkel und viele Magier hatten sich zu einer Zeremonie eingefunden. Sie bildeten einen großen Kreis um ein Pentagramm, das in ihrer Mitte auf dem Boden eingemeißelt war. Auf jeder Spitze dieser Abbildung erhob sich ein übermannshoher pechschwarzer Monolith, hinter dem sich jeweils ein weiterer Magier aufgestellt hatte. Sie alle zelebrierten ein mächtiges Ritual, das aus dem Ruder zu laufen begann.

Schließlich, mit einer gewaltigen geräuschlosen Explosion, wurde die Höhle in gleißendes Licht getaucht. Als das grelle Licht erlosch, stand ein Magier, einsam und verlassen in der Mitte des Pentagramms und sah sich verstört um.

»Hallo? Ist hier jemand?«

Kapitel 1
Das Findelkind

Es war ein schöner, lauer Abend. Olo, ein Zwerg in den allerbesten Jahren und vor kurzem 648 Jahre alt geworden, befand sich mit seinem besten Freund und Arbeitskollegen Toben, der gerade mal zweiundvierzig Jahre jünger war als er, auf dem Weg nach Hause. Sie kamen aus der Altstadt, genauer gesagt aus ihrer Stammgaststätte »Zum goldenen Amboss«. Dort hatten sie, wie jeden Abend, ihr Feierabendbier genossen und schlenderten nun gut gelaunt, den Abend genießend, nebeneinander her. Die beiden waren schon ewig gute Freunde und Kollegen. In der Behörde für Wissenschaft und Forschung arbeiteten sie, in der Abteilung für Metalle, Schmiedekunst und Erfindungen, eng zusammen. Hier wurden sie bei ihren Arbeitskollegen als hervorragende Mitarbeiter und Tüftler geschätzt.

Jetzt in der Abenddämmerung hatte die Verwaltungsbehörde, zuständig für Wetter, Licht und Umweltkontrolle und von den Zwergen auch kurz WeLiUm genannt, die Laternen eingeschaltet. Sie erhellten mittlerweile die ganze Gegend und tauchten die Umgebung in ein angenehm warmes Licht. In eine anregende Unterhaltung vertieft, überquerten die beiden den großen Versammlungsplatz, der sich vor der Regierungspyramide erstreckte. Auf der einen Seite lag, jetzt im Dunkeln, ihr Arbeitsplatz und natürlich noch die WeLiUm. Auf der anderen Seite, wo sie soeben herkamen, erstreckte sich, um diese Zeit hell erleuchtet, das Gewerbegebiet mit seinen kleinen Läden, Gaststätten und Pensionen.

Sie unterhielten sich über einige Veränderungen in ihrer Zwergenkolonie, die ein bescheidener Teil eines ausgedehnteren Höhlensystems war.

»Fantastisch, einfach fantastisch.«

Toben war stehengeblieben und betrachtete die Decke über seinem Kopf. Olo hatte nicht mitbekommen, dass Toben ihm nicht gefolgt war und, brummte nur ein müdes: »Was?«

»Was die WeLiUm alles schafft. Schau dir die Höhlendecke an, Tausende von Sternen. Ist das nicht immer wieder ein erhebender Anblick? Und erst das Flackern dieser kleinen Dinger! Wie am richtigen Nachthimmel. «

Olo sah genervt nach oben. Er war erschöpft und wollte nur schnell nach Hause. Allerdings musste er Toben Recht geben. Es war schon ein herrlicher Anblick. Neben den nun abgeschalteten großen Tageslichtkristallen gab es viele kleine Leuchtkristalle an der Decke, die einem den Eindruck eines echten Sternenhimmels vermittelten.

»Aber dies Geflacker … ob das normal ist?«

Ein eiskalter Schauer lief ihm über den Rücken, etwas Unbekanntes, Bedrohliches braute sich über ihren Köpfen zusammen. Er spürte es in seinen Knochen. Beunruhigt knurrte er:

»Komm, lass uns weiter gehen. Irgendwas stimmt hier ganz und gar nicht. Das spüre ich genau. Morgen Abend kannst du ja weiter die Decke anstarren.«

Toben riss sich von dem Anblick los und sah seinem Freund irritiert hinterher. Schließlich sputete er sich, um Olo einzuholen.

»Was hast du gesagt? Hier stimmt was nicht? Was meinst du damit?«, wollte Toben von ihm wissen.

»Nur ein Gefühl! Mehr nicht!«, brummte Olo und legte einen Zahn zu. Nachdenklich passte Toben sein Schritttempo dem des Freundes an.

Die beiden Zwerge hatten den Platz fast überquert, als sie plötzlich erschrocken zusammenzuckten. Ein heller Lichtblitz hatte sie geblendet. Irritiert blieben sie stehen.

Als Toben sich etwas gefangen hatte, wandte er sich verwirrt an Olo:

»Wow! Was war denn das! Ich wusste nicht, dass die WeLiUm in der Lage ist Blitze zu machen! Kommen jetzt auch noch Donner und Regen?«

»So'n Quatsch« brummte Olo und sah ihn kurz entgeistert an, ehe er sich umblickte, um die Quelle der Lichterscheinung auszumachen. Sein Blick fiel auf den riesigen Monolithen, ein pechschwarzes, kegelförmiges Objekt, das sich im hinteren Bereich des Platzes, genau gegenüber der Regierungspyramide befand. Ein merkwürdiges Glimmen ging vom Fuß dieses Gebildes aus, das dort, schon seit Zwergengedenken stand. Die beiden Zwerge sahen sich erstaunt an und hörten im selben Augenblick einen ohrenbetäubenden Lärm.

Zuerst erschraken sie. Als jedoch der erste Schock überwunden war, bewegten sie sich langsam auf das Geräusch zu. Zwerge sind zwar mutig, konnten allerdings auch besonders vorsichtig sein, wenn es notwendig war. Immer näher kamen sie der Lärmquelle bis: vor Erstaunen verschlug es ihnen einen Moment die Sprache und sie schnappten hörbar nach Luft. Damit hatten sie nicht gerechnet! Ein Körbchen, reich verziert und mit edelster Seide ausgeschlagen, stand vor dem Monolithen. Und noch etwas entdeckten sie: Ein kleines, goldfarbenes fliegendes Wesen. Es umkreiste ohne Unterlass den Korb. In dem lag ein Säugling mit weißblondem Haarschopf, hellblauen Augen und einem weit aufgerissenen Mund, aus dem der ohrenbetäubende Lärm kam.

Nun, sie hatten die Quelle des Radaus aufgespürt, der sie hierher gelockt hatte.

Das Kind lag, in Samt und Seide gehüllt, schreiend und strampelnd vor den beiden. Zu Füßen des kleinen Wurms erkannten Olo und Toben die Überreste eines zerbrochenen, goldenen Eis, die mit Hieroglyphen übersät waren. Am Kopfende, über dem Schreihals, pendelte ein reich verziertes Medaillon.

Die beiden sahen sich hilflos an, denn sie wussten nicht, was zu tun war. Nur eines war ihnen klar. Dem Winzling musste geholfen werden.

Olo näherte sich vorsichtig dem Korb und hob den stimmgewaltigen Säugling aus dem Korb. Nachdenklich betrachtete er den kleinen Wurm, während er versuchte, es zu beruhigen. Da kam ihm **die** Idee. Egal. Woher das Kleine auch stammen mochte, er würde es adoptieren und als sein Eigenes großziehen. Olo und seine Frau Tala hatten sich immer ein Baby gewünscht. Leider war ihre Ehe bis heute kinderlos geblieben – nun aber hatte das Schicksal ihnen ein Kleinkind geschenkt …

Und was für ein Kind ...

Kapitel 2
Am Anfang steht immer eine Frage.

Es war früh. Sehr früh. Viel zu früh. Dana, ein weißblondes, mit dem heutigen Tag, zehnjähriges wunderschönes Mädchen, wurde aus dem Schlaf gerissen. Sie konnte wegen des Gewichts, den ein kleines Wesen auf ihre Brust ausübte, und dem Krach, den dieses niedliche Ding veranstaltete, nicht mehr schlafen. Der Lärm, lautstark, disharmonisch und mit einer piepsigen Stimme vorgetragen, entpuppte sich als Geburtstagsständchen.

»Alles Gute zum zehnten Geburtstag,
Dein großer Tag ist heute –
es kommen viele Leute.
Du bist auf dieser Welt das liebste Wesen –
drum schenkt Shari dir auch einen schönen Besen.
Werden blau auch deine Haare –
oder lang die kleine Nase –
heut hat Shari dich besonders lieb,
und schenkt Dana noch einen kleinen Hieb.
Das Geburtstagsmenü verrät Shari dir nicht –
nun steh auf und tu deine Pflicht.

Zwischendurch, um ihrem Gedicht Nachdruck zu verleihen, knuffte Shari Dana sanft auf die hübsche Nase. Shari hieß eigentlich Naya Shari und wurde nur so genannt, wenn sie mal wieder Unfug angestellt hatte. Ihren Namen hatte sich das kleine geflügelte Wesen quasi selbst gegeben. Als sie mit Dana gefunden wurde, wisperte sie undeutlich immer so etwas ähnliches wie Naya Shari. Da aber alle die Kurzform ihres Namens besser fanden, wurde sie einfach nur Shari gerufen.

Nach der dritten Wiederholung des Geburtstagsständchens entschloss sich Dana, dem gutgemeinten Treiben von Shari ein Ende zu setzen. Sie öffnete die Augen und rief theatralisch:

»Aua!«, um dann Shari anzustrahlen und lachend zu sagen:

»Danke für das Geburtstagsständchen, – ich wünsche dir ebenfalls alles Gute zum Geburtstag!« Sie rieb sich die malträtierte Nase. »Hast du das selbst gedichtet?«

»Klar ...«, trällerte Shari und strahlte in einem wundervollen Weiß.

Man konnte leicht an der Farbe und der Helligkeit ihres Leuchtens die Stimmung und die Laune des kleinen Wesens ablesen. War sie glücklich und guter Laune, strahlte sie in einem herrlichen weißen Licht. Je schlechter sie sich fühlte oder wenn sie übel gelaunt war, wurde ihr Leuchten immer dunkler – bis hin zum Rot. Bei Dunkelrot war es besser sie nicht mehr anzusprechen, sondern nur noch den Kopf einzuziehen und in Deckung zu gehen.

Dana ließ ihren Blick durch den Raum wandern und schaute über die Bettkante in die Tiefe der Wohnhöhle, die, wie sie heute fand, recht groß wirkte. Jeder in der Familie hatte seine eigene Schlafbucht, sogar Shari. Natürlich war ihre viel kleiner, aber es war immerhin ihre eigene. Ihr Zuhause war nichts Besonderes: ein Wohnraum mit einer offenen Feuerstelle und einem Bad, ein Durchgang zum Garten. Das war es auch schon. Wie gesagt, nichts Umwerfendes, aber sie liebte diese Höhle.

Ein großer Tisch, der zurzeit reichlich gedeckt war, nahm den Großteil des Raumes ein. Von der Feuerstelle her schwebte ein wohlriechender Duft quer durch den Raum. Tala ihre Ziehmutter, kochte etwas leckeres. Sie war klein, grauhaarig, mit leuchtend silbergrauen Augen, in der typischen Zwergenmontur: klobige Schuhe, Lederhose, Lederweste und ein kariertes Hemd. Zwerge haben es nicht so mit der Mode, es sollte nur praktisch sein. Der Raum endete, gegenüber von Danas Schlafbucht, an einer schweren Holztür, die in die Zwergenstadt führte.

Sie hatte erst vor kurzen ihren 502. Geburtstag gefeiert und fühlte sich jung und legte besonderen Wert darauf, das auch andere sie so sahen. Vor fast zehn Jahren, als Olo auf einmal mit dem kleinen Säugling vor der Tür gestanden hatte, hatten sich gemeinsam entschlossen, Dana als ihr eigenes Kind aufzuziehen, weil Ihnen selbst das Glück eigene Kinder zu bekommen verwehrt geblieben war.

Niemand hatte eine Ahnung, woher Dana und Shari gekommen waren oder welcher Gattung sie angehörten. Man wusste nur, sie waren keine Zwerge. Tala war gerade dabei, für ihre Geburtstagskinder den Tisch zu decken und das Frühstück vorzubereiten. Über dem Feuer hing ein großer Kessel, dessen herrlich duftender Inhalt leise vor sich hin köchelte. Sie hantierte dort mit Töpfen, Tellern, Tassen und Pfannen und schimpfte, wie jeden Morgen, leise vor sich hin.

»So ein junges Ding ... kaum zweihundertzwölf Jahre alt und macht meinen Job – mindestens **vierhundert Jahre** sollte man sein, aber mindestens!«

Seit sie aus dem Schuldienst entlassen worden war, wirkte sie unzufrieden und zog immer wieder, wenn sie meinte allein zu sein, über ihre Nachfolgerin her. Doch die nun reichlich bemessene Freizeit hatte auch ihr Gutes, denn diese kam nun Danas Ausbildung zugute, die durch diesen Umstand sehr viel Wissen vermittelt bekam. Dass Tala kaum noch Zeit für sich selbst hatte, störte sie kaum, denn wie jede Zwergenmutter würde sie alles für ihre Kinder tun – und ihre Kinder waren eben Dana und Shari.

Olo musste wohl schon zur Arbeit gegangen sein, denn er war nirgends zu sehen. Dana schubste Shari von ihrer Brust und schwang ihre schlanken Beine aus der Schlafbucht auf den schmalen Sims, der vor den Schlafplätzen verlief. Danach balancierte sie, sportlich wie sie nun einmal war, geschickt zu ihren Kleidern hin, die, wie gewöhnlich, neben ihrer Schlafbucht hingen. Anschließend kletterte sie weiter, hinunter zu Tala und fiel ihr um den Hals. Was nun wirklich nicht allzu schwer war, da die Zwergin fast genau so groß war wie sie.

»Guten Morgen Ma.«

Dana war seit Langem bewusst, dass Olo und Tala nicht ihre Eltern waren. Es hielt sie aber nicht davon ab, die beiden Ma und Paps zu nennen.

»Was gibt es heute Besonderes?«, erkundigte sie sich nach der stürmischen Begrüßung und verschwand im Badezimmer, ohne die Antwort abzuwarten.

Badezimmer war vielleicht etwas übertrieben, es war eher ein schlichter Waschraum mit Schüsseln, Kannen, einem winzigen Spiegel und einem Plumpsklo.

Zehn Minuten später saß Dana am Küchentisch. Shari, die natürlich zu klein war, um ebenfalls dort zu sitzen, hatte von Olo einen Tisch mit Stuhl in Miniaturgröße angefertigt bekommen. Diese Sachen waren so abgestimmt, dass sie hervorragend auf den großen Tisch passten, so dass Shari auch alles im Blick hatte. Beide harrten nun der Dinge, die da kommen würden.

Den beiden Geburtstagskindern gegenüber stand ein stattliches, sauber verpacktes Paket. Shari, die sehr neugierig war, wollte das Paket sofort untersuchen. Sie wurde aber, zu ihrem Leidwesen, immer wieder mit den Worten: »Es ist **kein** Geburtstagsgeschenk!«, von Tala verjagt und musste sich zurück an ihren Tisch setzen.

Verärgert darüber, dass sie zum x–ten mal auf ihren Platz gejagt wurde, veränderte sich zusehends ihr Gemütszustand. Ihr strahlendes Leuchten von eben verblasste und wechselte zu einem hellen Grau. Es bedeutete nichts Gutes. Man konnte direkt zusehen, wie sich mit der Farbveränderung die Laune der kleinen Fee verschlechterte.

Zum Glück war Tala eine sehr gute Köchin, so dass Shari abgelenkt wurde und ihr das Wegjagen schnell verzieh. Und was sie heute wieder zubereitet hatte, war königlich.

Tala zählte auf:

»Als Vorspeise: Ranunkel Suppe.
Danach als Hauptspeise:
Erdäpfelschnitzel in Honigsoße,
dazu ein besonderes Getränk:
Eiskakao mit Sahne und Schnittlauchröllchenstreusel
Und zum Abschluss Kuchen:
Möhrenkuchen mit Erbsenstreusel.
Danach die Krönung des Ganzen das Dessert:
Karamellbonbon in Pfefferminzhülle.«

Der Nachtisch entlockte Dana und Shari Jubelschreie, da es solche Süßigkeiten recht selten gab.

Nachdem sie zu Ende gefrühstückt hatten und das Geschirr abgeräumt war, stellte Dana wie schon so oft all die wichtigen Fragen, die ihr schon so lange auf dem Herzen lagen.

»Ma, wer bin ich, woher komme ich und warum bin ich nicht so wie die anderen?«

Früher hatte Tala es geschafft diesen Fragen immer auszuweichen, doch heute war sie bereit, ihrer Tochter Rede und Antwort zu stehen. Sie sah ihre Tochter eine Weile schweigend an. Schließlich räusperte sich kurz und begann zu erzählen, wobei sie anfing, das stattliche Paket von dem Papier zu befreien.

»Wie du ja weißt, wurdest du vor fast zehn Jahren, unter mysteriösen Umständen, von Olo und seinem Freund Toben neben dem großen Monolithen gefunden. Du und Naya Shari, ihr seid zusammen hierher gekommen. Keiner weiß, wie und warum.

Wir haben in den Zwergenarchiven nach Anhaltspunkten über eure Herkunft geforscht und nichts gefunden. Nur zu deinem Medaillon gab es etwas. Es gehört anscheinend zu einer uralten Zauberkaste, die vor einigen tausend Jahren, eine ganze Weile mit uns in diesem Höhlensystem zusammenlebte. Eines Tages verschwanden sie ohne eine Spur zu hinterlassen. Du und Shari, ihr scheint eine Einheit zu sein – doch wie ihr zusammengehört? – Keiner weiß es... noch nicht! Vielleicht bekommst du es ja irgendwann heraus.«

Hier legte sie eine kurze Pause ein, bevor sie weiter sprach.

»So haben wir euch aufgenommen, nachdem der Große Rat der Zwerge uns die Zustimmung gegeben und die Verantwortung für euch übertragen hat.

Auf jeden Fall gehört das Medaillon, das kaputte, goldene, mit Hieroglyphen verzierte Ei, aus dem wohl Shari geschlüpft ist, der Korb und du zusammen ... Jetzt bist du alt genug, um es zu erfahren und die Utensilien deiner Vergangenheit **und** wahrscheinlich auch deiner Zukunft zu erhalten.«

Nach diesem Vortrag schob Tala Dana einen prächtigen verzierten Korb entgegen, den sie mittlerweile ausgepackt hatte. Sofort lag eine greifbare Spannung in der Luft. Sie wusste schon lange, dass sie etwas Besonderes war. Kurz nach ihrem neunten Geburtstag traten die ersten Eigentümlichkeiten auf – sie konnte mit Tieren sprechen. Es begann mit einem leisen Wispern. Mit der Zeit konnte sie immer besser verstehen, was die Tiere sprachen und nach einer Weile verstand sie deren Sprache so gut wie ihre eigene. Dana und Shari sahen Tala eine Zeit lang schweigend an. Schließlich begannen die beiden Geburtstagskinder den Inhalt des Korbes behutsam auszupacken.

Als Erstes fiel Dana ein wunderschönes Schmuckstück auf, das sie sofort in die Hand nahm. Es fühlte sich warm an und bestand aus einem pechschwarzen, in Gold eingefassten, flachen Stein.

»Es scheint dem Monolith auf dem Versammlungsplatz sehr ähnlich zu sein!«, murmelte Dana ehrfurchtsvoll.

Sobald sie es berührte, schien das Medaillon zum Leben zu erwachen. In ihm begannen kleine »Sterne« zu leuchteten und zu blinken, verschwanden nach kurzer Zeit wieder, um dann von neuem ihr Lichterspiel zu beginnen. In dem Schmuckstück waren zwei Wesen aus purem Gold und mit rubinroten Augen eingearbeitet. Man sah einen geflügelten Löwenkörper mit einem Adlerkopf und einen feuerspeienden Drachen, die miteinander kämpften. Dana sah Tala fragend an.

»Darf ich es anlegen?«, wollte Dana aufgeregt wissen.

»Aber ja.«, flüsterte Tala mit Tränen in den Augen. Irgendwie fühlte sie, dass nun das Leben ihrer Tochter komplizierter und vielleicht auch gefährlicher werden würde. Wer weiß, was Dana in der Zukunft alles erwartete. Sie kannte ihr Kind ja recht gut und wusste um ihre Neugier.

Als Dana das Medaillon anlegte, spürte sie sofort die Veränderung. Die Verwandlung war nach außen hin nicht zu sehen, doch sie und Shari spürten es sofort. Beide konnten sich jetzt verständigen ... ohne auch nur ein Wort laut auszusprechen. Sie waren geistig miteinander verbunden.

Dana hatte sich eine Reaktion gewünscht, vielleicht sogar erwartet, dass sie zu ihrem zehnten Geburtstag neue

Fähigkeiten bekommen würde, eventuell mit Blumen sprechen oder so etwas. Aber Gedankenvereinigung, das war um einiges besser als was sie sich erhofft hatte.

Eifrig und in freudiger Erwartung packten beide den Korb weiter aus. Sie fanden jedoch, außer den bewussten, mit Hieroglyphen bedeckten, goldenen Eierschalen, nicht viel mehr. Da war nur noch ein seidenes rosafarbenes Kopfkissen mit gleichfarbiger Bettdeckc, in dem ein, mit goldenen Fäden, eingestickter Name stand.

Dana

Tala begab sich schwermütig in die Küche und überließ die Geburtstagskinder sich selbst. Die beiden untersuchten unterdessen aufgeregt die Reste des goldfarbenen Eies während sie sich lebhaft darüber unterhielten, was sie heute alles gehört hatten. Irgendwann begann Dana, die Hieroglyphen von den Resten der Eierschale, auf einen Zettel zu übertragen. Anschließend verstaute Dana den Zettel sorgfältig. Damit nichts von den Scherben kaputt oder verloren gehen konnte, deponierte Dana diese in einer mit Wolle ausgelegten Schachtel.

Es gab ein großes Geheimnis und es betraf sie und ihre kleine fliegende Freundin, und sie, Dana, würde es irgendwie und irgendwann lösen.

KAPITEL 3
Die Geburtstagsüberraschung

Es klopfte an der Tür. Noch bevor jemand herein sagen konnte, wurde die Tür aufgerissen, und ein junger dunkelhaariger Zwerg stürmte in den Wohnraum. Es war Gomek, ein neununddreißigjähriger Prachtkerl seines Stammes. Von der Statur her glich er mehr einem Menschen ... mehr Dana. Sportlich und zu seinem Leidwesen auch noch gut aussehend ließen ihn die jugendlichen Zwerge spüren, dass dies unter ihresgleichen als Makel galt. Bei den Zwergen wurde Schönheit schon immer mit Grobschlächtigkeit und herbem Erscheinungsbild verwechselt. Das störte hier, in Danas Zuhause, aber niemanden. Er war schließlich ihr bester und einziger Freund.

Sie wurden beide von den Zwergenkindern und –jugendlichen gemieden oder gehänselt, da man sie, missverständlicherweise, für andersartig, neunmalklug und unansehnlich hielt. Gomek galt nach Zwergenmaßstäben bis zu seinem 40. Geburtstag als Kind und konnte erst dann eingeschult werden.

Man hatte versucht, die jungen Zwerge früher an die Schule zu gewöhnen, aber sie waren einfach zu hibbelig und unkonzentriert. Also schulte man sie danach ein. Es folgte eine vierzigjährige Ausbildung, ihre Schulzeit und die Vorbereitung auf einen Beruf. Anschließend galten sie erstmals als halbwüchsig, um schließlich irgendwann zum Erwachsenenanwärter aufzusteigen. Nach einer weiteren 40 Jahren andauernden Anwartschaft, in der sie sich in ihrem Handwerk fortbildeten, erreichten sie die Volljährigkeit. Er war folglich noch ein junger Springinsfeld. Er begrüßte kurz

Tala und fiel dann Dana um den Hals, um ihr zum Ehrentag zu gratulieren.

Sharis Aura verdunkelte sich. Sie hielt nichts von Gomek und meinte, er wäre ein kleiner Spinner. Durch ihre neue Fähigkeit bekam Dana es sofort mit und rief sie zur Ordnung. Sie sollte heute mit keinem aneinandergeraten, schon gar nicht mit Gomek, mit dem die kleine Fee sonst gerne einen Streit vom Zaun brach.

»Alles Gute zum Geburtstag«, begrüßte er sie. Dana sah ihn strahlend an und freute sich über den unverhofften Besuch.

»Vielen Dank! Aber … musst du heute gar nicht zur Arbeit oder hast du dir freigenommen?!«

Gomek war da nicht anders als seine Altersgenossen. Sie brauchten die Arbeit wie die Luft zum Leben. Sie durften und wollten unbedingt ab dem zehnten Lebensjahr, und weiter bis zu ihrer Einschulung, einer Beschäftigung nachgehen. Außerdem werkeltn sie gerne für die Gemeinschaft.

»Nein, ich muss gleich los. Ich wollte dir nur zum Geburtstag gratulieren. Wir sehen uns ja heute Nachmittag!« Schnell übergab er ihr sein Geburtstagsgeschenk und war auch sofort wieder weg.

»Nun habe ich mich gar nicht für sein Geschenk bedankt. Na ja, ich treff ihn ja später«, murmelte Dana leise vor sich hin und wandte sich dabei ihrer Ma zu, die gerade Anstalten machte, mit ihr zu sprechen:

»Also, Dana, dein Vater hat noch eine Überraschung für dich. Er erwartet dich im Ministerium und wird dir alles selber erzählen«.

Dana fiel Tala um den Hals und verabschiedete sich von ihr, stürmte zur Wohnungstür, riss sie auf, um anschließend im Halbdunkel der Tunnelbeleuchtung zu verschwinden. Dicht gefolgt von Shari. Äußerst beunruhigt sah Tala den beiden hinterher. »Hoffentlich passt sie gut auf sich auf?«, murmelte sie schluchzend. Langsam schloss sie die Tür und wandte sich wieder ihrer Hausarbeit zu.

Draußen sah sich Dana um. Sie befand sich am Ende einer engen Sackgasse, natürlich mit Steindecke. Also ein ausgebauter Tunnel, der einer Gasse nicht unähnlich war. An beiden Seiten des Durchgangs zweigten weitere Unterkünfte ab, deren Türen allerdings geschlossen waren.

Ihr Gässchen lag in dem ältesten Teil der Zwergenstadt. Es war, wie die abzweigenden Wohnungen, kunstvoll aus dem uralten Kalksandstein herausgehauen worden. Das Ministerium hatte Olo und seiner Frau des Öfteren eine »Neubauwohnung« angeboten. Aber er hatte es immer abgelehnt und gesagt, dass er und seine Familie an diesem Ort schon seit Ewigkeiten wohnen würden und es auch so bleiben solle.

Kleine Straßenlaternen an den Häuserwänden tauchten den Weg in ein warmes Licht. Shari strahlte so hell vor Ungeduld, dass die Straßenbeleuchtungen etwas blass neben ihr wirkten. Das war ihre Art sich zu freuen, wenn sie mit Dana zum Stadtzentrum und zu dem großen Versammlungsplatz aufbrach. Es war immer wieder neu und so interessant.

Von ihrem Zuhause, »Alte Gasse Nr. 7«, bis zum Platz brauchten Dana und Shari nur durch drei weitere Gassen zu laufen und erreichten innerhalb von fünfzehn Minuten den Platz. Dann bogen sie um eine Ecke und der weitläufige Versammlungsplatz lag in seiner ganzen Pracht vor ihnen. Sie standen am Eingang zu einer riesigen Höhle. Sie war mindestens vierzig Meter hoch und erstreckte sich zu ihrer Linken, weit über ihr Blickfeld hinaus, weiträumig aus.

Die Häuser beidseitig des Platzes waren mit prachtvollen Verzierungen aus dem Stein herausgearbeitet worden. Stattliche Bögen trugen die umlaufenden Balkone der ersten Etage, so dass die Gehwege überdacht unter ihnen hindurch führten. Die Gebäude besaßen alle eine, reichlich mit Gold und Edelsteinen, verzierte Fassade. Es war allgemein bekannt, dass Zwerge keinerlei Wert auf materielle Dinge legten. Und so verwendeten sie die bei ihren Erdarbeiten gefundenen Edelsteine und das Gold zur Verschönerung ihrer Stadt.

Da es im Reich für jeden eine Beschäftigung gab und alle sich für die Gemeinschaft betätigten, benötigte keiner Geld, Gold oder Edelsteine. Außer natürlich für den Handel mit Außenstehenden. Die Fenster und Türen waren mit Holzschnitzereien aufwendig verziert und mit Blattgold ausgelegt. Kleinformatige, wunderschön geschliffene Brillanten unterbrachen in regelmäßigen Abständen die Schnitzereien. Links vom großen Platz, hinter der ersten Häuserzeile, die mit den kleinen Läden, Pensionen und Gaststätten, schloss sich das Handwerkerviertel an. Dort, in den schmalen Gässchen hatten sich viele Handwerker niedergelassen. Vom Goldschmied über Edelsteinschleifer, vom Tischler bis zum Schneider, hier war alles Vertreten. Im Anschluss daran kam noch das »Neubauviertel« – die Oberstadt.

Es war ein herrlicher Anblick, den Dana jedes Mal von neuem genoss, während Sharis Interesse mehr den Ladenzeilen galt. Sie flog jedes Mal sofort zu einem Laden, in dem es etliche Sorten von Honig gab, um etwas Süßes abzustauben. Dana folgte ihr nicht. Sie wusste, Shari würde ihr auch etwas zum Naschen mitbringen.

Sie setzte sich lieber auf eine Bank am Rande des ausgedehnten Platzes und beobachtete das Treiben vor der

Regierungspyramide. Hinter ihr ragte, pechschwarz und ein wenig bedrohlich, der große Monolith auf. Hier saß sie immer wieder gerne und betrachtete die atemberaubende Kulisse. Majestätisch fügten sich die gewaltigen Säulen der imposanten Höhle in dieses märchenhafte Bild ein.

Dana bewunderte die Leistung der Zwerge, die diese Stützen in regelmäßigen Abständen aus dem Felsen gehauen hatten. Sie bildeten durch ihre Abstimmung zueinander riesige Vierecke, die sich gegenseitig stützten und so die Decke hervorragend abstützten. In der Mitte jedes Quadrates befand sich ein großer Leuchtkristall, der taghelles, mildes und behagliches Licht in der Höhle verbreitete.

»Die Kristalle sind ein guter Ersatz für die Sonne«, murmelte Dana. »Tolle Erfindung! Diese Dinger wärmen nicht nur, sondern sie lassen auch die Pflanzen blühen und gedeihen.«

Das wusste sie aus Erzählungen der Erwachsenen, obwohl sie noch nie die Sonne gesehen hatte. Dann fiel ihr Blick wieder auf die Stufenpyramide, den Sitz der Regierung und des Königs. Sie war überwältigend und bildete den Abschluss des Platzes. Sie überragte die umliegenden Gebäude um ein Mehrfaches und wie es sich für eine gute Pyramide gehört, wurde sie über mehrere Etagen immer schlanker. das Bauwerk war etwas besonderes. Die Erbauer, vermutlich die Zwerge, hatten lediglich die Vorder– und die Seitenteile vor der Felswand errichtet. Die einzelnen Absätze der Stufenpyramide ermöglichte den Zugang zu der Felswand. Von jeder dieser so entstandenen Terrassen führte jewails links und rechts ein Eingang, den man in den Felsen getrieben hatte, zu den einzelnen Regierungsbüros. Die Spitze der Pyramide bildete ein reich verzierter, goldener Torbogen. Dieser war der

Durchgang zum Thronsaal und zu den Privatgemächern des Zwergenkönigs.

Dana verglich im Geiste die Pyramide mit den anderen Gebäuden in der Stadt. Es gab nichts Vergleichbares.

»Woher haben die Zwerge bloß die Idee für dieses Bauwerk?«, sinnierte sie.

Auf der rechten Seite lagen die Behördengebäude. Ja, auch Zwerge benötigen Verwaltung und dort hatte auch Olo seinen Arbeitsplatz. Dicht daneben, durch eine kleine Gasse getrennt, lag verschlafen das Museum mit der alten Bibliothek. Folgte man der Gasse, erreichte man die Labore, die Minen und Lagerräume. Man musste ja schließlich für schlechte Zeiten gerüstet sein. Traurig betrachtete Dana das Museum. Dort durfte sie nicht hinein, sie war noch zu jung.

Dana langweilte sich mittlerweile. Da Shari immer noch nicht zurück war, begann sie die gusseisernen Laternen zu zählen, die den Platz umsäumten. Danach betrachtete sie die beeindruckenden Mosaike, die überall auf dem Boden des Platzes zu sehen waren: durchweg angefertigt aus winzigen, verschiedenfarbigen Schmucksteinen.

Die Bilder erzählten die Geschichte der Zwerge, wie sie vor vielen tausenden von Jahren das Gebirge fanden und diesen Teil des weitläufigen Höhlensystems für sich als Lebensraum erschlossen hatten. Es gab Bildergeschichten, die Zwerge darstellten, wie sie gegen Ungeheuer und Drachen, Goblins und Trolle kämpften ... und natürlich siegten. Weitere Darstellungen zeigten Zwerge, die Berg– und Ackerbau und Viehzucht betrieben, und wiederum andere berichteten von Begegnungen mit Völkern aus der Außenwelt. Es gab auch Bilder von Tieren, die es nur in der Welt außerhalb des Gebirges gab.

»Es musste eine wilde Zeit gewesen sein«, überlegte Dana. Noch während sie die Bilder betrachtete, spürte sie ein leichtes Kribbeln im Nacken und das Medaillon erwärmte sich ein bisschen. Sie fasste nach dem Schmuckstück und sah sich um. Hinter ihr befand sich doch nur der Monolith, in dessen Nähe sie sich die ganze Zeit aufgehalten hatte. Dieser schien kurz aufzuleuchten – oder hatte sie sich das nur eingebildet?

Noch bevor Dana darauf reagieren konnte, kam Shari mit einer Handvoll Honigdrops zurück. Sie schreckte aus ihren Gedanken hoch, als die kleine Fee sie anstupste und ihr ein paar Honigdrops in die Hand drückte. Das merkwürdige Gefühl und die Wärme des Medaillons waren indes verschwunden.

Sie merkte erst jetzt, wie spät sie dran war. Sie sprang von der Bank hoch und lief auf das Bürogebäude zu, in dem ihr Vater arbeitete.

Ein goldenes Schild im Eingangsbereich wies das Gebäude als Behörde für »Wissenschaft« aus. In der Eingangshalle hing eine weitere, viel größere Tafel, wo die einzelnen Fachrichtungen und ihre Mitarbeiter aufgeführt waren, um den Weg zu weisen. Die Richtung zu Olos Abteilung war natürlich auch aufgelistet.

»Schmiede und Erfindung – erster Stock – Bereich 2 – Zimmer 4«.

Sie kannte den Weg zu der Abteilung, in der Olo arbeitete, gut und brauchte die an der Tafel abgebildete Wegbeschreibung nicht. Sie sah sich kurz in der Halle um. Das ganze Gebäude war in einem Stück, mit viel Liebe zum Detail, aus dem Felsen herausgearbeitet worden. Der Fußboden war, wie schon der große Platz, mit alten, aus bunten Steinen hergestellten, Bildern verziert. Die Abbildungen zeigten

Zwerge mit ihren Errungenschaften aus Wissenschaft und Technik.

An den Wänden zeigten Bilder, unterbrochen von Verzierungen aus Gold und Edelsteinen, die Vorsitzenden dieser Behörde. Dana und Shari stiegen die Treppen hoch, wobei Shari natürlich flog. Die beiden wandten sich nach links und folgten dem Gang fast bis zum Ende. Immer wieder blieb Dana stehen und betrachtete die herrlichen Wandgemälde. Sie glichen jenen aus der Vorhalle. Doch zeigten diese ausnahmslos Zwergen mit ihren Erfindungen und wissenschaftlichen Entdeckungen.

Es gab auch Bilder von Zwergen, deren Entwicklungen etwas daneben waren, wie die von »Zeg dem Unterbelichteten«, der einen Steinhobel erfand, um Sand herzustellen, oder seinem Bruder »Zog dem Hohlen«, der danach den Sand in Amphoren abfüllte, um ihn so »platzsparend« zu stapeln.

Dana erreichte nun die Tür zu den Räumlichkeiten ihres Vaters, klopfte an und wartete, dass jemand sie hereinbitten würde. Sie musste nicht lange darauf warten, bis die Tür aufging. Toben, Olos Freund und Arbeitskollege und Danas »Pate«, öffnete und ließ sie eintreten.

Im selben Augenblick erscholl ein Chor aus kräftigen Zwergenstimmen, die ein Geburtstagslied zum Besten gaben, keinesfalls schön, aber laut. Zwerge können unzählige Dinge, singen gehört wohl nicht dazu. Dana blieb gerührt in der Tür stehen und wartete geduldig, bis das Ständchen der Zwerge beendet war. Sie war der Liebling der ganzen Abteilung und hatte bereits mit ihrem jugendlichen Wissen einige Erfindungen und Experimente vorangebracht.

Shari war viel zu aufgeregt, um zu warten, und flog zu einer Maschine in der Ecke, die große, bunte Seifenblasen produzierte. Es war eine von Danas Erfindungen.

Beunruhigt schaute sie ihrer kleinen Freundin hinterher.

»Hoffentlich kann sie sich heute benehmen.«

Sie beobachtete Shari weiter und erfreute sich gleichzeitig an den Seifenblasen, um sich von dem, immer lauter werden gut gemeinten „Gesang“, abzulenken.

»Paps hat das Problem mit der Beständigkeit der Blasen wohl gelöst. Sie gehen nicht sofort kaputt, wenn man sie berührt, sondern lösen sich erst nach einiger Zeit auf. Klasse!«, dachte sie, während der Gesang unangenehm in ihren Ohren schmerzte. Sie zwang sich dennoch ein Lächeln ab.

Inzwischen hatte der Chor der Mitarbeiter zu Ende gesungen und bedrängten nun Dana, um ihr persönlich zu gratulieren. Zuletzt kam Olo und schloss sie in seine kurzen aber kräftigen Arme:

»Alles Liebe und Gute zu deinem Geburtstag!«, sagte er mit einer angenehm tiefen Stimme und sprach mit einem Augenzwinkern weiter:

»Wir haben, auf Wunsch einer kleinen Lady, die Blasenmaschine perfektioniert. Freust du dich darüber? Es ist ja deine Erfindung.«

»Perfekt, Paps«, freute sich Dana. »Woher wusstest du, dass wir ...?«

»Mutter hat uns gewieselt.«

»Aha ..., und wo ist „**Frau Hurtig**“ jetzt?« Dana sah sich suchend um.

»Sie wird sich wohl irgendwo den Bauch vollschlagen!«, entgegnete Olo.

»Frau Hurtig« war ein Wiesel und gehörte zur Familie. Wiesel, Iltisse und Frettchen beförderten bei den Zwergen die Post und private Mitteilungen. Wer sich kein Tier hielt, benutzte »Die Nager Post«. Dort konnte man die Tiere zur Nachrichtenübermittlung ausleihen. Nachdem das geklärt war, schaute Olo sich suchend um.

»Wo ist dein kleines goldenes Libellchen? Wir haben ein paar kleine Geschenke für euch beide.«

Hier in der Abteilung war Sharis Spitzname »Gold–Libellchen«, weil keiner wusste, welcher Rasse sie angehörte und ihre Flügel an Libellenflügel erinnerte.

Dana sah sich nach Shari um und entdeckte sie, wie sie mit den Seifenblasen spielte und ihnen hinterher jagte. Sie rief Shari mit ihrer neuen Fähigkeit. Trotzig, wie sie nun mal war, folgte Shari nur widerwillig, kam schließlich aber doch angeflattert.

Shari setzte sich auf Danas Schulter und ließ sich tragen. Das Herumtollen mit den Blasen hatte sie wohl tatsächlich etwas ermüdet. So folgten beide Olo zu einem hübsch geschmückten Tisch, wo ein paar kleine Aufmerksamkeiten und ein Kuchen auf sie warteten. Shari, die viel zu aufgeregt war, um zu warten, durfte ihr Geschenk als Erste aufmachen. Es war eine aus Spinnenseide gefertigte Kombination, bestehend aus einer silbrig–weißen Weste und der dazu passenden Hose.

Shari musste sie sofort anprobieren und beides passte wie angegossen. Selbst die Löcher für die Flügel saßen an der richtigen Stelle. Dana, die währenddessen ihr Geschenk ausgepackt hatte, hielt nun ihrerseits einen Zweiteiler in Händen, selbstverständlich in ihrer Größe und die Seide ein paar Lagen dicker.

Olo erklärte ihnen: »Das Geheimnis um die Verarbeitung der Spinnenseide und die Herstellung von Kleidern aus dieser besonderen Naturseide kennt nur noch eine Zwergin im ganzen Reich. Die Seide haben meine Kollegen und ich über Jahre in den Höhlen gesammelt. Sie ist absolut reißfest, feuerbeständig und schmutzabweisend und wächst mit euch mit. Und die Kleidung ist ... – unkaputtbar – also ideal für euch beide. Außerdem kann Shari nicht ewig halbnackt durch die Gegend fliegen.«

Da nicht viele nahe genug an Shari herankamen, wussten auch nur wenige, dass Shari mit einem sehr kurzen, goldfarbenen Fell bedeckt war. Das Haarkleid reichte vom Hals bis zu den Fußknöcheln. Es sah von weitem wirklich so aus, als sei sie unbekleidet. Die einzigen »nackten Stellen« an ihr befanden sich nur im Gesicht, den Händen und an den Füßen, die natürlich auch golden glänzten.

Nachdem nun beide ihre neuen Sachen angezogen hatten, mussten sie sich von allen bewundern lassen. Selbstredend passte Dana die Kombination wie angegossen und sie betonte zusätzlich ihre durchtrainierte Figur. Anschließend, nach dieser Modenschau, wurde der Kuchen aufgeschnitten und ein süßes Honiggetränk dazu serviert. Danach öffnete Dana die beiden Gutscheine, die noch auf dem Tisch lagen.

Der erste enthielt eine Einladung zum Besuch des Museums. Dana wusste, dass der Aufenthalt dort eigentlich nur für erwachsene Zwerge oder Schulklassen genehmigt wurde. Und der zweite beinhaltete ein weiteres Einladungsschreiben für die nächste Expedition in die Tiefen der Höhlen.

Nachdem sie das vorgelesen hatte, kam ein Mitarbeiter von Olo und überreichte ihr einen kleinen Rucksack. Er enthielt einige Utensilien für Geologen. Geologie war eins von Danas

Steckenpferden, das wussten alle. Der Ranzen bot, neben den Sachen, die Geologen nun mal brauchen, wie Pinsel, Lupe und einem kleinen Hammer, zusätzlichen Platz für Essen und Getränke.

Dana war richtig stolz und bedankte sich überschwänglich bei ihrem Vater und seinen Mitarbeitern. Sie sah sich nach Shari um. Die düste immer noch durch den großen Saal und jagte hinter den Seifenblasen her, um sie zu fangen. Viele der Mitarbeiter waren mittlerweile an ihre Arbeit zurückgekehrt. Sie bedienten Glaskolben, Rädchen und Kompressoren, die auf den verschiedenen Tischen verteilt waren. Sie waren nun wieder mit den unterschiedlichsten Experimenten beschäftigt. Dana sah sich das Treiben eine Weile an, als sie von Toben angesprochen wurde:

»Wie sieht es mit dir aus, bereit für das Museum? Ich bin für heute dein Begleiter. Olo muss leider noch einige Vorbereitungen treffen, da wir heute Nachmittag gemeinsam mit Dir auf Expedition gehen. ... Freust du dich schon darauf? ... Aufs Museum meine ich?«

Dana sah Toben grinsend an. »Klar! Schade nur, dass Paps so beschäftigt ist. Dafür habe ich ihn ja heute Nachmittag für mich ... Was ist eigentlich mit Gomek? Ich hatte ihm versprochen, dass er den Nachmittag mit uns verbringen kann!«, wollte sie unbedingt wissen. Toben schmunzelte:

»Mein Neffe hat für die Expedition freibekommen. Also wird er uns heute Nachmittag begleiten.«

Nun, nachdem das auch geklärt war, freute sie sich auf das, was vor ihr lag. Sie rief Shari und ergriff Tobens Hand.

»Lass uns gehen und erkläre mir alles.«

Kapitel 4
Das Museum

Sie verließen die Abteilung und nahmen den gleichen Weg zurück, den Dana vor knapp zwei Stunden gekommen war. Mittlerweile hatte sich auch Shari wieder eingefunden. Total erschöpft saß sie nun auf Danas Schulter und freute sich auf den Museumsbesuch, sie war schließlich ebenfalls noch nie dort gewesen. Sie durchschritten die Vorhalle und betraten den großen Platz, wo der Kristall sein warmes Licht verbreitete. Toben blieb stehen und wandte sich ihr zu. Er bot Dana höflich seinen Arm an. Freudig hakte sie sich unter und ging mit ihm auf den Haupteingang des Nachbargebäudes zu. Sie blieben kurz davor stehen und lasen, was auf dem goldenen Schild stand:

<u>Museum und Bibliothek</u>
Durchgehend geöffnet außer an Feiertagen.
Einlass nur für Erwachsene ab 120 Jahre
Schulklassen in Begleitung erwachsener Zwerge
und D A N A

Dana las es laut vor und gluckste vor Glück. Schließlich sah sie Toben gespannt an.

»Wie habt ihr denn das geschafft? Muss da nicht die Regierung zustimmen?«

Toben grinste. »Wir sind die Besten und uns kann man kaum einen Wunsch abschlagen. Nun komm.«

Sie betraten den mit weißem Marmor gepflasterten Vorraum. Dana blieb augenblicklich stehen, um die an beiden Seiten des Raumes befindlichen, riesigen Wandgemälde zu betrachten. An der linken Seite war ein schneeweißer, fliegender Pegasus abgebildet. Er flog in den leuchtend blauen Himmel hinein. Das Königsblau im Hintergrund wurde durch kleine kreideweiße Wölkchen aufgelockert. Auf der anderen Seite erblickte sie ein strahlend weißes Einhorn, das seine Mähne stolz zurückwarf. Es stand an einem schmalen, dunkelblauen Weiher, der wiederum in einem märchenhaft schönen Wald lag.

»Wow, sind das fantastische Bilder ...«, murmelte sie, um dann Toben hinterher zu trotten.

Gegenüber dem Eingang befanden sich links und rechts die Aufgänge zur Galerie. Sie bildeten gleichzeitig den Rahmen für die Statuen zweier riesiger Löwen. Dana hatte Toben natürlich gefragt, was das für Tiere sind, während sie bereits die breite Treppe hinaufgingen, die in den Museumsbereich führte.

Bevor Dana etwas sagen konnte, düste Shari an ihr vorbei und ward nicht mehr gesehen. Dana folgte unterdessen Toben, der auf der obersten Stufe stand und in den geräumigen Saal blickte. Dana schob sich neben ihn und sah auf ein riesiges Gebilde. Es stand in der Mitte des Raumes direkt unter der großen Glaskuppel, die man im Dach eingesetzt hatte. Das Licht, das durch die Kuppel schien, gab dem Objekt, das sich im Zentrum befand, ein magisches Aussehen. Sie lief, wie hypnotisiert, darauf zu, um das kleine goldene Schild zu lesen:

»Planeten des Sonnensystems«
Ein Geschenk von Elron, dem Herrn der Elben.
Als Dank für Hilfe in der Not.

Dana sah sich das Planetarium genau an. Es war aus purem Gold gefertigt und die Himmelskörper bestanden aus riesigen Edelsteinen und weiteren, für Dana unbekannten, Materialien.

Es glänzte und strahlte in sämtlichen Farben, wenn es sich bewegte. So etwas hatte sie noch nie gesehen. Die ihr bekannte Welt existierte ja nur aus den Höhlen. Nachdem sie sich an dem Planetarium sattgesehen hatte, ging sie zurück zu Toben, der am Eingang stehengeblieben war.

Da fiel ihr Blick auf einen drei Meter großen, ausgestopften Grizzlybär, auf dessen Kopf Shari thronte. Sie blieb abrupt stehen und wandte sich mit blassem Gesicht, Tränen in den Augen und zitternder Stimme an Toben: »Seit wann töten Zwerge denn Tiere und stopfen sie aus?«

Toben nahm sie in den Arm.

»Wir töten keine Lebewesen und essen auch kein Fleisch. Wir verteidigen uns höchstens und würden nur aus der Not heraus einem Tier das Leben nehmen. Sollte aber ein Wild verenden, verwerten wir nur deren Fell für uns als Kleidung – wäre ja Verschwendung, wenn nicht. Und wenn wir es noch nicht im Museum haben, wird es präpariert.«

Nach einer kurzen Pause fügte er hinzu.

»Viele dieser Lebewesen sind Geschenke von Besuchern und Händlern von außerhalb.«

Dana gab sich mit der Antwort vorerst zufrieden und betrachtete nun die anderen ausgestopften Tiere. Ihr Blick wanderte vom Grizzlybären zum Wolf und dann zum Fuchs bis hin zum Eichhörnchen. Zwischen den einzelnen Tierpräparaten befanden sich viele Vitrinen vollgestopft mit Artefakten, die die Zwerge in den Jahrtausenden in den Höhlen gefunden hatten. Sie schlenderte langsam an den ausgestopften Tieren und den Vitrinen entlang. Einige der Gegenstände in den Vitrinen fielen Dana besonders ins Auge und sie betrachtete sie eine ganze Weile. Sie mochten uralt sein und doch wirkten sie wie neu. Sie zogen ihren Blick magisch an.

»Nicht aus der Zwergenwelt, wer die wohl gemacht hat?«, dachte Dana und sah sich weiter um.

Vieles waren Erzeugnisse aus der Außenwelt. Dann gab es viele Gemälde von Kriegern, die gegen Monster, Orks und Goblins kämpften. Rüstungen und Waffen aus allen Epochen hingen oder standen an den Wänden. Im hinteren Bereich führte eine breite Holztreppe nach oben in die neue Bibliothek. Unter der Treppe befand sich ein weiterer Bereich.

– Tiere des Waldes –

Dana blieb vor einem Reh stehen und sah zu Toben auf.

»Toben, als ich letztes Jahr mit Olo draußen vor dem großen Tor war, da habe ich einige dieser Tiere schon mal gesehen. Es war aber ganz merkwürdig. Ich ging auf sie zu, konnte sie aber nicht berühren. Ich ging einfach durch sie hindurch wie auch durch die Bäume und Sträucher. Es lag Schnee, aber ich hinterließ keine Spuren, es gab kein Echo oder Hall. Es regte sich kein Lüftchen und es war eiskalt, obwohl die Sonne schien. Was ist da draußen los?«

Toben dirigierte Dana zu einer Sitzgruppe. Er bat sie Platz zu nehmen, räusperte sich mehrfach und begann zu erzählen.

»Es war vor ungefähr einhundertfünfundzwanzig Jahren. Da gab es eine gewaltige Erschütterung, die Teile der Höhlen einstürzen ließ. Wir wussten nicht, was passiert war, nur, dass ab dem Tage nichts mehr so war, wie es sein sollte. Der Kontakt zur Außenwelt riss ab. Wir konnten unser Gebirge nicht mehr verlassen und keiner kam mehr zu uns. Es war, als existiere der Rest der Welt nicht mehr. Nachdem wir alles repariert hatten, versuchten wir herauszufinden, was passiert war, ohne nennenswerte Ergebnisse. Seitdem leben wir alleine in diesem Gebirge und ernähren uns von dem, was wir anbauen.«

Dana sah Toben nachdenklich an. Schließlich fragte sie ihn: »Als ich damals draußen war, blickte ich auch zum Gipfel hinauf und sah dort ein Leuchten. Gibt es vielleicht einen Zusammenhang zwischen dem Ereignis und dem Leuchten?«

»Ich hab keine Ahnung Dana …« Er sah sie gedankenverloren an.

»Wir sind nie bis zum Gipfel gekommen ... Aber es wäre eine Möglichkeit.«

Dana schwieg eine Zeitlang.

»Komm, lass uns weiter gehen, das Geheimnis lösen wir jetzt doch nicht.« unterbrach er die Stille.

Mit Schwung drückte er sich aus dem Sitz, wartete bis Dana es ihm gleich tat und dirigierte sie zu einem Aufgang, der sie in den nächsten Stock brachte. Gemächlich stiegen sie die Stufen empor. Sie wollten nun zur »Großen Bibliothek«. Oben angekommen blieb Dana stehen und sah Toben grinsend an.

»Sind das alle Bücher?«

Sie standen vor gerade mal acht Regalen, die voller alter Bücher waren – es war nicht besonders viele. Dana hatte mit mehr gerechnet.

Toben gluckste und antwortete: »Das war Pech. Vor fast zweitausend Jahren hatten wir in unserer großen Bibliothek einen heftigen Brand und es gingen drei Viertel unserer Bücher in Rauch auf.«

»Habt ihr nie versucht, den Bücherbestand wieder aufzufüllen und eure Vergangenheit nachzuschreiben?«, bohrte Dana weiter.

Toben zog die Stirn in Falten und antwortete hilflos: »Vor gut fünftausend Jahren muss etwas passiert sein, was unsere Erinnerung an die Zeit davor ausgelöscht hat. Wir wissen nicht was. Einige unserer besten Wissenschaftler haben versucht, das Mysterium zu ergründen und aufzuklären, aber ohne Erfolg. Ist wohl auch nicht so wichtig – wir leben in der Gegenwart, nicht in der Vergangenheit.«

Dana sah sich noch etwas in der Bibliothek um, als ihr ein altes, sehr antikes Buch ins Auge fiel. Das Medaillon, das sie um den Hals trug, begann leicht zu vibrieren. Nun betrachtete sie das Werk genauer. Auf dem Deckblatt erkannte sie die gleichen Hieroglyphen wie die auf dem goldenen Ei. Aber leider war das Buch fest verschlossen und sie wusste nicht, wie sie es öffnen sollte.

Ihre Neugier war geweckt worden und sie würde das Geheimnis des geschlossenen Buches irgendwann später ergründen müssen. Danach schmökerte sie noch in ein paar anderen alten Schriften, als Toben sie ansprach.

»Es wird Zeit. Wir müssen uns langsam auf den Weg machen. Dein Vater wartet sicher schon auf uns. Auf zu unbekannten fernen Höhlen – das große Abenteuer kann beginnen.«

Dana rief nach Shari, die immer noch mit den einzelnen ausgestopften Tieren spielte.

Nachdem sie nun komplett waren, machte sich das kleine Grüppchen auf den Weg, um sich mit Danas Vater und den anderen Expeditionsteilnehmern zu treffen.

KAPITEL 5
Aufbruch zu den Höhlen

Sie verließen das Museum und stiegen die große Treppe hinab. Danach durchquerten sie die Vorhalle, wo sich Dana noch einmal an den schönen Bildern ergötzen konnte, um anschließend den Versammlungsplatz zu betreten.

»WOW.«

Sie blieb abrupt stehen und begutachtete das Gewusel vor ihr. Auf dem Platz verteilt standen und saßen über zwanzig Zwerge, die sich lautstark miteinander unterhielten.

»Kommen **die** alle mit auf die Expedition?«

Sie sah Toben fragend an.

»Nein, nur ein Teil ...«

»Und was soll das Militärpersonal?«, unterbrach Dana seine Erklärung.

»Es ist Vorschrift, dass alle Entdeckungsreisende, die die Grenzen des Reiches verlassen wollen, von bewaffneten Wachmannschaften begleitet werden müssen. Wir sind ja schließlich nicht allein in diesem Gebirge.«

Etwas abseits sah sie zehn Soldaten mit ihrem Offizier. Sie standen dort in voller Rüstung in »Reih und Glied« und erhielten gerade ihre Befehle von ihrem Vorgesetzten. Dana betrachtete neugierig ihre Monturen. Ihre Harnische und Kettenhemden bestanden aus Mithril, einem Material, welches nur Zwerge finden und verarbeiten können. Es ist härter als Stahl und leichter als Wolle und schützt sie ungemein.

Die Soldaten sahen in ihren Rüstungen nicht ganz so prächtig aus wie die Palastwachen. Deren Schutzkleidung bestand auf Anordnung des Königs aus Gold und Silber. Aber wie gesagt, Zwerge legen keinen Wert auf Prunk, außer dem eitlen durchgeknallten König, der hat ja sonst nichts. Sie mochten es lieber zweckmäßig und einfach. Es fiel Dana auf, dass die Krieger alle unterschiedlich bewaffnet waren. Zwei mit Hellebarden, zwei mit Speeren, zwei mit Pfeil und Bogen und der Rest mit Schilden. Allesamt trugen noch zusätzlich Äxte. Hinter dem kleinen Trupp standen elf unruhig wirkende, gesattelte Reittiere. Es waren Duckreps, wie sie auch als Zugtiere vor Leiterwagen und Kutschen Verwendung fanden.

Dana kannte die kräftigen Duckreps. Es waren kleine, kräftige Entenschnabelechsen. Sie bewegten sich aufrecht auf zwei kurzen, muskulösen Beinen, die in kräftigen Krallen endeten, waren so groß wie Esel und hatten einen großen Kopf mit einem Entenschnabel. Dieser saß auf einem kurzen kräftigen Hals, der wiederum in einem gedrungenen, entenartigen Körper endete. Zwei kräftige Arme, lederartige Stummelflügel auf dem Rücken und ein kurzer Schwanz rundeten das merkwürdige Bild von diesem Tier ab. Ihre Haut hatte eine dunkle, lederartig geschuppte Oberfläche.

Es waren besonders genügsame und freundliche Tiere, doch Dana mochte sie trotz ihrers merkwürdigen Aussehens – oder gerade deswegen. Etwas entfernt von den Soldaten sah Dana ihren Vater inmitten von einigen Arbeitskollegen stehen. Er unterhielt sich gerade mit einem sehr alten Zwerg, der eine prächtige Amtsrobe trug.

»Ah, da bist du ja.«

Toben nahm Dana am Arm und zog sie in die Richtung von Olo.

»Der Forschungsminister ist auch schon da, um uns zu verabschieden.«

Als sie die kleine Gruppe erreichten, wandte sich der Minister Dana zu. »Sehr gut, sehr gut, da ist ja unser junges Geburtstagskind.« Während er sie anstrahlte, suchte er die ihre

Fee. »Wo ist denn dein kleiner Flattermann? Ich würde ihn auch gerne willkommen heißen. Schließlich seid ihr bei uns ja etwas ganz Besonderes.«

Dana schaute sich nach Shari um und sah, wie sie die Zugtiere vor den Transportwagen ärgerte. Sie rief sie zu sich, damit der Minister sie kennenlernen konnte. Nach einer kurzen Begrüßung durch das Regierungsmitglied schwirrte die kleine Fee wieder von dannen, um ihre Beschäftigung, die Tiere zu ärgern, wieder aufzunehmen.

Nachdem der offizielle Empfang vorbei war, sah sich Dana genauer um. Hinter der kleinen Gruppe um ihren Vater gab es noch acht weitere Teilnehmer, die sie nicht alle dem Namen nach kannte. Sie standen durchweg bis zum Bauchnabel in Kisten, Kästen und wissenschaftlichen Geräten und damit beschäftigt, alles auf vier Transportwagen zu verteilen. Dana ging zu den Zugtieren und streichelte eines von ihnen. Genau in diesem Augenblick vernahm sie eine leise Stimme.

»Hallo, kleines Fräulein, kannst du mich verstehen?«

Dana sah sich verstohlen um, ob auch keiner sie beobachtete. Es wussten nur wenige, dass sie mit Tieren sprechen konnte. Dann als sie glaubte, dass alle mit dem Verstauen der Ausrüstung beschäftigt waren, sagte sie leise: »Na klar, möchtest du was? Ich heiße übrigens Dana.«

»Na gut Dana ... kannst du dafür sorgen, dass die Trense und unser Haltegeschirr nicht so fest angelegt bleiben? Es schmerzt beim Ziehen.«

Sie sah sich die Gurte an, ging von Tier zu Tier und tat so als würde sie die Riemen kontrollieren und flüsterte: »Ich werde sehen, was ich für euch tun kann.«

Anschließend suchte sie die Wagenlenker und fand sie beim Beladen der Wagen. Nachdem sie mit ihnen gesprochen hatte, korrigierten sie den Sitz der Gurte und Trensen ihrer

Zugtiere. Schließlich konnten sie Dana, die Kutscher mochten sie gerne, nichts abschlagen.

Kurz danach wurden sie alle von Olo zusammengerufen, um die letzten Instruktionen für die Reise entgegenzunehmen. Nachdem jeder wusste, was zu tun war, gab es noch eine Ansprache des Ministers, doch es hörte eh niemand zu.

Danach verteilten sich die Expeditionsteilnehmer auf die einzelnen Gespanne. Dana sollte auf den Wagen von Olo und Toben aufsteigen – tat es aber nicht.

»Los Dana! Umarme noch mal deine Mutter und spring endlich auf! Wir müssen los!«

Olo wurde ungeduldig. »Was hast du denn?«

»Wo ist Gomek?«, wandte sie sich an Toben. »Er wollte doch mitkommen?«

»Gomek erwartet uns am Ende der Stadt und wird dort zu uns stoßen.«

Nach diesen beruhigenden Worten von Toben rief sie Shari zu sich. Anschließend drückte sie Tala noch einmal ganz fest und stieg, in Vorfreude auf das, was da kommen würde, zu den anderen auf den Karren. Der Minister, ihre Mutter und die verbliebenen Gäste winkten nochmal zum Abschied. Langsam setzte sich die Prozession in Bewegung. Vorweg der Offizier mit sechs seiner Soldaten, dann die vier Wagen mit den Expeditionsteilnehmern und zu guter Letzt, die restlichen Soldaten.

Sie durchquerten als erstes das Handwerkerviertel. Da Dana dieser Bereich ihres Zuhauses mehr als vertraut war, studierte sie neugierig eine Karte der Zwergenhöhle, die sie von Toben bekommen hatte.

»Sieh mal Shari, hier müssen wir hin!« Sie tippte auf eine Stelle der Karte. Als Dana keine Antwort erhielt, sah sich verwundert nach ihrer kleinen Freundin um. Aber Shari war mal wieder, von Neugier getrieben, unterwegs.

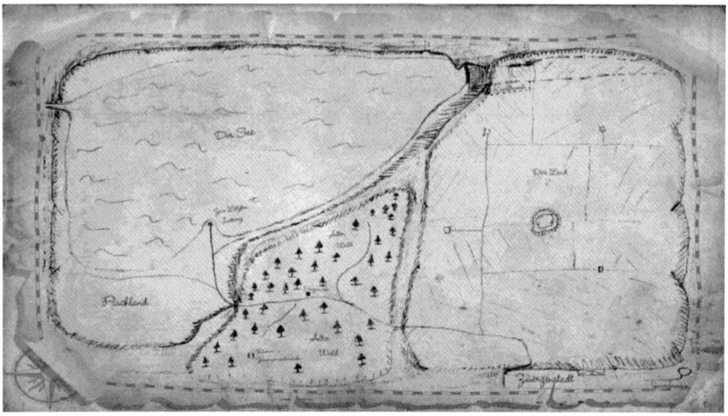

Danach passierten sie gemächlich das neue Wohngebiet – das zu diesem Zeitpunkt gerade mal, »eintausendfünfhundert Jahre« alt war, um anschließend kurz am Stadtrand zu halten, damit Gomek zusteigen konnte.

Nachdem die kleine, bunt zusammengewürfelte Truppe die Stadtgrenze hinter sich gelassen hatte, folgte sie der Straße weiter, hinunter in die Ebene. Dort wurde die Höhle noch größer. Sie war gewaltig, nur ein von der Natur geschaffener Pfeiler in der Mitte trug die Decke dieser Naturhöhle. Wo man auch hinsah, konnte man das Ende der Höhle nur erahnen. Die Zwerge nannten sie mit ihren weitläufigen Ebenen »Das Land«. Hier wurde Ackerbau für das ganze Zwergenreich betrieben. Dana, die die Höhle schon oft gesehen hatte, war wie immer sprachlos bei ihrem Anblick und fragte sich gleichzeitig, wie die Zwerge wohl die Leuchtkristalle in die Decke bekommen hatten – das müsste sie mal bei Gelegenheit von Olo erfahren.

Sie fuhren durch »**<u>Das Land</u>**« vorbei an Äckern, die man links und rechts des Weges angelegt hatte. Diese Felder waren von künstlichen Wasserläufen durchzogen, um so die Bewässerung zu sichern. **Hier** regnete es bekanntermaßen nicht. Überall sah man kleine Häuseransammlungen. Die Höfe und ihre Nebengebäude wurden als Lager und zur Unterkunft für die auf den Äckern arbeitenden Zwerge genutzt. Dort produzierte man auch den leckeren Honig. Dana fand, dass die schlichten Farmgebäude aussahen wie winzige graue Inseln in einem riesigen bunten Blütenmeer. Auf der weitläufigen Ebene vor ihnen wuchs Weizen, Hafer, Roggen, Kartoffeln und noch viel mehr – eben alles, was die Zwerge zum Leben brauchten. Dana stellte viele Fragen zu dem, was sie sah und sie wurden von Olo, so gut er konnte, beantwortet. Shari hatte sich schon vor langer Zeit verkrümelt, saß nun auf dem Kopf ihres Duckreps und machte Faxen.

Als sie nach etlichen Stunden endlich das Ende der Höhle erreichten, passierten sie einen beeindruckenden, von der Natur geformten, Torbogen. Dieser führte sie in eine weitere Höhle. Dana musste bei dem Anblick, der sich ihr nun bot, mehrmals schlucken. Denn, was sie jetzt erblickte, verschlug ihr die Sprache. Man befand sich am Anfang eines ausgedehnten Waldes – mit allem, was so dazugehört: Bäume, Tiere und Vögel und vieles mehr.

Hier gab es ein Sägewerk und man sah Holzfäller und Förster bei der Arbeit. Sie sorgten dafür, dass die Zwergengemeinschaft und die Handwerker immer genügend Holz zur Verfügung hatten. Man vergaß natürlich nicht, gleich wieder aufzuforsten.

Es war bereits dunkel, als sie den Wald hinter sich ließen. Vor ihnen breitete sich ein enorm großer See aus. In seiner Mitte lag eine kleine Halbinsel. Darauf hatte man ein Gasthaus gebaut. Es hieß »Zur letzten Instanz«, das Ziel der heutigen Etappe.

Dana fragte Olo: »Warum heißt diese Herberge „Zur letzten Instanz“?«

»Na ja, weil hinter dem See das Zwergenreich endet und das Freiland beginnt. Die Herberge ist der letzte von Zwergen betriebene Außenposten!«, antwortete Olo ernst. »Dahinter beginnt das Unbekannte.«

Kurz danach hielt der Tross vor dem Gasthaus und alle stiegen von ihren Tieren und Wagen. Sie waren froh sich endlich wieder bewegen zu können. Nach dem Abladen und dem Versorgen der Tiere ermahnte Olo nochmals jeden Teilnehmer früh schlafen zu gehen, da man am darauf folgendem Tag um sechs Uhr aufbrechen wolle.

Am nächsten Morgen, noch vor dem Frühstück, suchte Olo nach Dana, fand sie aber nicht. Sie war schon fertig und hatte sich nach draußen verdrückt. Olo sah Toben an, der grinsend und mit vollem Mund nuschelte: »Dana hat sich abgemeldet und sitzt irgendwo draußen am See.«

Olo grunzte ein Danke und beeilte sich mit dem Frühstück. Danach machte er sich auf, seine Tochter zu suchen. Er fand sie auf einem Stein sitzend – Shari schlief zusammengerollt auf ihrem Schoß, während sie verträumt auf den See hinaus blickte.

Er nahm leise neben ihr Platz.

»Hallo meine Kleine, wovon träumst du gerade?«

Dana sah Olo schweigend an, dann fragte sie leise. »Wohin geht eigentlich die Reise? ... Wir machen sie doch nicht ohne Grund – oder?«

Olo überlegte, wo er mit der Geschichte anfangen sollte. Schließlich begann er: »Vor kurzem stieß eine andere Expedition, tief im »Verbotenen Land«, auf eine Höhle, die allem Anschein nach Jahrtausende vor fremden Blicken verborgen war. Sie wurde wohl durch einen Erdrutsch freigelegt. In ihr befand sich eine alte Kultstätte mit einem schwarzen Monolithen im Zentrum, ... so einer wie unser auf dem großen Platz. Und in einer Bibliothek fanden sie noch eine Menge uralter Hieroglyphen, solche wie auf dem Ei aus deinem Korb.

Jetzt kommst du ins Spiel. Wir hoffen, dass du uns weiter helfen kannst. Wir hoffen, mit deiner Hilfe mehr über dich, über deine Herkunft und deinem Volk zu erfahren. Möglicherweise bist du in der Lage einige Rätsel lösen.«

»Wie weit ist die Höhle eigentlich entfernt?« Danas Neugier war geweckt.

»Circa sieben Tagesreisen«, antwortete er und lächelte Dana an.

»Wie wird es dort sein – im »Verbotenen Land« – was erwarten uns dort für Gefahren und vor allem ... woher bekommen wir Licht während der Reise?«

»Licht?« Olo lächelte wissend: »Biolumineszenz – Pflanzen, Moose, Farne und Kleintiere sowie Insekten erzeugen ihr Licht selber und so leuchten sie auch für uns, nicht sehr hell, aber es reicht um die Umgebung gut zu sehen. Und zu dem Rest deiner Fragen – lass dich überraschen.«

Er strich ihr behutsam über den Kopf.

»Nun sollten wir aber zu den anderen gehen. Die sind bereits fertig zum Aufbruch, unsere nächste Etappe erwartet uns – das große Wasserkraftwerk der Zwerge.«

Nachdem sie alle ihre Plätze eingenommen hatten, setzte sich der Tross Richtung Kraftwerk in Bewegung. Der Weg führte sie den ganzen Tag immer am Seeufer entlang. Gegen Abend bemerkte Dana, dass sich das gegenüberliegende, weit entfernte Seeufer sich ihrer Uferseite stetig näherte und ein bisher weit entferntes Rauschen, fortwährend lauter wurde. Sie fragte Olo, was es bedeutete.

»Der See verjüngt sich hier und mündet am Ende in einen riesigen Tunnel – wo das Wasser anschließend über hundert Meter in die Tiefe stürzt. Dort befindet sich übrigens unser heutiges Reiseziel – das Wasserkraftwerk.« Dabei deutete er nach vorne, wo in weiter Ferne ein mächtiges schwarzes Loch in der Felswand sichtbar wurde.

»Da müssen wir hin!«

Nach einer weiteren Stunde erreichten sie das imposante Loch in der Felswand. Jetzt, aus der Nähe, sah es für Dana wie ein überdimensionaler Flaschenhals aus.

»Wow!«, dachte Dana. *»Der Tunnel ist hier aber mächtig breit.«*

Das Wasser schoss an dieser Stelle mit beachtlicher Geschwindigkeit ins Dunkel und der Lärm, den dieser Wasserfall verursachte, war mittlerweile ohrenbetäubend. Auf beiden Seiten des »Flaschenhalses« führte, links und rechts vom Wasserlauf, jeweils ein in den Felsen gehauener Hohlweg, in die Finsternis.

Ohne Licht war das Ende der Wege nicht zu erspähen. Nach gut hundert Metern waren sie am Ziel ihrer heutigen Etappe. Der Tross hielt vor einem großen, in den Felsen getriebenen Gebäude. Der Lärm wurde jetzt unerträglich laut und die Luft war von feinem Wassernebel durchtränkt. Man befand sich mittlerweile direkt über dem Wasserfall.

Shari hatte sich bereits, dunkelgrau leuchtend, sie war stinksauer, in das nächstliegende Gebäude abgesetzt. Sie hasste Wasser. Sie hasste es, nass zu werden, und vor allem hasste sie nasse Flügel! Sie konnte mit durchnässten Flügeln nicht fliegen und wurde somit zum »zu Fuß gehen« verdammt. Dana sah, wie Gomek vom Wagen sprang und zur Brüstung rannte. Dort stand er nun und sah schweigend in die Tiefe. Dana folgte Gomek. Sie tippte ihm vorsichtig auf die Schulter, damit er nicht vor Schreck über die Brüstung fiel. Nun standen sie beide am Geländer und betrachteten sprachlos das Schauspiel, das sich ihnen darbot.

In der Tiefe sahen sie gigantische Wasserräder, die sich im Lauf des fallenden Wassers drehten und andere Wasserräder, die weiter vom Fall entfernt waren und sich deswegen nicht bewegten. Sie saßen auf mächtigen Antriebswellen, die von Felswand zur Felswand reichten. Sie konnten auf Schienen, die schräg in die Tunnelwände eingelassen waren, je nach Bedarf bewegt werden. Diese Vorrichtungen endeten alle am Wasserfall, um die Wasserräder, je nach Bedarf, zu betreiben.

Unten am Grund des Falls sahen sie Lichter und einige Zwerge, die dort arbeiteten. Dana versuchte zu ergründen, wohin das Wasser verschwand. Sie sah aber nur in eine unendlich tiefe und lange Schlucht, wo der Fluss als ein pechschwarzes, dünnes Band in der Dunkelheit verschwand.

Sie standen wie verzaubert an der Brüstung und starrten schweigend in die Tiefe, als Olo zu ihnen trat und sie durch Gesten anwies, in das Gebäude zu gehen. Man hätte bei diesem Lärm sowieso kein vernünftiges Gespräch führen können. Immer noch betäubt von dem Krach, trotteten sie ihm hinterher. Momentan befanden sie sich in einer Halle, die man aus dem Felsen herausgearbeitet hatte. Es gab mehrere Durchgänge, die zu den einzelnen Bereichen der Anlage führten. Etwa zu den Unterkünften der Belegschaft, zur Kantine, der Überwachungszentrale des Kraftwerkes und zu anderen Ebenen.

Im Gebäude bekamen sie erst mal Handtücher, um sich abzutrocknen, denn sie waren völlig durchnässt. Danach wurden alle von einem uralten Zwerg empfangen. Dieser hatte mehr Falten und Runzeln im Gesicht als Dana je gesehen hatte. Seine jugendlichen, stahlblauen, allwissenden Augen leuchteten vor Begeisterung, endlich mal Gesellschaft zu bekommen. Er war der Leiter des Kraftwerkes, der sich mit Aldo vorstellte und sie herzlich begrüßte, um, im Anschluss daran, alle zum Abendessen einzuladen.

Dana betrachtete ihn verstohlen und schätzte ihn auf gut tausend Jahre. Nach dem Abendessen fragte Aldo seine Gäste, ob jemand Interesse an einer Besichtigung der Anlage habe. Außer Olo, Gomek und Dana – Shari natürlich auch, solange sie nicht nass würde – wollte keiner mit. Der Rest der Gruppe war müde und wollte nur noch schlafen.

Am Anfang des Rundganges erklärte Aldo seinen Zuhörern: »Hier produzieren wir die gesamte Energie für unseren Staat. Es ist die einzige Möglichkeit, Licht ins Dunkel zu bringen. Sollte im Kraftwerk mal der Saft ausgehen, wird es Nacht im ganzen Reich.«

Die kleine Gruppe folgte nun Aldo in die Tiefen des Berges, um mehr von den Geheimnissen des Kraftwerkes zu erfahren. Auch hier hatten die Zwerge einige hervorragende technische Leistungen vollbracht. Die Stufen, die in die Tiefe führten, waren sauber aus dem Felsen herausgeschlagen worden, genauso wie das Treppenhaus. In regelmäßigen Abständen waren zur Stabilität Bögen eingearbeitet und alle paar Meter befand sich eine kleine Nische in der Wand, in der eine Öllampe brannte. Aldo erklärte dem kleinen Trupp, wie diese Arbeiten vonstatten gingen und den Sinn der Lampen, die ihnen bei einem Stromausfall Licht spenden sollten.

Dana musste Aldo gleich auf die Lampen ansprechen. »Warum die Öllampen, es gibt doch Leuchtkristalle!«

Er sah sie überrascht an, bevor er fröhlich erwiderte: »Wir benutzen die Öllampen noch aus Tradition.«

Sie stiefelten also weiter hinter Aldo her, der an jedem Treppenabsatz stehen blieb und ihnen erklärte, was sie sahen. Jeweils ein Steintor war auf jedem Absatz aus dem Stein gehauen und führte in eine weitere voluminöse Halle. In einigen Bereichen der Räumlichkeiten überwachten und warteten Zwerge die Generatoren, die von den Wasserrädern angetrieben wurden.

In anderen Teilen des Gebäudes standen Tische und Stühle und wurden als Aufenthaltsräume und als Reparatur– und Montagehalle genutzt. Nach endlos vielen Treppen – so schien es Dana – erreichten sie das Herz der gesamten Anlage: den Steuerraum. An einem riesenhaften Steuerpult saßen einige Zwerge und beobachteten die Messgeräte, Spannungsregler und andere Instrumente, wie Druckmanometer, um einen einwandfreien Ablauf zu gewährleisten.

Shari stürzte sich sofort auf das Steuerpult und wollte unverzüglich mit den Knöpfen spielen – es war eine ihre Leidenschaften. Die Zwerge verscheuchten sie jedoch rechtzeitig, bevor sie ein Chaos anrichten konnte. Dunkelrot flammend und laut schimpfend zog Shari von dannen. Nachdem sich die erste Aufregung gelegt hatte, durfte sich nun der Rest der Gruppe in der Steuerzentrale umsehen.

Sie befanden sich gegenwärtig in einem saalähnlichen Innenraum, vollgestopft mit noch mehr Instrumenten, die ebenfalls der Überwachung und der Steuerung des Kraftwerks dienten. Am anderen Ende des Raums gab es eine gewaltige Fensterfront, die den Blick auf den majestätischen Wasserfall und die sich drehenden Wasserräder freigab.

Dana wunderte sich, dass der Lärm des Falls kaum zu ihnen durchdrang. Sie ging näher an ein Fenster und betrachtete das Glas. Es war unwahrscheinlich dick. Dana sah auch, dass sich vor dem Fenster ein überdachter Balkon befand. Er erstreckte sich über die gesamte Länge der Fensterfront und reichte bis hinter den Wasserfall und dann bis zur anderen Seite. Man hatte ihn mit viel Mühe in den Felsen geschlagen, um so die Wartung der Wellenlager zu gewährleisten. Auch hier erklärte Aldo seinen Zuhörer, wie dies alles entstanden war.

Dana erkundigte sich sofort bei dem alten Zwerg, ob er allen erlauben würde, hinter den Wasserfall zu gehen. Sie durften. Alle, außer Shari – sie hätte ja nass werden können – machten sich durch eine kleine Tür auf den Weg hinter den Fall. Der Lärm, der sie umgab, war jetzt unerträglich laut. Nach zwei Minuten hatten sie es trockenen Fußes bis zu einer Höhle hinter dem Fall geschafft. Sie war nicht besonders tief, aber sie erstreckte sich bis zur anderen Seite des Wasserfalls. Sie folgten Aldo zur anderen Seite, wo er auf die einzig vorhandene Tür zusteuerte.

Hinter der Tür konnten sie sich wieder unterhalten und Dana fragte ihn sofort: »Auf dem Weg hierher habe ich eine Brücke gesehen, die sich über den Canyon auf die andere Seite spannt. Die habe ich von oben nicht gesehen.«

»Tja.« sagte Aldo, »Sie ist so konstruiert, dass man sie nicht so leicht entdecken kann. Man muss schon wissen, wo sie ist und sie muss von den richtigen Lampen angeleuchtet werden. Du wirst es morgen früh selber sehen.«

Nachdem man sich etwas umgesehen hatte, erklärte Aldo noch, dass es auf dieser Seite nichts weiter zu sehen gab außer den massiven Gegenlagern der großen Wellen.

Schließlich mahnte Aldo alle zum Aufbruch: »Langsam müssen wir zurück. Für uns wird noch ein kleines Nachtmahl vorbereitet – und das wartet sicherlich schon im Speisesaal auf uns. Im Anschluss ist Bettzeit. Morgen um fünf ist die Nacht vorbei.«

Kapitel 6
Bedrohung aus dem Dunkeln

Am nächsten Morgen wusste Dana, was Aldo gemeint hatte. Sie hatten sich alle frühmorgens um sechs Uhr an dem Übergang eingefunden, wo sofort das große Verabschieden begann. Die Brücke war jetzt in ein geheimnisvolles bläuliches Licht gehüllt, so dass jeder die Überführung in ihrer vollen Pracht bewundern und natürlich auch benutzen konnte. Sie bekamen noch einige Tipps mit auf den Weg und danach ging es los.

Nachdem sie den Übergang hinter sich gelassen hatten, folgten sie dem Weg, der hoch über den Canyon in den Fels geschlagen war. Ihm sollten sie bis zu einem Tunnel folgen, der sie schließlich immer tiefer in die beklemmende Dunkelheit führen würde.

Sie entfernten sich dabei unablässig weiter vom See und dem stetig leiser werdenden Wasserfall und seinem Fluss, der nach dem Wassersturz in der Finsternis und in den unergründlichen Tiefen des Berges verschwand. Ohne Pause stolperte die kleine Truppe durch die Dunkelheit, die ihnen ordentlich aufs Gemüt drückte.

Mittlerweile hatten alle Wagen ihre Laternen in Betrieb genommen, was ihr Unwohlsein in diesem Bereich des Felsenweges keineswegs verbesserte. Die Lichter warfen gespenstisch tanzende Schattenbilder an die Wände, denen Shari aus lauter Langeweile hinterherjagte. Angst vor Schatten war wohl ein Fremdwort für sie.

Da tauchte am Ende des Pfades, mitten in der rabenschwarzen Wand, ein Tunnel auf, der noch bedrohlicher und unheimlicher wirkte als der Weg bis hierhin. Die Kolonne hielt kurz, um sich zu beraten. Nachdem die Gruppe für mehr

Licht gesorgt hatte, wanderten sie alle im Gänsemarsch in den unterirdischen Gang, immer weiter, in die absolute Finsternis.

Die brennenden Laternen vermochten die Dunkelheit nicht vollständig zu durchdringen. Nach einer gefühlten Ewigkeit raffte Dana sich auf, um Olo leise anzusprechen:

»Hey Paps, wo ist denn hier die – Biolumines... Dingsbums – wovon du mir erzählt hast?«

»Wir haben sie leider in diesem Bereich schon vor Jahrhunderten zerstört.« Olo deutete auf die Tunnelwand, wo in regelmäßigen Abständen Nischen und eiserne Wandhalterungen zu sehen waren. »Siehst du das? Dort befanden sich früher die Tunnelbeleuchtungen. Künstliche Beleuchtung und Biolumineszenz passen nicht zusammen. Die Pflanzen und Tiere sind eingegangen, beziehungsweise in dunklere Teile des Tunnelsystems abgetaucht.«

Nach diesem recht kurzen Gespräch setzten sie ihren Weg schweigend fort. Nach etlichen, sich langsam hinziehenden Stunden wurden alle durch einen Freudenschrei von Shari aus ihren Träumen gerissen. Sie hatte als Erste ein kleines, helles Licht am Ende des Tunnels gesehen und düste jetzt mit Höchstgeschwindigkeit auf die Öffnung zu.

Kurze Zeit später erreichte auch der Tross den Ausgang. Alle waren im ersten Augenblick von der Helligkeit geblendet und Olo sah Dana strahlend an und rief vor Freude.

»DAS ... ist wahre Biolumineszenz!«

Sie befanden sich auf einem ansehnlichen Vorsprung, gut zwanzig Meter unterhalb der hell erleuchteten Höhlendecke. Dana sprang vom Wagen und rannte an den Rand des Absatzes und sah in die Tiefe. Unterhalb der Terrasse stürzte ein gewaltiger Wasserfall gut und gerne hundert Meter in den Abgrund. Diese Urkraft ließ am Ende des Falls einen fächerartigen, immer breiter werdenden Fluss entstehen, der im weiteren Verlauf irgendwo in den Tiefen der Höhle verschwand. An den Flussufern wucherte ein ausgedehnter, undurchdringlicher Urwald, der sich bis in den letzten Winkel der gewaltigen Höhle ausdehnte. Aus dem grünen Blätterdach sah man vereinzelt Rauchfahnen aufsteigen. Das ließ auf Bevölkerung schließen. Die Ruinen von Pyramiden, die hier und da durch das Grün zu sehen waren, verstärkten den Eindruck. Über dem Dschungel segelten seltsame Geschöpfe, von beachtlichen Ausmaßen, durch die Lüfte, halb Hund und halb Fledermaus. Die Flederhunde, Dana hatte ihnen insgeheim diesen Namen gegeben, waren wahrhaftig sehr groß und sahen echt gefährlich aus. Diese riesigen Viecher zeigten nun ihr Interesse an den Neuankömmlingen. Befremdliche Geräusche wurden ausgestoßen und die Haltung, ihnen gegenüber, änderte sich von Neugier in Aggression.

Sofort sprangen die Soldaten mit gezogenem Kampfgerät an die Brüstung, um der Bedrohung Herr zu werden. Die Flatterdinger waren entweder clever oder sie kannten die Gefahr. Nicht unbedingt die, die von Zwergen ausgeht, jedoch die von ihren Waffen. So verloren sie das Interesse an der Gruppe und drehten in die Tiefen der Höhle ab, vermutlich, um sich leichtere Beute zu schnappen.

Es führte ein schmaler Weg von der Terrasse weg. Dieser sah nicht sehr einladend aus. Er verlief kurz unterhalb der Decke und war aus dem blanken Felsen heraus gearbeitet worden. Auf der einen Seite gähnte der Abgrund und auf der anderen Seite war der nackte Felsen. Man konnte zwar bequem auf dem Weg gehen, aber zwei Fuhrwerke wäre es unmöglich gewesen, aneinander vorbei zu kommen. Deswegen hatte man in regelmäßigen Abständen Nischen in das Gestein getrieben, um einander vorbei zu lassen. Vielleicht auch für Pausen, wer wusste das schon.

»Hochinteressant!«, Dana sah Olo an. »Rechts der Fels – und links des Weges einhundert Meter freier Fall. Hoffentlich geht das gut.«

Nachdem alle ihren Unmut über diesen schmalen Weg kundgetan hatten, ging es im Gänsemarsch – überaus langsam und vorsichtig – weiter. Die größeren dieser aus dem Felsen gehauenen Ausbuchtungen, an denen sie vorbei kamen, waren tatsächlich auch zum Rasten geeignet.

Dana hielt die ganze Zeit nach einem Weg Ausschau, der zum Boden, und somit zum Urwald der Höhlen führte. Als sie Olo danach fragte, wurde sie enttäuscht. Weder er noch einer der anderen Teilnehmer der Expedition hatte eine Ahnung, wie man sie erreichen könnte. Nachdenklich wandte sich Dana wieder dem Studium des Dschungels und seiner Umgebung zu. Sie wollte mehr über die Höhlen in Erfahrung bringen. Vielleicht fände sie ja einen Weg hinunter.

Ohne Vorwarnung begann der Wagentross langsamer zu werden und kam schließlich zum Stehen. Dana und Olo, die auf einem der letzten Wagen reisten, sprangen von ihren Sitzen herunter und wollten nach dem Rechten sehen. Da kam bereits einer der Expeditionsteilnehmer auf die beiden zu und unterrichtete ihren Adoptievvater umgehend von einem Problem.

Anschließend wandte Olo sich Dana zu: »Einer der vorderen Wagen hat ein defektes Rad! Gerade hier! Das ist aber auch die denkbar ungünstigste Stelle für eine Reparatur«, schimpfte er.

Damit hatte er nicht unrecht. In diesem Bereich war die Strecke besonders schmal. Dana kletterte wieder auf den Kutschbock und betrachtete das hektische Treiben, das nun unter den Soldaten ausbrach. Jeder von ihnen suchte sich eine Position, um die Expedition vor Angriffen zu schützen. Denn auch die Flederhunde hatten mittlerweile mitbekommen, dass die Kolonne nicht mehr weiterfuhr und wieder Kurs auf die vermeintliche Beute genommen. Ohne Vorwarnung griffen sie an. Die Geschöpfe wollten an die Wagen heran, da sie dort einfache Beute vermuteten. Immer wieder stürzten sich die Viecher auf die Fuhrwerke und wurden umgehen von den Soldaten vertrieben. Einer der Bewaffneten, wäre dabei fast über die Kante gestürzt. Einer der fliegenden Angreifer hatte einfach nach dem Speer in seiner Hand gegriffen und ihn mit sich in die Lüfte gezogen. Hätte dieser seine Waffe nicht losgelassen, es wäre schlimm für ihn ausgegangen.

Dana die alles beobachtete, murmelte: »Fliegen müsste man können ...«

Wie auf ein Stichwort stieß Shari einen Schrei aus. Noch bevor Dana was sagen konnte, flog die kleine Fee den Wesen entschlossen entgegen. Sie wollte doch mal sehen, ob diese geflügelten Ungeheuer sich nicht durch ein Gespräch beruhigen ließen.

Dem war leider nicht so. Nun konzentrierten die Flederhunde ihre Attacken auf Shari ... Ein gewaltiger Fehler! Erbost darüber, dass sie nun das Ziel der Angriffe dieser Wesen wurde, begann sie mit aller Kraft zu leuchten. Ihr Licht wurde so hell, das selbst die Zwerge ihre Augen davor schützen mussten. Geblendet und irritiert, drehten die Tiere ab und verschwanden in der Tiefe.

Shari stellte das Leuchten ein und grölte den Fliehenden ärgerlich hinterher: »Mit mir nicht! Hört ihr ... nicht mit mir!«

Anschließend machte sie sich zufrieden auf den Rückweg zur Wagenkolonne. Ein tosender Beifall schallte ihr entgegen, als sie sich ermattet auf Danas Schulter niederließ.

»Das hast du toll gemacht!«, flüsterte Dana ihr ins Ohr. Shari bekam davon kaum etwas mit. Dieses Licht hatte der kleinen Fee viel Energie gekostet. Nun wollte sie nur noch schlafen.

Nachdem wieder Ruhe eingekehrt und das defekte Wagenrad repariert war, zog der Tross weiter. Von den fliegenden Viechern sahen sie nichts mehr. Das Letzte was die Zwerge von ihnen gesehen hatte, war, wie sie im Urwald verschwanden.

Gegen Abend, Dana hatte den Zwischenfall mit den Wesen längst verdrängt und sie war immer noch nicht schlauer, was den Weg nach unten anging, erreichten sie ein weiteres Tunnelsystem. Am Eingang schlugen sie ihr Nachtlager auf. Es wurden »Lagerfeuer« entzündet, indem man zwei Kristalle zusammenstellte, die sofort miteinander reagieren. Das so entfachte »Feuer« warf ein gemütliches Licht auf die Umgebung und die Hitze, die solche Kristalle entwickelten, reichte aus, um zu kochen. Nachdem sich alle um das Feuer versammelt hatten, kam, trotz des kargen Lagerplatzes, tatsächlich noch eine urgemütliche Lagerfeuerromantik auf.

Gleich nach dem Abendessen wollte Dana sich hinlegen, wurde aber von »Frau Hurtig« davon abgehalten. Sie hatte eine Nachricht von Tala für Olo dabei.

Nachdem Olo sie gelesen hatte, wandte er sich an Dana: »Mutter schreibt, dass wir nach der Expedition einen Termin bei unserem König und dessen Premierminister haben. Und ich soll unbedingt auf dich aufpassen.«

Olo antwortete gleich auf den Brief, während Dana grübelnd zu ihrem Schlafplatz zurückging und sich fragte, was die Obrigkeit von ihr wolle. Die nächsten Tage verliefen recht ereignislos und Dana fing an, sich zu langweilen. Der Weg schlängelte sich immer noch weit oberhalb der Höhlenböden entlang.

»Was für eine Arbeit! Wer hat bloß diesen Pfad in den Felsen getrieben?«, fragte Dana irgendwann mal Olo.

Er zuckte nur unwissend mit den Schultern. Fast jeden Tag passierten sie einen, in den Felsen getriebenen, Durchgang, der sie in eine weitere Höhle führte. Überall das Gleiche, es gab keinen Weg hinab. Dana war allerdings der festen Meinung, dass es Pfade nach unten geben musste. Vielleicht würde sie eines Tages eine Lösung finden. Abwechslung brachte nur die Einzigartigkeit der Höhlen. Mal war es eine Wüste mit Oasen, im Anschluss daran eine Steppenlandschaft und in der nächsten überraschte sie schließlich eine herrliche Wald– und Wiesenlandschaft.

Alle Höhlen schienen bewohnt zu sein. Aber keiner konnte Dana sagen von wem. Rätselhaftes umgab dieses Höhlensystem. Niemand konnte ihr sagen, wie diese Miniwelten entstanden waren. Dana nahm sich vor, das Geheimnis der Höhlen zu lösen, wenn sie mal alt genug dafür war. Sie ahnte zu diesem Zeitpunkt nicht wie schnell ihr Wunsch, die Höhlen zu erforschen, in Erfüllung gehen würde.

Der Anblick der nächsten Höhle versetzte Dana in wahre Begeisterung. Der Weg endete an einem Vulkangebiet. Ein weiterer Weg führte mitten hinein, an aktiven, kleinen Vulkanen vorbei, die eine Menge winziger Lavaflüsse speisten. Viele schmale Brücken überspannten die glühenden Bäche und ermöglichten das Weiterkommen. Im Zentrum der Höhle gab es einen Platz mit einer Ruine, die zum Rasten einlud. Einige Pfade führten von dem Rastplatz weg und in andere Bereiche der Höhle. Nach einer kurzen Ruhezeit wählten sie einen gangbaren Weg, der sie aus diesem System herausbrachte. Am Ausgang stießen sie auf terrassenförmige Abstufungen, auf denen wilder Wein wuchs.

Genau dort schlugen sie ihr Nachtlager auf. Alle naschten von den reifen Beeren. So viel, dass einigen sogar schlecht davon wurde. Es war eben etwas Besonderes, aber das war ihnen die Sache wert. Am nächsten Tag, man hatte den Bereich vor der Lavahöhle längst verlassen, ging es nicht mehr weiter. Der weitere Weg wurde durch einen Steinschlag versperrt. Deshalb wurde hier erst mal ein Lager aufgeschlagen. Olo wandte sich an Dana.

»Wir sind am Ziel ... Dort oben ...«

Er deutete auf einen schwarzen, düsteren Durchbruch in der Wand, der über dem Erdrutsch schwach zu erkennen war.

»... Der Erdrutsch hat eine Kaverne freigelegt, deren Inhalt ein Rätsel für uns enthält, das wohl nur mit deiner Hilfe gelöst werden kann.«

Dana sah hoch und betrachtete die Verwüstung. Schließlich entdeckte sie den Durchschlupf. Man hatte schon provisorische Stufen in den Fels gehauen und Sicherungsseile gespannt. So konnte der Durchbruch sicher erreicht werden. Am nächsten Morgen waren Dana und Gomek die Ersten an der Öffnung. Leider mussten sie auf die anderen warten, denn der Aufgang wurde von zwei Soldaten bewacht. Sie waren wohl instruiert worden, Dana nicht alleine in die Höhle zu lassen. Endlich kamen die Nachzügler, und sie begannen mit dem kurzen Aufstieg.

Nachdem sie den Durchbruch passiert hatten, mussten sich die Augen zunächst an die herrschende Dunkelheit gewöhnen. Man hatte zwar Fackeln aufgestellt, sie spendeten aber nur ein spärliches Licht. Es dauerte eine geraume Zeit, bis sie etwas in dem Dämmerlicht erkennen konnten. Vor ihnen breitete sich eine absolut kreisrunde Höhle aus, die gut fünfzig Meter im Durchmesser und fast halb so hoch war. Die Wände wirkten wie poliertes Glas und strahlten in einem tiefen, dunklen Blau, beinahe schon schwarz.

Überall in den Felswänden sah man kleine »Sterne« aufblitzen, als wenn sie Leben enthalten würden. Dana erinnerte sich sofort an das, was sie in ihrem Medaillon gesehen hatte: an einen Sternenhimmel bei Nacht. Und wirklich! Bei näherer Betrachtung identifizierte sie verschiedene Sternenkonstellationen!

Sie sah sich weiter um und merkte, dass sie auf einer Galerie neben einem fast eingestürzten Gemäuer stand. Es führten Treppen in die Tiefe. Links und rechts gab es noch, einige Gebäude, die direkt mit dem Felsen abschlossen. Ihr gegenüber erkannte sie in dem schwachen Licht einen Treppenaufgang, der vor einer runenbedeckten Wand endete.

Weiter unten, in der Mitte der Höhle, dominierte eine kegelförmige Erhebung, die umlaufend über Treppen zugängig war. Darüber erreichte man eine Plattform, auf dem sich ein Pentagramm befand, und – Dana stockte der Atem – dort stand im Zentrum auch ein Monolith. Kleiner zwar als sie es von Zuhause kannte, aber ansonsten identisch mit dem großen Monolithen in der Zwergenstadt. Nachdem sie alles in Ruhe betrachtet hatte, trat Olo neben sie.

»Wenn du jetzt weiter gehst und dich umschaust, wirst du einiges wiedererkennen: Die Hieroglyphen, wie sie auf der Eierschale von Shari zu finden sind oder die Wesen in deinem Schmuckstück. Hier wirst du höchstwahrscheinlich Antworten finden, vielleicht sogar über eure Herkunft.«

Dana antwortete nicht, ging langsam die Treppe hinunter und setzte sich auf die unterste Stufe. Das alles musste sie erst mal verdauen. Das Medaillon um ihren Hals meldete sich und vibrierte leicht. Es schien so, als wollte es ihr etwas mitteilen. In Danas Geist erschien ein Bild. Sie verstand es augenblicklich. Der Anhänger wollte anscheinend, das sie dorthin gehen sollte. Sie stand auf und lief zu dem Gebäude, wo sich nach Olos Meinung, die Bibliothek befinden könnte. Nachdem sie das Bauwerk betreten hatte, ging sie sofort auf ein dickes, uraltes Buch zu. Es befand sich in der Mitte des Raumes auf einem Podest … und es war **natürlich** verschlossen. Hierhin sollte sie gehen, und was dann? – Sie hatte keine Ahnung.

»Na ja …«, murmelte sie, »auch das Verständigungsproblem mit dem Medaillon, **das** werde ich auch noch lösen.«

Olo, der ihr gefolgt war, sah sie fragend an.

»Fehlanzeige, ich dachte, die Lösung läge hier.« Dana zuckte die Achseln.

Danach führte sie das Medaillon wieder an den Aufgang zurück. Dieser endete vor der Wand mit den vielen Runenzeichen. Gomek stand schon oben und klopfte das Mauerwerk ab, um viellcicht einen geheimen Durchgang zu finden. Dana stürzte die Treppe hoch und stolperte. Halt suchend fiel sie einfach durch die runenbedeckte Felswand.

»Ups …, was war denn das?«, murmelte sie verblüfft und sah sich nach Gomek um, ob er ihr folgen würde – aber der stand ganz perplex vor der Wand, um dann wie wild mit beiden Fäusten verzweifelt gegen dieselbe zu trommeln. Zusätzlich rief er noch nach ihr. Dana ging zurück und steckte den Kopf durch die Wand. Gomek fiel fast in Ohnmacht, denn auf seiner Seite sah er nur Danas Kopf aus dem Stein herausragen. Dana lachte.

»Ihr könnt hier wohl nicht durch, wie? Macht nichts, ich werde euch erzählen, was sich hinter dieser Wand befindet – wenn ich es herausgefunden habe und wieder zurück bin.«

Schließlich rief sie Shari herbei und hoffte, dass wenigstens sie durch die Barriere konnte. Sie konnte, maulte zwar und hatte nicht viel Lust durch eine magische Barriere zu gehen. Aber die andere Option war sich bei den Zwergen zu langweilen. Weil es hinter der Wand stockdunkel war, musste Shari Licht machen.

Sie folgten dem Gang bis zu einem Durchbruch, der in einer geräumigen Höhle endete. Dana betrat eine Galerie, die sich hoch über dem Höhlenboden befand. Nach zwei Schritten stand sie auf einem Balkon. Sie trat näher ans Geländer und sah unter sich im schwachen Lichtschein eine Art »Theaterbühne«. Dana ging noch näher an die Brüstung heran. So konnte sie einen besseren Blick auf den reichverzierten Boden und die unmittelbare Umgebung der Bühne werfen. Die Plattform selbst endete direkt vor einer schillernden, fast transparenten Wand, die wie ein Vorhang wirkte.

Dana spürte eine elektrisierende Spannung, die in der Luft lag und alles umgab. Der Ursprung konnte nur von dem »Vorhang« ausgehen. Eine geschwungene Freitreppe führte in weitem Bogen, eng an die Höhlenwand geschmiegt, hinunter zur Bühne. Dana ging behutsam und vorsichtig die Treppe hinab, blieb am Absatz der Treppe stehen und sah sich weiter um.

In der Mitte dominierte ein Lesepodest mit einem dicken Wälzer drauf die Plattform. Das aus wertvollem Elfenbein gearbeitete Podest zeigte einen, seine Schwingen ausbreitenden, Adler, der auf einem Stein saß. Zwischen seinen Flügeln befand sich die Ablage für das Buch. So einen Folianten hatte Dana noch nie gesehen – in Gold und Silber eingebunden und mit Rubinen und Smaragden verziert. Nur dieses Szenario wurde von einem Kristall, der für Dana unverständlicherweise hoch über dem Podest schwebte, in helles Licht getaucht. Shari saß bereits auf dem Buch und versuchte, es zu öffnen. Sie schaffte es jedoch nicht.

Dana sah sich um. Unter der Galerie verlief die Höhle noch weiter. Sie endete an einer riesigen Bücherwand, an der sich ein Labortisch anschloss. Der Tisch war überfüllt mit allerlei verschiedenen Reagenzien. Dahinter befand sich ein schmaler Durchgang, der in einer kleinen Schlafkammer mündete.

In einer anderen Ecke sah sie einen gedeckten Tisch mit einem Stuhl, als würde gleich jemand zum Essen erscheinen. Ansonsten gab es nichts – kein Anzeichen im Hinblick darauf, wer hier wohnte oder gearbeitet hatte. Sie ging zurück zum Podest, wo sie Shari zurückgelassen hatte. Die war natürlich weg. Auch die geistige Verbindung zu ihr war abgerissen. Dana bekam Panik! Da sah sie, wie Shari aufgeregt durch den »Vorhang«, der sich vor der Bühne entlang zog, geflogen kam.

Schnell erzählte sie, was sie hinter dem Schleier gesehen hatte. Danach zog sie Dana zu einer Treppe, bugsierte sie ein paar Stufen hinunter und durchbrach dort, zusammen mit ihr, den Dunstschleier. Dana hatte bis jetzt nur helles und verschiedenfarbiges Licht durch das Gebilde wahrgenommen. Doch jetzt, wo sie sich auf der anderen Seite des Phänomens befand, wurde sie von der Lichtflut, die Sharis Leuchten verursachte, überwältigt. Diese Farbenpracht ... das Glitzern und das Funkeln ebenso wie die Schönheit dieser Kristallhöhle, verschlug ihr die Sprache.

Sie stand mittlerweile in einer gigantisch weitläufigen Geode oder Druse. Dana kannte so etwas nur von kleinen Steinen, die hohl waren und ebenfalls innen Kristalle besaßen. Die Zwerge holten sie zuhauf aus der Erde. Jedoch in solch einer Größe hatte sie das noch nie gesehen. Sie versuchte, den Abschluss der Höhle zu erspähen, aber es war unmöglich.

Shari setzte sich plötzlich auf ihre Schulter und presste sich ganz fest an ihren Hals. Ohne ein Wort zu verlieren, begann sie auf einmal zu zittern und ihr Leuchten wurde immer schwächer. Auch Dana beschlich im gleichen Augenblick ein mulmiges Gefühl, das sie sich nicht erklären konnte. Sie betrachtete das Ende der Geode, wo es plötzlich, ohne ersichtlichen Grund, rabenschwarze Nacht wurde.

Dana sah ein alles Licht verschlingendes Gebilde. Die pechschwarze, undurchdringliche Nebelwand bewegte sich langsam und unaufhaltsam auf sie zu. Dana beobachte das Schauspiel, unfähig sich zu bewegen. Als das unbekannte Nichts sie fast erreicht hatte, vernahm sie eine tiefe, angsteinflößende Stimme in ihrem Kopf:

»Hallo, kleine Magierin, bist du hier, um mich freizulassen? ... Bist du allein? ... Wo ist der Rest von deinem Volk. Ich kann sie nicht spüren.«

Nach den ersten Worten erwachte Dana aus ihrer Erstarrung.

»Wer bist denn du? Du kennst mein Volk?«

Dana versuchte, mit Erfolg, ihre Unsicherheit zu überspielen. Mittlerweile war ihre Neugier geweckt und hatte über die Beklemmung, die diese Erscheinung in ihr hervorrief, gesiegt.

»Oh ja. Deine Vorfahren haben mir mein Reich gestohlen, sie haben mich als Fürst meiner Welt abgesetzt, in diese Höhle gesperrt und vergessen. Ich war der Herrscher des Gebirges, dieser Welten, der uneingeschränkte König ... bis deine Leute kamen und alles kaputtmachten. Das **»Alte Volk«**, ... dass ich nicht lache.«

Während des kurzen Monologs manifestierten sich zwei glühende Augen, die sie aus dem schwarzen Nichts heraus musterten.

»Wenn du nicht gekommen bist, den Bann, der mich hier festhält, aufzulösen und mich zu befreien – dann mach dich auf dein Ende gefasst. Ich habe geschworen, jeden aus deinem Volk zu töten.«

Dana dachte aber nicht daran, einfach aufzugeben und zu sterben. Sie überwand das Angstgefühl, das sie für einen Augenblick gelähmt hatte, und wich langsam immer weiter zurück, bis sie die Treppe erreichte. Mit einem gewagten Sprung durch den magischen Vorhang brachte sie sich und Shari in Sicherheit. Inzwischen ahnte sie, was es mit der rätselhaften Barriere auf sich hatte. Es bedeutete Schutz. Schutz vor dem Wesen ...

»Oh Mann! Was hat **der** denn gegen mich ...?«, murmelte sie verstört.

Sie taumelte auf das Podest zu und umklammerte es haltsuchend. Dabei rutschte ihr das Medaillon aus dem Ausschnitt und berührte den Folianten.

Der Schließmechanismus des Buches begann leicht zu glühen, dann klickte es mehrmals, die Verschlüsse sprangen auf und das Buch öffnete sich. Ein dünner Lichtstrahl traf Dana direkt auf die Stirn: Genau dorthin, wo Mystiker allgemein das dritte Auge vermuten. Auch bekannt als magisches Auge. Während Dana unfähig war sich zu bewegen oder sich von dem Lichtstrahl zu trennen, übermittelte das Buch seine Informationen direkt in ihren Verstand. Und sie begriff sofort einiges davon.

Der Foliant übermittelte Dana Ereignisse und Begebenheiten ihres Volkes. Selbstverständlich in der alten Sprache. Es berichtete unter anderem von einem Kampf gegen das absolut mächtigste und gefährlichste Wesen jener Zeit. Es kam in Gestalt eines uralten Dämons, einem der Herrscher des Chaos, daher. Es erzählte von seiner Niederlage und wie er hier in dieser Höhle eingesperrt wurde. Weiter erklärte es die Magie, mit der dieser Dämon an diesem Ort festgehalten wurde. Das Buch übermittelte auch Informationen über das »Alte Volk«: Welche Magie sie besaßen und über den Gebrauch von magischen Artefakten, also auch von solchen wie dem Medaillon und den der Monolithen.

Merkwürdigerweise verstand Dana sofort vieles von dem Wissen, was sich mit ihrem Geist verbunden hatte. Sogar etwas von dieser uralten Sprache würde sie jetzt lesen und verstehen können. Leider gab es auch zahlreiche Informationen, die das Buch übermittelte, die für sie keinen Sinn ergaben. Als wenn Hinweise fehlen würden. Etliches davon war unvollständig und Einiges in einer ihr fremden Ausdrucksform.

Nun erkannte sie zwar jede Menge der Worte und Hieroglyphen, aber es fehlten ihr einfach die Erklärungen, die Zusammenhänge. Bedauerlicherweise konnte sie zurzeit mit ihrem neuen Wissen nicht viel anfangen. Vor allem, da ihr eine Übersetzung zu den »Alten Runen und Hieroglyphen« und zur Sprache des »Alten Volkes« fehlte. Natürlich wäre eine Übersetzung von alledem in die Zwergensprache, für sie, auf jeden Fall recht hilfreich. Aber das Beste wäre tatsächlich jemand, der es sie lehren würde.

Nach Beendigung des Informationstransfers erlosch der Lichtstrahl und die Erstarrung, die Dana ergriffen hatte, löste sich. Sie hatte unmittelbar dazugelernt. Jetzt wusste sie auch, warum das Medaillon sie immer zuerst in die Bibliotheken führte. Das alte Wissen hatte das Medaillon und somit auch Dana angezogen. Es war schuld daran. Sie sollte die Bücher öffnen und das Wissen übernehmen, das war also des Rätsels Lösung. Dana war begeistert, andere mussten die Bücher lesen, sie nicht. Und außerdem gab es alle Informationen noch mal in geschriebener Form. Aber ihr Volk – schwupps – lernte quasi in einem Augenblick.

Nachdem sie sich gefasst hatte, blickte sie auf den geheimnisvollen Vorhang. Durch das Öffnen des Buches, schien sich sein magischer Schutz verstärkt zu haben.

Und der Dämon? … Er war verschwunden.

Ein Teil des Wissens, das sie verstand, hatte auch den Sinn dieses Ortes erklärt. Es war ein Gefängnis und außerhalb des Siegels erbaute jemand einen Vorposten für das Wachpersonal. Abgeriegelt von der Welt – nur zu erreichen über den ... Reisemonolithen?!. Schlagartig wurde ihr der Sinn dieser schwarzen Dinger klar. Und der Erdrutsch, der den Zugang zu diesem Bereich freilegte, hatte die Höhle nur durch einen Zufall geöffnet.

»Ob mir das einer glaubt?«, Dana rief nach Shari und machte sich, nach nochmaliger gewissenhafter Durchsuchung der Höhle, nachdenklicher denn je, auf den Rückweg. Sie hatte den Gelehrten und ihren Freunden sehr viel zu erzählen ... und viele Fragen warteten auf eine Antwort.

Kapitel 7
Ich mich wichtig sein

Ungezählte Gedanken gingen ihr durch den Kopf, als sie die Treppe zum unterirdischen Gang hochstieg. Würden die Zwerge mit ihrer Hilfe die alten Schriften entschlüsseln können? Könnten sie mit den Informationen, die sie nun mitbrachte, überhaupt etwas anfangen und wenn nicht sie – wer dann? Diese und noch viele weitere Fragen beschäftigten sie, als sie durch den Tunnel zurückging. Shari saß ganz verstört auf ihrer Schulter und lieferte nur einen kläglichen Lichtschein.

Als sie das magische Portal erreichte, steckte sie den Kopf durch die Öffnung und erwartete von den anderen begrüßt zu werden. Aber nichts da, die Höhle lag im Dämmerlicht. Nur vereinzelt aufgestellte Leuchtkristalle erhellten die nähere Umgebung und warfen ein gespenstisches Licht an die Wände. Unten an der Treppe sah sie eine Gestalt, die zusammengekauert auf der untersten Treppenstufe zu schlafen schien. Dana ging leise die Stufen hinunter und erkannte, dass es Gomek war.

Sie ging auf ihn zu und tippte ihm sachte auf die Schulter, um ihn zu wecken. Gomek schreckte hoch, sprang auf und sah sie entgeistert an, um sie schließlich wortlos in den Arm zu nehmen. Dana wurde vollkommen überrascht und schüttelte ihn mit sanfter Gewalt ab und sah ihn erstaunt an.

»Mit so einer Begrüßung von dir habe ich nun wirklich nicht gerechnet. – Ich war doch nur ein bis zwei Stunden weg.«

Gomek sah sie immer noch entgeistert an.

»Nur ein bis zwei …, du warst fast den ganzen Tag weg. Wir kamen nicht mal durch das magische Portal, um nach euch zusehen. Wir hatten alle Angst um euch. Los, komm mit! Die anderen warten sicher auf dich.«

Gomek zog sie sanft mit sich zu dem Bauwerk, das wohl in früheren Zeiten als Aufenthaltsraum oder Schlafsaal genutzt wurde. Schon auf der Treppe, die sie nach oben rannten, rief Gomek nach dem Rest der Gruppe, die sofort vor dem Eingang des Gebäudes erschien. Olo stürzte an ihnen vorbei auf Dana zu. Er nahm sie in den Arm und erdrückte sie beinahe mit seiner Umarmung.

»Das machst du aber nicht noch mal mit mir! Wir hatten alle Angst um dich. Und was glaubst du wohl, hätte Tala mit mir gemacht, wenn dir was passiert wäre. Nebenbei bemerkt, wo warst du die ganze Zeit und was hast du erlebt?«

Dana konnte nicht sofort auf sämtliche Fragen antworten. Sie schwächelte und so führte Olo sie ins Gebäude, gab ihr eine Schüssel mit Suppe und ein heißes Getränk. Nachdem sie sich etwas erholt hatte, sah sie sich um. Alle saßen um sie herum und warteten auf ihren Bericht. Und so fing sie an zu erzählen: Über den Weg zur Höhle, von der Höhle selbst und dem Buch und wie sie es benutzt hatte. Im Anschluss daran sprach sie, allerdings in einer abgeschwächten Form, von dem gefangenen Wesen.

Am Ende ihrer Schilderung folgte ein langes Schweigen. Dann aber wurde Dana mit Fragen regelrecht bombardiert und sie versuchte alle, so gut sie konnte, zu beantworten. Immer häufiger wurden ihre Antworten durch anhaltendes Gähnen unterbrochen, bis es Olo zu viel wurde und er die Fragestunde auf den kommenden Tag verschob. Olo brachte Dana zu einem Schlafplatz und deckte sie zu. Im Nu war sie eingeschlafen. Er ging zu den anderen zurück und sie unterhielten sich noch leise den Rest der Nacht.

Am nächsten Tag wachte Dana etwas zerschlagen auf. Sie sah sich verstört um, denn sie war alleine. Keiner der anderen Expeditionsteilnehmer war zu sehen. Beunruhigt rief sie nach Shari. Es war anscheinend niemand da, nicht einmal ihre kleine Fee. Schließlich tastete sie nach ihrer Brust und bemerkte, dass ihr Medaillon fehlte.

»Da sind wohl einige Wissenschaftler wissbegierig geworden«, dachte sie verwundert und sprang auf, um die Zwerge zu suchen.

Dana entdeckte die Gruppe in der Bibliothek. Sie lief auf Olo zu, der gerade versuchte, mit dem Medaillon ein Buch zu öffnen.

»Hallo, Paps, kommst du nicht weiter mit meinem Anhänger? ... Lass mich das doch mal versuchen.«

Sie nahm ihm das Medaillon aus der Hand und berührte damit das Buch. Es öffnete sich auf Anhieb und ein Lichtstrahl traf sie, genau wie in der Höhle, mitten auf die Stirn. Für Dana – gefühlt nur ein paar Minuten, für die umstehenden nach gut einer Stunde – war sie wieder ansprechbar und der Informationstransfer beendet. Olo fragte sie umgehend, ob das wieder so eine Übertragung war und welche Neuigkeiten sie erhalten habe. Dana zuckte nur mit den Schultern, sie wusste es nicht genau.

»Um das zu beantworten,, benötige ich noch mehr Bücher.«

Olo sah selbst in das nun geöffnete Buch und er konnte nachvollziehen, was sie meinte. Alles war in der Schrift des »Alten Volkes« geschrieben.

Dana »las« in den nächsten Tagen verschiedene Bücher. Außer zunehmenden Kopfschmerzen und wirren Gedanken brachte es ihr keine weiteren Erkenntnisse.

Es ging ihr erst wieder besser, als die Zwerge es meisterten, den Informationsstrahl zu unterbinden, wenn Dana die Bücher öffnete. Danach konnte sie, wie jeder andere, die Inhalte studieren, lesen und, wie jedermann, normal lernen.

Nach fast einer Woche kam Olo auf Dana zu und erzählte ihr, dass sie langsam zurück reisen müssten. Er habe Tala alles »GEWIESELT«. Sie hatte daraufhin mit dem Premierminister gesprochen. Der wollte nun informiert werden. Außerdem erwähnte sie auch noch eine Audienz beim König. Schon am gleichen Abend tauchte »Frau Hurtig« wieder auf. Sie hatte einen weiteren Brief von Tala dabei. In dem stand, dass sie umgehend von den hohen Herren erwartet wurden. Nachdem Olo den Brief gelesen hatte, erzählte er Dana davon.

»Morgen brechen wir beide auf. Ein paar Soldaten werden uns begleiten. Die anderen bleiben noch, um die Forschungen voranzubringen. Vielleicht erhalten sie noch weitere Erkenntnisse. Jetzt sind ja alle Bücher auf. Es dürfte also nicht so schwer sein, ohne uns auszukommen.«

Dana sah ihn an, nickte müde und legte sich, ohne ein Wort zu verlieren, erschöpft schlafen, um für den folgenden Tag fit zu sein. Als Shari die Neuigkeit hörte, es ginge nach Hause, düste sie vor Freude quer durch die Höhle. Sie hatte schon lange die Nase voll von dieser trostlosen Gegend.

Am nächsten Morgen traten Olo, Gomek, er hatte auch die Nase voll von diesem Ort, Dana, Shari und vier berittene Soldaten die Rückreise an. Sie durchquerten die Höhlen ohne, wie auf der Hinreise, auf die Schönheiten der Gegend zu achten. Den Zwergen war der Anblick eh egal.

Nach einigen Tagen erreichten sie die Zwergenstadt – ihren Wohnort. Der Termin beim König war erst am darauf folgenden Tag. So hatte das kleine Grüppchen Gelegenheit sich etwas zu erholen. Dana freute sich am meisten auf Tala, auf das gute Essen ihrer Mutter und hinterher auf ihr weiches Bett. Sofort, nachdem Dana die Wohnhöhle betreten hatte, stürzte Tala sich als Erstes auf ihre Tochter und drückte sie so fest, dass Dana die Luft wegblieb. Anschließend, nach dieser stürmischen Begrüßung, gab es ein riesiges Empfangsmahl. Während des Essens musste Dana ihre Erlebnisse bis in jede Einzelheit erzählen.

Dana erzählte bis spät in die Nacht von den Abenteuern, die sie erlebt hatte, bis Tala sie unterbrach und ins Bett schickte. Dana fiel sofort erschöpft in tiefen Schlaf. Sie erwachte erst, als Tala sie am nächsten Morgen weckte. Dana war richtig aufgeregt – der König, sie würde wahrhaftig den König treffen. Sie bläute Shari noch mal ein, keinen Blödsinn bei der königlichen Audienz anzustellen, um dann Olo hinterher zu gehen.

Am Fuße der Regierungspyramide wurden sie vom Premierminister erwartet. Er führte sie die Treppen hoch bis zum Eingang des Thronsaals, wobei er noch versuchte, den Besuchern ein paar Benimmregeln nahe zu bringen. Nun war es so weit. Sie passierten die königlichen Wachen und durchschritten anschließend den Torbogen zum Thronsaal. Der Saal war riesig. Links und rechts stützten gewaltige Säulen die Decke. Zwischen ihnen führten hohe Türen in andere Bereiche des Palastes. Der Premierminister erklärte den Besuchern:

»Auf der einen Seite, die mit der Krone auf den Türen, befinden sich die Privatgemächer des Königs. Auf der anderen Seite führen die Türen zu den Amtszimmern des Kanzlers und denen seines Stabes.«

Ein roter Teppich führte von dem Eingang in die Mitte des Saales. Dort stand der prächtige Thron. Auf ihm saß ein uralter hagerer Zwerg im roten Hermelinmantel mit weißem Kragen. In seinen Händen hielt er die Insignien eines Königs – Zepter und Kugel – die, wie Dana neidlos anerkennen musste, wunderschön aussahen.

Dana bemerkte aber noch etwas. Der Regent trug eine dezente Halskette mit einem leuchtenden, in Gold eingefassten, blauen Edelstein. Nur Dana und Shari spürten die magische Energie, die von dem Stein ausging. Die kleine Gruppe befand sich in der Mitte des Thronsaales.

Sogleich wollte Dana auf den König zustürmen. Der Premier hatte schon so etwas geahnt und hielt sie zurück. Er flüsterte ihr leise ins Ohr: »Nicht so schnell, seine Hoheit kommt zu euch.«

»Ist es nicht normalerweise anders herum? Der Besucher geht bis …«, erwiderte Dana.

Der Premier nickte nur wortlos, legte den Finger auf die Lippen und unterbrach mit dieser Geste Danas Einspruch.

»Psst, er kommt.«

Der König erhob sich langsam vom Thron und legte die Insignien auf einen Beistelltisch. Danach schlurfte er ohne Hast, nicht gerade sehr königlich, auf die kleine Gruppe zu, wobei er leise vor sich hin blubberte. Anfangs konnte Dana nichts verstehen. Doch je näher der König kam, desto mehr verstand sie.

»Ich König ... Ich mich wichtig sein ... Ich mich wichtigster Mann im Staat ... Ich großer König.«

Diese Worte stammelte er immer und immer wieder. Dana staunte. Ob der König wohl krank war? Sie sah den Premier an, es rührte sich aber nichts in seinem Gesicht.

Schließlich war der König bei ihnen und musterte alle aus wässrig trüben, traurigen, grauen Augen. Er hielt Dana seine, mit schweren Goldringen bestückte, Hand hin und erwartete, wie es die Hofetikette verlangte, einen Hofknicks und einen gehauchten Handkuss. Dana aber, die von diesen Sachen null Ahnung hatte, nahm begeistert die ihr angebotene, ganze Hand des Königs. Danach schwenkte sie, mit wachsender Begeisterung, den Arm des Monarchen wie einen Pumpenschwengel, wieder und wieder, auf und ab.

Der König kiekste verärgert auf, riss seine Hand los, sprang einen halben Meter zurück, um dann blitzartig seine Hand unter die Achsel zu stopfen. Er sah die kleine Gruppe ängstlich an und schlurfte zu seinem Thron zurück, wobei er immerfort den einen Satz vor sich hin brabbelte: »... ich mich wichtig sein ...«

Dana sah Olo etwas verstört an. Doch noch, bevor sie eine Frage stellen konnte, wurden sie von dem Premier durch den Saal in sein Büro geschoben. Peinlich berührt begann der Minister, sich für das Verhalten des Königs zu entschuldigen:

»Wisst ihr, seit nahezu dreihundert Jahren ist er alleine und wurde seitdem immer merkwürdiger. Dass er seit ungefähr einhundertundzwanzig Jahren keine Aufgabe mehr hat, machte es nicht gerade besser. Er ist eben tüddelig geworden.«

Nach dieser, nicht ganz befriedigenden, kurzen Erklärung, wurde er wieder geschäftig. Er ließ sich Danas Geschichte erzählen. Aufmerksam hörte er zu und stellte ab und zu einige Fragen. Ansonsten lauschte er aufmerksam dem Bericht. Nachdem sie mit ihren Schilderungen fertig war, verfiel der Minister ins Grübeln, während er sich umständlich eine Pfeife ansteckte. Dann räusperte er sich, sah Dana ernst an und sagte:

»Von dem »Alten Volk« habe ich schon mal was gehört. Mein Ur–Urgroßvater hat mir von einer Legende erzählt. Früher lebte bei den Zwergen ein Volk von Magiern. Sie hatten wohl einige Schwierigkeiten miteinander. Leider ist unsere Bibliothek niedergebrannt, sonst hättest du in den alten Chroniken vielleicht noch etwas finden können.«

Nach dieser kurzen Erklärung wandte er sich an Olo, um mit ihm das weitere Vorgehen zu besprechen. Dana fing an, sich zu langweilen, und verfolgte mit ihren Augen Shari, die sich durch das Büro arbeitete und die umfangreiche Büchersammlung untersuchte.

Plötzlich entdeckten beide gleichzeitig ein Buch über alte Dämonen – ob man in diesem Werk wohl etwas über den Dämon aus der Höhle finden konnte?! Dana stand leise auf, um die Gespräche zwischen den beiden Erwachsenen nicht zu stören. Da wurde sie von dem Premier angesprochen.

»Dana, sieh dich ruhig um – alle Bücher, die du hier siehst, kannst du dir gerne ansehen, selbstverständlich auch lesen. Du bist jederzeit willkommen in meinem Büro, um dir das eine oder andere Buch auszuleihen. Natürlich werde ich dir auch deine Fragen beantworten, falls ich sie überhaupt beantworten kann.«

Dann überließ er sie ihrer Neugier. Das ließ sie sich nicht zweimal sagen. Mit zwei, drei Schritten war sie am Regal und nahm sich das eben entdeckte Buch. Schwer an dem Werk schleppend betrat sie das nächste Zimmer, welches anscheinend als Lesezimmer genutzt wurde. Das Buch legte sie auf den Tisch und vertiefte sich darin. Leider fand sie nicht die gewünschten Informationen und so verlor sie schnell das Interesse daran.

Sie sah sich in dem Zimmer um. Auch hier gab es Bücherregale, die bis an die Decke reichten. Darüber hinaus gab es noch zwei Ohrensessel und besagten Tisch. Von draußen drang Tageslicht durch ein stattliches, buntes, bleiverglastes Fenster in den Raum und tauchte diesen in ein warmes Licht. Eine Tür führte hinaus auf einen Balkon. Dana wurde neugierig und öffnete die Tür, um auf den Vorbau zu gelangen.

Was war das für ein überwältigender Ausblick. Sie stand hoch oberhalb der großen Höhle und blickte auf »**Das Land**«. Unter ihr breiteten sich die Felder und Wiesen aus. Als kleine Farbtupfer sah man einige Gehöfte. Man konnte unglaublich weit in die Ebene sehen und es war doch nirgends ein Ende der Höhle zu entdecken. Dana überlegte, wo sie sich befand. Die Regierungspyramide war an den Höhlenfelsen, der die Stadt von der großen Höhle trennte, gebaut worden. Danach hatte man die Büros mit dem Palast zusammen in den Felsen getrieben und ausgebaut. Also lag dieser Balkon auf der Rückseite des Regierungsviertels. Hier konnte man so richtig träumen.

Neben der Balkontür entdeckte sie einen Sessel, in dem sie sich niederließ, um danach in Ruhe die herrliche Aussicht auf sich wirken zu lassen. Dana saß dort über eine Stunde, als sie aus ihren Träumen hochschreckte. Olo war plötzlich neben ihr erschienen und mahnte zum Aufbruch. Sie verabschiedeten sich von dem Premier und verließen sein Büro auf demselben Weg, den sie gekommen waren. Allerdings ohne noch mal auf die verwirrte Majestät zu treffen.

»Was für ein Glück!«, murmelte Dana und stupste Shari lachend an, »... noch ein Fehltritt, das muss nun wirklich nicht sein.«

Abends, nach dem Essen, erzählte Dana Tala alles, was sie im Palast erlebt hatte: Über das seltsame Verhalten des Königs bis hin zu der Einladung des Premiers, immer wenn sie mochte in sein Büro zu kommen, um in den Büchern zu schmökern. Sie unterhielten sich noch stundenlang darüber. Shari fand die Unterhaltung langweilig. Das Zuhören machte sie müde, bis sie irgendwann auf dem Tisch einschlief.

Die nächsten Tage und Wochen verliefen ohne nennenswerte Zwischenfälle. Dana verbrachte viel Zeit in der

Privatbibliothek des Premiers, ohne noch einmal auf den König zu treffen. Sie wollte mehr über ihre Vergangenheit und den Dämon in der Höhle herauszufinden. Gomek – was für ein Privileg für einen jungen Zwerg! – durfte auf Bitten von Dana, sie zu dem Premier begleiten, um ihr bei den Recherchen zu helfen.

Nachdem sie alle Bücher ohne wesentliche neue Erkenntnisse durchforstet hatten, fiel Dana, nach längerem Grübeln, ihr Besuch im Museum ein. Dort gab es doch das alte Buch, das nicht zu öffnen war. Sie erzählte Gomek von dem Buch und dass sie dorthin müsse.

»Schade, das du mich nicht ins Museum begleiten kannst, aber du weißt ja ... du bist zu jung! Vielleicht später ein mal.«, versuchte sie, ihren Freund aufzubauen.

Danach verabschiedete sie sich von ihm und machte sich auf den Weg ins Museum: Einzig und allein um das merkwürdige Buch zu öffnen – sie wusste ja nun, wie es ging. Doch vorher machte sie noch einen Abstecher zu ihrem Vater. Sie fand ihn in seinem Büro, wo er mit seinen Kollegen dabei war, die jüngsten Erkenntnisse der Expedition, auszuwerten.

»Hallo, Paps! Was gibt es Neues? Wart ihr schon in der Lage, Teile der Hieroglyphen zu übersetzen? Habt ihr was herausgefunden, was uns weiter helfen könnte?«

Dana sah ihn hoffnungsvoll an.

»Leider nein, wir kommen einfach nicht voran – und du?«

Dana erzählte ihm von ihrer Idee, im Museum das alte Buch zu öffnen. Das sei vielleicht ihre letzte Hoffnung, um neue Erkenntnisse zu erlangen. Olo wünschte ihr viel Glück und so machte sie sich auf den Weg ins Museum, sehr zum Missfallen von Shari, die von den ganzen Nachforschungen die Nase voll hatte.

Dort angekommen stürmte Dana sofort in die Bücherei, dem kläglichen Rest, eben dem, was davon noch übrig geblieben war, nach dem großen Brand. Nach kurzem Suchen fand sie das Buch, trug es zu einem Pult und berührte es mit dem Amulett. Nachdem der Informationsfluss beendet, und der Lichtstrahl erloschen war, sah sie Shari enttäuscht an. Alle übermittelten Informationen waren, wie gehabt, in der »Alten Sprache« verfasst. Zu ihrem Leidwesen hatte sie, außer Kopfschmerzen, wieder nichts dazu gelernt.

Ihr schwirrte der Kopf von den Hieroglyphen, Zeichnungen und Formeln, die sie nicht verstand. Sie wollte sich schon resigniert abwenden, als ihr eine Idee kam. Sie blätterte alles noch einmal mit der Hand durch und fand auf der letzten Seite ein Rätselspruch in ihrer Sprache, der sich vermutlich auf den großen Monolithen am Marktplatz bezog.

Das Rätsel bezog sich auf ein Portal zu weit entfernten Orten.

Willst du reisen, weg von hier
platzier dein Medaillon in mir.
Dreh einmal links und zweimal rechts –
drück eins, drei, vier und sechs,
dann öffne ich die Pforte dir.

Es war nicht viel, aber es war ein Anhaltspunkt, wie man die Monolithen zum Reisen benutzen konnte.

»Wo landete man wohl ...?«, fragte sich Dana.

»Das werden wir anscheinend erst erfahren, wenn wir es ausprobieren.«

Lachend stupste sie Shari an. Danach schrieb sie den Spruch ab und rannte zurück zu ihrem Vater. Es wurde noch ein langer Tag. Jeder Wissenschaftler in der Abteilung wollte einen Kommentar zu dem Rätselspruch abgeben oder gar eine Lösung anbieten. Und so dauerte die Diskussion darüber bis weit in die Nacht hinein. Und die Konsequenz daraus – keiner hatte wirklich eine Ahnung, was zu tun war, außer Dana. Ihr war nun eins klar geworden, sie musste, um neue Erkenntnisse zu gewinnen, unbedingt den Weg durch den Monolithen finden.

Noch in der gleichen Nacht teilte sie ihren Eltern mit, dass sie am nächsten Morgen zu dem großen Monolithen gehen würde.

»... und dort werde ich herauszufinden, wie man das schwarze Ding, mit dem Medaillon und dem Spruch, aktivieren kann!«, verkündete sie trotzig, um nach einer kurzen Pause fortzufahren:

»Ich werde alleine gehen!«, erklärte sie ihnen, »… denkt an das Siegel in der Höhle, nur ich konnte hindurch … Ich schaffe das schon!«, gab sie sich zuversichtlich, auch wenn es in ihr anders aussah.

Die Aufregung und auch ein wenig Angst, vor dem, was sie auf der anderen Seite erwartete, würde sie begleiten.

Ein Lächeln huschte über ihr Gesicht: Zum Glück hatte sie Shari! Die kleine Fee würde sie immer und überall hin begleiten.

Kapitel 8
Erogat

Am nächsten Morgen, nach einem tränenreichen Abschied von ihrer Mutter, brach Dana sehr früh auf. Trotz ihres Einspruches wurde sie von Gomek, Olo und Toben begleitet. Gomek hatte an diesem Tage frei und ohnehin nichts anderes vor. Und die anderen beiden mussten auf dem Weg zur Arbeit sowieso an dem Monolithen vorbei.

Schließlich zog der kleine Tross um Dana los, um das Geheimnis des schwarzen Steins zu lüften. Shari flog, hell erleuchtet, vorweg. Ihr folgte Dana mit Gomek und zuletzt kamen, kaum Schritt haltend, Olo und Toben. Am Monolithen angekommen, verteilten sie sich um ihn und begannen nach Unregelmäßigkeiten oder versteckten Schlössern zu suchen. Er fühlte sich kühl an. Sein Äußeres war so glatt poliert, dass man nicht einmal Bearbeitungsspuren ertasten konnte. Besonders fiel auf, dass die Oberfläche kein Licht zu reflektieren schien. Sie war einfach nur schwarz.

Nach gut einer Stunde erfolgloser Suche verabschiedeten sich Olo und Toben. Sie mussten zur Arbeit. Dana und Gomek ließen sich auf einer Bank ganz in der Nähe des Steins nieder. Sie diskutierten darüber, was man als Nächstes anstellen könnte, um das Geheimnis zu lüften. Nebenbei spielte Dana gedankenverloren an ihrem Medaillon und zuckte erstaunt zusammen. Es war extrem warm geworden – nur sie hatte es in der Aufregung nicht gemerkt.

Als sie das Gomek erzählte, ließ er sich das Schmuckstück von ihr geben, um damit dem Monolithen auf den Leib zu rücken.

Es verging fast eine Stunde bis Gomek resigniert zur Bank zurückkehrte. »Das Teil wird zwar warm, ...«, vermeldete er entmutigt, »mehr aber auch nicht. Du solltest es versuchen. Es ist ja schließlich deins.«

»Also noch ein Versuch«, brummte Dana.

Sie nahm ihm das Medaillon aus der Hand und ging zum Monolithen. Je näher sie kam, desto wärmer wurde der Anhänger. Als sie direkt vor dem Stein stand, führte sie langsam das Schmuckstück über die Oberfläche. Sofort begannen winzige Lichter, die aus dem Inneren des Monolithen zu kommen schienen, Glyphen an der Oberfläche zu bilden.

Dana schrie vor Schreck auf und sprang von dem Stein zurück. Sofort verschwanden die kleinen Lichter wieder. Gomek, der alles beobachtet hatte, drängte sie dazu, es noch einmal auszuprobieren. Dies schien die Lösung zu sein. Ein weiterer Versuch mit mehr Mut und der Unterstützung von Gomek ließ ein Quadrat von viermal vier Glyphen entstehen. Zusätzlich entstand eine Art Schlüsselloch darüber, in das das Medaillon genau hineinpasste. Dana nahm das Schmuckstück und setzte es in die Öffnung ... nichts passierte.

»Und nun?« Sie sah Gomek fragend an.

»Was jetzt?«

Gomek überlegte kurz und schlug sich sachte mit der flachen Hand gegen die Stirn. »Denk an das Gedicht aus der alten Schwarte, das du in der Bibliothek entdeckt hast!«

»Stimmt!«

Sofort begann Dana nach dem Zettel zu kramen, auf den sie den Text geschrieben hatte. Nachdem sie ihn gefunden hatte, hielt sie ihn freudestrahlend hoch.

»Na, dann wollen wir mal.«

Wie im Text beschrieben, begann Dana das Medaillon einmal nach links und zweimal nach rechts zu drehen.

Nachdem sie die letzte Drehung vollendet hatte, fingen die Glyphen auf dem Quadrat an zu pulsieren.

»Was für ein Glück, dass der Verfasser des Textes Zahlen genommen hat, da wir die Glyphen nicht ohne weiteres zuordnen können. Ist halt doch eine andere Anordnung.«

Dana begann nun, wie beschrieben, die Zeichen, in der für sie richtigen Reihenfolge, zu drücken. Nichts geschah. Enttäuscht entfernte Dana ihren Anhänger, da passierte es: Dort, wo das Schlüsselloch und die Tastatur zuvor gewesen waren, wurde der Monolith, in Form und Größe einer Tür »flüssig«. Die Oberfläche verlief nicht und die Form blieb erhalten, nur wirkte sie irgendwie ... breiig.

Gomek kam näher und berührte die Stelle. Er sah sie zwar auch, aber für ihn war die Außenseite wie vorher. Niedergeschlagen zog er seine Hand zurück:

»Wie in der anderen Höhle. Nur du scheinst da durchgehen zu können.«

Bevor Dana ein paar tröstende Worte für ihn hatte, erschallte ein Jubelschrei von Shari. Ehe es jemand verhindern konnte, schoss sie auf die Öffnung zu und verschwand darin.

»Sie ist weg! Ich hatte gedacht, ich könnte mir etwas mehr Zeit ... egal! Nun muss ich umgehend hinterher und sie suchen.«

Dana verabschiedete sich von ihrem Freund und näherte sich dem Durchgang. Zuerst steckte sie nur eine Hand in die »Flüssigkeit«. Es fühlte sich kühl und kein bisschen nass an, wie sie befürchtet hatte. In diesem Moment wurde sie unweigerlich durch die Oberfläche gezogen.

Einen Wimpernschlag später befand sie sich bereits in einer riesigen Höhle. Sofort schlug ihr eine Hitzewelle entgegen, die ihr den Atem nahm.

»Das war's ...«, dachte Dana, bevor sie ohnmächtig wurde.

Patsch, patsch, patsch.

Dana merkte, dass irgendjemand ihre Wangen traktierte. Sie schlug die Augen auf und sah Shari, die auf ihrer Brust saß und ihr ein paar leichte Ohrfeigen verpasste.

»Hör auf, ich bin nicht tot oder verletzt.«

Nachdem sie sich etwas erholt hatte, setzte sie sich langsam auf.

»Wo bin ich nur?«, murmelte sie.

Von der Hitze war nichts mehr zu spüren. Jetzt war es eher angenehm kühl. Dana stand, immer noch etwas weich in den Knien, vom Boden auf und sah sich, durch Sharis Leuchten unterstützt, neugierig um. Sie erkannte in dem Halbdunkel eine majestätische Höhle, in der sie gelandet war.

»Oh, hier scheint sich eine ganze Stadt zu befinden«, raunte sie ihrer kleinen Fee zu.

Sie selbst stand auf einer kreisrunden, polierten Fläche, die gut zwanzig Meter Maß. Sie war nur über einige Treppenstufen zu erreichen. Auf seiner Oberfläche prangte ein verziertes Pentagramm, dessen Spitzen fast bis zum Rand dieser Plattform reichten. Außerdem befand sich innerhalb jeder Kegelspitze ein Monolith, also fünf Stück an der Zahl. Das ganze Gebilde wurde offensichtlich im Zentrum dieser Stadt errichtet. Aber irgendetwas stimmte hier nicht. Dana ging die Monolithen ab. Sie standen entweder schief, oder am falschen Platz. Da sie mittlerweile wusste, dass man diese schwarzen Steine unmöglich bewegen konnte, vermutete sie, dass es hier ein Unglück gegeben hatte.

In der näheren Umgebung war die Oberfläche von Ruß geschwärzt. Es sah genauso aus, wie Dana sich das Resultat einer Explosion vorstellen würde. Dadurch wurde ihre

Vermutung, dass sie am Ort einer Katastrophe stand, noch verstärkt. Ihr gegenüber sah sie eine Freitreppe, die zu einem prächtigen Gebäude führte. Alles wirkte verlassen. Sie konnte Wege erkennen, die sternförmig von dem Platz wegführten und irgendwo in der Dunkelheit verschwanden.

Sie stieg vorsichtig die Stufen hinunter und betrat die Straße. Langsam und stetig, die Umgebung beobachtend, bewegte sie sich vorsichtig durch die Altstadtgassen.

»... es ist wahrlich eine sehr alte Stadt«, flüsterte Dana Shari ehrfürchtig zu.

Shari hatte derweil für mehr Licht gesorgt. Was sich zunächst als nützlich, schließlich aber als überflüssig erwies. Wohin sie auch ging, überall in ihrer Nähe begannen Straßenlaternen zu leuchten. Sie erloschen wieder, sobald sie sich von ihnen entfernte. Dana wurde mit der Zeit immer forscher. Sie war sich mittlerweile sicher, dass es hier niemand mehr gab. So schlenderte sie Stunde um Stunde durch die Straßen der Stadt und untersuchte jedes Haus, an dem sie vorbei kam.

Wo sie auch hinkam, überall das gleiche Bild. Seit Ewigkeiten wohnte zweifellos keiner mehr in diesen Häusern. Sie steuerte auf ein Gebäude zu, welches nach Form und Größe ein öffentliches Bauwerk sein konnte, vielleicht sogar die Bibliothek. Sie tastete gedankenverloren nach dem Medaillon, doch noch verhielt es sich ruhig. Langsam schritt sie die Stufen zum Portal hinauf. Oben angekommen öffnete sie die Tür, die sich zu ihrer Überraschung leicht öffnen ließ.

Sie betrat eine große Halle, in der sich eine Unmenge von Regalen befand, die vollgestopft mit Büchern waren. Überall standen Lesetische und Stehpulte, auf denen noch Schriften lagen, gerade so als wären die Leser nur kurz zum Essen gegangen. Sie schlenderte langsam durch die Reihen bis zum

Ende des Raumes, als sie etwas Helles bemerkte. Es war keine Kerze oder Fackel und schon gar nicht Shari, denn die hatte sich zitternd an ihren Hals geschmiegt.

»Hallo, ist da wer? Wenn ja, dann zeigen Sie sich.«

Zunächst passierte nichts. Plötzlich und unerwartet bewegte sich das Licht allmählich auf Dana zu. Zu allem Überfluss begann es, als es nahe genug war, um verstanden zu werden, zu sprechen:

»Hallo Dana, lange nicht mehr gesehen.«

Vor Schreck stolperte Dana rückwärts über einen Stuhl und landete unsanft auf ihren Allerwertesten.

Mittlerweile war das Wesen nahe genug, dass sie es erkennen konnte. Vor ihr schwebte ein alter, ... in ihren Augen uralter Mann mit einem mächtigen Bart, gut zwei Meter groß und in einen langen wallenden Umhang gehüllt. Wäre er nicht durchsichtig und würde in einem geheimnisvollen Licht erstrahlen, Dana hätte ihn mit Gewissheit sympathisch gefunden. Aber so, einfach nur unheimlich! Nach der ersten Schrecksekunde rappelte sie sich wieder hoch und beschloss abzuwarten.

»Ich bin Erogat, dein Onkel ...«

Nach einer für Dana gefühlten Ewigkeit sprach das Wesen lächelnd weiter.

»... Mütterlicherseits! Ich habe unendlich lange auf dich gewartet. Über die Zeit bin ich zwar gestorben, aber wie du siehst – ich bin immer noch hier, um dir zu helfen und um dich zu unterrichten.«

Nach dieser Offenbarung musste sich Dana abermals setzen. Sie versuchte, das alles erst mal zu verdauen. Doch dann beschloss sie, ihre Zurückhaltung aufzugeben. Sie rappelte sich erneut vom Boden auf und ging langsam auf

Erogat zu. Sie wollte unbedingt wissen, was es mit diesem merkwürdigen Wesen auf sich hatte. Sie fieberte danach, Erogat tausend Fragen zu stellen. Shari war da anderer Meinung und hielt sich, obwohl sie sonst allem Neuen zugetan war, respektvoll abseits. Dana jagten sofort viele Fragen durch den Kopf, doch sie beschloss mit den für sie wichtigen und nächstliegenden Fragen zu beginnen.

»Was bist du? Was ist das hier für ein Ort und wo sind die anderen? Gab es mal andere?«

Erogat lächelte.

»Bevor wir ins Eingemachte gehen können und ich dir deine Fragen beantworten kann, wirst du wohl erst mal zwei Bücher lesen müssen. Sonst wirst du nichts von dem, was ich dir später erzählen werde, verstehen können. Es sind die ersten zwei von uns verfassten Bücher, die die Grundbegriffe unserer Sprache und unseres Denkens erklären. Ohne die Einführung durch diese Bücher wäre alles Weitere, was ich dir erzähle, sage oder dir erkläre, vergebliche Liebesmühe. Deshalb bitte ich dich, mir in unser Gildenhaus zu folgen. Dort befindet sich unsere umfassende Bibliothek.«

Sie machten sich auf den Weg in die Dunkelheit. Erogat voran, danach Dana und als Schlusslicht, wie treffend, flog Shari ganz verschüchtert, in einem noch größeren Abstand, hinterher. Dana fiel erneut auf, dass sie die Lampen auf ihrem Weg, wenn sie in ihre Nähe kam, zum Leuchten brachte. Auf diese Weise wurde immer ein beachtlicher Bereich um die Lichtquelle in ein angenehmes Licht getaucht. Verließen sie das Umfeld der einen Lampe erlosch sie und die nächste begann zu leuchten.

Schweigend trottete sie hinter ihm her. Erogat benutzte fast den gleichen Weg wie den, den Dana gekommen war. Als sie einen Platz erreichten, zweifellos den, an dem Dana gelandet war, schwebte Erogat zu einem Gebäude, dessen überdachter Eingang von mächtigen Säulen eingerahmt wurden. Auf eine Geste mit seiner Hand öffnete sich die Tür und er schritt, beziehungsweise glitt, in die weiträumige Halle hinein.

»So, Dana, hier sind wir in der großen Bibliothek. Wenn du jetzt noch diese Werke zu deinem Wissen hinzufügen würdest ...!« Dabei zeigte er auf zwei Abhandlungen, die in einem Regal nahe dem Eingang lagen. »Danach wirst du vieles gleich besser verstehen. Fang bitte mit dem linken an.«

Dana machte sich sofort daran, das erste Buch mit dem Medaillon zu öffnen. Wie gehabt, schoss sogleich ein Lichtstrahl aus dem Buch und verband sich mit ihr, so dass sie die Daten und Informationen übernehmen konnte.

Jetzt kam auch Shari herangeflogen, sie hatte langsam die Scheu und Angst verloren und wollte nun auch mit lernen. So vergingen ganze drei Stunden, bis Dana sich vom zweiten Buch abwendete. Ihr war, bei dem ganzen Lesen oder Empfangen, ein bisschen schwindlig geworden. Erschöpft ließ sie sich auf einen Stuhl fallen. Sie musste sich unbedingt ein wenig ausruhen. Erogat kam gemächlich auf sie zu und lächelte sie an.

»Es ist im Allgemeinen nicht üblich, zwei Bücher auf einmal in sich aufzunehmen und sie geistig zu verarbeiten. Eigentlich sollte man sich immer nur eins pro Woche zu Gemüte führen, da man sonst den Geist überfordert und man nicht alles aufnehmen kann. Wie du wohl bemerkt hast, kann einem dabei auch schnell mal schwindlig werden.«

Danas Kopf brummte, aber es störte sie nicht, schließlich half das neue Wissen ihr weiter. Die Bücher, die sie zuvor gelesen und nicht verstanden hatte, fügten sich nun mit den neugewonnenen Informationen zusammen. Sie ergaben auf einmal viel mehr Sinn für sie, obwohl es immer noch zahlreiche Wissenslücken in ihren Gedankengängen gab. Doch sie hoffte diese mit Hilfe von Erogat schließen zu können.

»Jetzt, da du einiges von unserem Basiswissen besitzt, kann ich hoffentlich viele von deinen Fragen beantworten. Nun wirst du, so hoffe ich wenigstens, in der Lage sein, mit meinen Antworten auch etwas anfangen können.

Du weißt nun mancherlei von unserer Geschichte, kennst jetzt viele unserer Worte der alten Sprache sowie Buchstaben und deren Bedeutung und die Übersetzung der meisten Hieroglyphen.

In den nächsten Tagen wirst du noch drei weitere Bücher lesen müssen, damit dein Grundwissen komplett wird.«

»Ich dachte, wir dürfen oder sollen nur ein Buch pro Woche aufnehmen ... lesen!«, unterbrach Dana den Geist.

»Ich weiß, was ich gesagt habe!«, erwiderte er ärgerlich. »Eigentlich bist du schon zu alt, um mit dieser Ausbildung zu beginnen. Da du aber meine einzige Schülerin bist, machen wir eine Ausnahme mit dem Lesen der Bücher ... und dem Unterricht! Ich hoffe, du hältst es durch! So werden wir dieses Manko, dein Alter, hoffentlich ausgleichen können. Vermutlich kannst du die Ausbildung nach fünf Jahren, wenn du fleißig bist, mit Bravour abschließen.«

»So, jetzt bin ich aber mal dran, Fragen zu stellen.«

Dana hatte jetzt Mut gefasst und wirkte nicht mehr eingeschüchtert. Jetzt wollte **sie** Fragen beantwortet haben.

»Wo sind wir hier genau? Wer oder was sind wir? Wer wohnte hier? Aber am meisten interessiert mich, wo sind sie alle hin?«

»Das sind sehr gute Fragen und nicht sehr leicht zu beantworten.«, entgegnete Erogat und überlegte kurz. »Hier befindest du dich in der Stadt des »Alten Volkes«. Sie heißt Te La Luna. Man nennt uns das »Alte Volk«, aber der richtige

Name ist »Mu‘ Nagaan«. Wir leben schon seit Tausenden von Jahren hier. Ich wurde hier zwar nicht geboren, lebte aber seit der Gründung hier. Wir sind die Wächter der Natur, des Planeten und allem, was darauf kreucht und fleucht. Wir besitzen die Macht über die Elemente und Naturgesetze. Die Außenstehenden nennen es Magie.«

Er legte eine kurze Pause ein, bevor er weiter erzählte.

»Wir können die Energie der Natur für uns nutzen. Wir vermögen mit unseren Kräften zu helfen oder zu zerstören. Unser Volk ist der Bewahrer des Friedens zwischen Licht und Schatten, der Ordnung und des Chaos sowie der Natur. Wenn es sein muss, sind wir auch Richter und Geschworene für alle, die streiten, seit es höher entwickeltes Leben auf diesem Planeten gibt.«

Dana blickte auf!

»Licht und Schatten ... Chaos … Ordnung und Natur ...?«

»Ja. Die Welt ist aufgeteilt in Lichtwesen, die bevorzugt tagsüber aktiv sind, die Ordnung, Gradlinigkeit und natürlich Ehrlichkeit lieben, auf der anderen Seite die Schattenwesen. Diese bevorzugen die Zeit des Mondes und der Nacht, Lug und Trug und vor allen anderen Dingen, ... das Chaos. Das sind die Dinge, die sie über alles schätzen. Deswegen nennen wir sie auch Chaoten.«

»Sind sie böse?«, wollte Dana umgehend wissen.

Erogat sah sie einen Augenblick schweigend an, bevor er ihr nachdenklich erklärte: »Nein, eigentlich nicht. Es ist eher Ihre Natur. So etwas wie Gut oder Böse ist in der Natur und der natürlichen Ordnung nicht vorgesehen. Die Menschen haben diese Art der Einteilung erfunden, um ihre Taten zu rechtfertigen.«

Er machte wieder eine Pause. Danach führte er seinen durchsichtigen Finger an die ebenso transparenten Lippen.

»Unterbrich mich bitte nicht, und stell deine Fragen, wenn ich mit meiner Erzählung fertig bin.«

Dana nickte verlegen.

»Also, ... Elfen, Zwerge, Feen sowie Wesen, die den Tag nicht scheuen, ... die gelten als Lichtwesen, da sie das Sonnenlicht nicht fürchten und einen selbstlosen Charakter besitzen. Dagegen gibt es auf der anderen Seite Trolle, Goblins, Dämonen. Sie lieben es dunkel und modrig. Die Natur und ihre Wesen befinden sich irgendwo dazwischen. Du siehst, Dana, alles hat irgendwo seinen Platz und ...«

»Aber – gibt es da nicht noch was dazwischen? Die Menschen, wo gehören die hin?«

Dana wollte es genau wissen. Er sah sie, da sie ihn schon wieder unterbrach, ärgerlich an. Dennoch beantwortete er ihre Frage.

»Die Menschen, das ist eine Gattung für sich. Die gehören eigentlich zu beiden Seiten oder zu keiner. Vor gut sechs Millionen Jahren haben wir, unser Volk, ein eigenartiges Wesen entdeckt, das gerade anfing, aufrecht zu gehen. Es besaß, für seine Art, ein recht vielversprechendes Potenzial und Anzeichen von Verstand. So maßten wir uns an, das Wesen zu fördern. Daraus entstand der heutige Mensch. Sie waren eine herbe Enttäuschung für uns. Wir gaben ihnen alle Möglichkeiten mit auf den Weg, damit sie ihr Leben geordnet und friedlich gestalten konnten.«

»Sind sie nicht intelligent genug, um in Frieden zusammenzuleben?«

»Vielleicht, vielleicht auch nicht. Wir werden es sehen. Wenn sie die nächsten paar tausend Jahre überstehen, ohne sich auszurotten, habe ich Hoffnung für sie. Aber das Ego und die Aggression, die dem Menschen innewohnt, sind einfach zu groß und nicht berechenbar. Er lässt sich auch sehr leicht vom

Chaos verleiten. Es ist wohl einfacher und leichter für ihn als die Ordnung. Am Anfang galten wir bei den Menschen als Götter. Das wollten wir natürlich nicht. Der Mensch ließ sich davon aber nicht abbringen, uns trotzdem anzubeten. Er brauchte halt Götter, um seine Taten zu rechtfertigen, für Kriege, Mord und Totschlag. Natürlich auch, ... um seine Mitmenschen zu kontrollieren.

Da wir aber seine Handlungen nicht unterstützten, geschweige denn gut hießen, suchte er sich neue Götter, um seine Macht über seinesgleichen auszubauen. Sie fingen sogar an, uns als falsche Götter zu schimpfen, zu verfolgen und uns auszulöschen. So ist der Mensch. Bist du nicht für ihn, so bist du gegen ihn und musst um dein Leben fürchten. Deswegen haben wir uns von den Menschen abgewandt.«

»Von allen Menschen?«

Dana konnte und wollte es nicht glauben, sie hatte viel über Menschen gelesen, über ihren Erfindungsreichtum, die guten Taten, die sie vollbracht hatten, von ihrer Großzügigkeit und Hilfsbereitschaft.

»Nein, nicht alle ...«, entgegnete er kaum vernehmbar. »Eigentlich sind es recht wenige. Aber die wenigen sind in der Lage, die meisten Menschen zu beeinflussen und zu kontrollieren, so dass sie wie die Lemminge hinter ihnen hertrotten und blind alles befolgen. Das läuft aufs Gleiche hinaus.« Resignation lag in seiner Stimme.

Das musste Dana nun erst einmal verarbeiten. Sie wollte schließlich irgendwann mal die Menschen kennenlernen. Da fiel ihr aber noch eine wichtige Frage ein.

»Wo sind die restlichen von unserem Volk? Was ist mit ihnen passiert?«

»Die anderen von uns sind bei einem großen Experiment verschwunden. Sie sind im Zeitfluss verloren gegangen«, entgegnete Erogat traurig.

»Deine Eltern wollten ein großes Portal erschaffen, um uns wieder nach Hause zu bringen, wo immer das sein mag Sie haben versucht, die fünf Monolithen auf dem Pentagrammplatz zu einem großen Portal zu verschmelzen, also zu einem großen Monolithen. Sie waren der Meinung, dass sie die Energie, die dafür nötig wäre, kontrollieren könnten. Da hatten sie sich wohl überschätzt! ... Die magische Explosion hat alle vermutlich in verschiedene Zeiten geschleudert. Tja, sie sind in der Zeit verloren gegangen.

Ich hatte Glück im Unglück. Während des Experiments war ich gerade in einem Portal unterwegs. Als es passierte, wurde ich ohnmächtig und wachte hier auf dem Pentagramm alleine, aber ohne mein Medaillon, wieder auf. Das war, falls ich das noch nicht erwähnte, vor rund fünftausend Jahren. Du bist bis jetzt die Erste, die wieder aufgetaucht ist. Du weißt ja auch, wann und wo.«

»Meine Eltern? Wie kamen sie darauf? Wer hat sie bloß auf die Idee gebracht?«

Dana schüttelte ungläubig den Kopf.

»Deine Eltern hatten damals von dem großen Experiment aus Atlantis gehört. Viele unserer Leute hatten sich enttäuscht von den Menschen nach Atlantis zurückgezogen. Sie lebten dort in Saus und Braus und kümmerten sich nicht mehr um ihre Aufgaben. Irgendwann kamen sie auf die Idee, aus kosmischer Energie, ein gewaltiges Portal zu erschaffen, um wieder nach Hause zu kommen. Sie hatten sich übernommen und die Energie, die sie damit freisetzten, unterschätzt, so dass dieser Kontinent mit einem großen Knall verschwand. Das war vor ungefähr elftausendfünfhundert Jahren.

Deine Eltern waren der Meinung, sie hätten alles im Griff und würden die Fehler von Atlantis nicht wiederholen. Sie wollten kein neues Portal erschaffen, sondern die fünf vorhandenen zusammenführen und zu einem Einzigen verschmelzen ... So kann man sich täuschen. Es gab zwar keinen großen Knall, aber das Resultat war fast dasselbe. Ich blieb allein zurück. Dummerweise befand ich mich gerade in dem Portal hierher. Als ich hier ankam, waren alle weg und mein Medaillon auch. Man benötigt einige Zauberer, um ein neues Medaillon zu erschaffen, verstehst du nun?«

Er sah sie fragend an. Dana hütete sich, zu antworten. Sie wollte ihn nicht noch mal unterbrechen und somit verärgern. Schweigend lauschte sie weiter seiner Erzählung.

»Nun war ich an diesem Ort gefangen. Niemand kann durch die magischen Wände dieser Höhle gelangen. Es gibt nur die Passage durch den Monolithen. Seitdem warte ich. Irgendetwas sagte mir, dass du zurückkehren würdest, um die Fehler deiner Eltern zu korrigieren. Deshalb habe ich auf dich gewartet und gehofft, du erscheinst noch zu meinen Lebzeiten. Es hat zwar etwas länger gedauert, aber nun bist du ja hier.«

Nachdem er seine Geschichte beendet hatte, verfiel Dana in nachdenkliches Schweigen. Das war ein Schock für sie. Ihre Eltern hatten dieses Chaos verursacht. Ihnen ist es also zu verdanken, dass sie in der Zukunft gelandet war und jetzt nicht wusste, wo sich der Rest ihrer Leute befindet?

»Das kann ja wohl nicht wahr sein ...«, schimpfte sie leise, als sie von Erogat aus ihren Gedanken gerissen wurde.

»Musst Du nicht langsam wieder nach Hause, Dana? Du bist schon eine ganze Weile hier. Warten deine Zieheltern gar nicht auf dich?«

»Doch, natürlich. Sie warten immer auf mich. Aber eine Frage habe ich da noch. Weißt du, woher Shari kommt, und was sie für ein Wesen ist?«

»Nicht genau! Wir haben nur eine Vermutung«, gab Erogat schmunzelnd zur Antwort. »Wir spekulieren, dass sie eine Meerschaumfee ist oder zumindest ihrer Gattung angehört. Nach unserer Geburt erscheint in der Nähe eines Neugeborenen ein magisches Ei. Aus dem schlüpft nach vierzehn Tagen so ein Wesen. Es begleitet uns ein Leben lang. Wenn wir nicht mehr sind, vergeht auch ihre körperliche Erscheinung und die Fee kehrt ins Wasser zurück. Nur andersrum passiert nichts ...«

Erogat betrachtete Shari nachdenklich.

»... wir können ohne sie existieren. Aber wir kennen Mittel und Wege, um zu verhindern, dass sie uns vorzeitig verlassen. Wir müssen sie nur innerhalb von vierundzwanzig Stunden mit einem Ahnenstein zurückholen. Sonst kehren sie für immer zurück in ihr Element, ins Wasser. Du hast sicherlich schon mal das Glitzern in einem See, Fluss oder Bachlauf beobachtet. Oder in der Dunkelheit das Leuchten, das Schimmern, das sich im Wasser bildet. Das sind sie. Dort findest du ihre Art. Sie lernen alles, was wir lernen und nehmen am Ende ihrer Zeit das gesammelte Wissen mit zurück in ihr Element ... Könnte man aus dem Wasser lesen oder irgendwie anders an die Information herankommen, man hätte die umfangreichste Bibliothek der Welt und somit Zugriff auf das gesamte Wissen des Universums.«

Erogat begab sich langsam zu Tür. Dana und Shari folgten ihm, ohne ein Wort zu sagen. Er brachte die beiden noch bis zum Pentagramm.

»Hier, Dana, hier siehst du die letzten Hinterlassenschaften von dem Experiment. Die magische Explosion ist heute noch stark zu spüren.«

Dana trat näher.

»Bin ich deswegen ohnmächtig geworden – durch die starke Magie, die hier noch herrscht?«

»Ja. Es dauert eine Zeit, bis du so viel magische Energie absorbiert und dich angepasst hast.«

»Passiert das jedem, der hierherkommt? Oder nur uns?«, wollte Dana wissen.

»Ich vermute, dass es jedem von uns so ergeht. Ich hoffe allerdings nur einmal. Aber das weiß ich wirklich nicht. Du bist schließlich die Erste, die hier erschienen ist.«

»Kann ich morgen wiederkommen? Und wenn ja, kann ich einen Freund mitbringen? Und vor allem, wie bekomme ich den mit hierher?«

Dana hatte sich überlegt, zu allen weiteren Besuchen beim Geist, Gomek mitzunehmen, damit sie nicht zu stark unter Erogats Fuchtel stand. Auch sie brauchte ab und zu Freizeit.

»Natürlich musst du wiederkommen. Du solltest sogar jeden Tag wiederkommen. Wir müssen dich schließlich ausbilden. Und was deinen Freund angeht: nimm ihn einfach an die Hand und geh zusammen mit ihm durch das Portal. Aber pass auf, trenne nicht die Verbindung, sonst geht er verloren. So, ich hoffe, wir konnten bis jetzt einiges klären und ich sehe dich morgen frisch und munter mit deinem Freund wieder.«

»Na klar. Das bekomme ich wohl hin.«

Sie ging auf den letzten noch funktionierenden Monolithen zu und aktivierte ihn, um wieder ins Zwergenreich zu gelangen. Sie hatte Gomek, Toben und ihren Zwergeneltern eine ganze Menge zu berichten und war gespannt auf deren

Gesichter. Als sie das Portal durchschritt, ließ sie einen sehr nachdenklichen Erogat zurück.

Kapitel 9
Die Ausbildung beginnt.

Auf der anderen Seite des Portals musste Dana erst mal ihre Augen bedecken, denn das taghelle Licht blendete sie. Es war ihr bis jetzt nie aufgefallen, wie hell es doch war. Nach ein paar Sekunden hatte sie sich an die Helligkeit gewöhnt und sah sich nun nach Gomek um. Sie fand ihn nicht weit entfernt, schlafend auf einer Bank.

Sie spazierte geradewegs auf ihn zu, aber Shari war schon viel schneller als sie und zwickte ihn in die Nase. Er schreckte hoch, sah sich um und entdeckte Dana, die sich auf ihn zu bewegte. Er eilte ihr entgegen und nahm sie in die Arme, um sich anschließend mit ihr mehrfach im Kreise zudrehen. Danach setzte er sie mit Schwung auf den Boden. Er strahlte über das ganze Gesicht und fragte sie aufgewühlt, ob sie einen Schimmer habe, wie lange sie weg gewesen sei. Sie schüttelte nur müde den Kopf.

»Über zwölf Stunden!«, erwiderte er aufgeregt. »Deine Eltern suchen dich bereits überall. Sie sind längst in Sorge, dass du nicht mehr zurückkommst.«

»Oha! Da muss ich sie umgehend beruhigen!«, reagierte sie bestürzt. »Komm, lass uns schnell zu meinen Eltern gehen! Du glaubst nicht, was ich erlebt habe! Da werde ich dir und den anderen alles erzählen und noch viel mehr erklären können.«

Sie eilten vom Platz und liefen durch die Gassen zu Danas Elternhaus. Kaum angekommen, lief Tala gleich auf Dana zu, wischte sich die Tränen aus den Augen und drückte sie fest an sich.

»Dass du mir so etwas nie wieder antust! Ich hab mir schreckliche Sorgen um dich gemacht. Du warst so lange weg. Nun erzähl aber erst mal, was du alles erlebt hast.«

Ohne Umschweife setzten sich alle an den Tisch, und Dana begann mit ihrer Schilderung der Erlebnisse auf der anderen Seite: Sie berichtete, den gespannt lauschenden Zuhörern, von der riesigen Höhle, von Erogat und von ihrer Vergangenheit, eben von allem. Sie ließ nichts aus. Zwischenfragen beantwortete sie kurz, oder sie verwies darauf, dass sich diese Fragen im weiteren Verlauf ihrer Erzählung selbst klären würden. So saßen sie bis tief in die Nacht mit hochroten Gesichtern und lauschten gespannt Danas Geschichte.

Als sie zu der Stelle kam, wo es um ihre Ausbildung ging, waren Olo und Tala nicht sonderlich begeistert. Aber am Ende der Schilderung mussten sie wohl oder übel ihre Zustimmung geben. Sie wussten natürlich, dass sie Danas Fähigkeiten nicht weiterbilden konnten. An der Stelle, wo sie berichtete, dass Gomek mit ihr hinüber dürfe, brachte es ihn ganz aus der Fassung. Er wollte sofort zu seinen Eltern laufen und sie um Erlaubnis fragen, um sich Dana anzuschließen. Er sprang vom Tisch auf, verabschiedete sich hastig, um rasch nach Hause zu kommen. Gomek musste unbedingt die Zustimmung seiner Eltern erhalten. Das wäre etwas, wenn er, als erster Zwerg, Magie studierte.

Tala sah Dana, nach diesem stürmischen Aufbruch, scharf an. Sie war natürlich der Meinung, es wäre jetzt für alle Beteiligten an der Zeit hier abzubrechen und sofort ins Bett zu gehen. Schließlich hatten alle einen langen Tag und viel Aufregendes hinter sich. Dana gähnte, reckte und streckte sich, um danach, ein leises »Gute Nacht« hauchend, im Bett zu verschwinden. Olo und Tala unterhielten sich noch eine ganze

Weile, bis auch sie müde ins Bett gingen. Morgen würde es wohl wieder ein anstrengender Tag werden.

Gomek war, zum Leidwesen von Olo und Tala, schon sehr früh vor Danas Haus erschienen. Er konnte es einfach nicht abwarten, mehr über die bescheidenen Magiefähigkeiten seines Volkes zu erfahren.

Nach einem ausgiebigen Frühstück zogen die drei Freunde los, um Erogat zu besuchen und ihre Ausbildung anzufangen. Am Monolithen nahm Dana Gomek an die Hand, um mit ihm durch das Portal zu gehen.

»Tatsächlich, es hat funktioniert«, freute sich Dana erleichtert.

Gomek runzelte die Stirn und brummte: »War es nicht klar, dass das klappt?«

»Erogat war sich nicht ganz sicher, dass es so funktioniert. Lass uns jetzt weiter gehen ... Wir haben noch viel vor uns.«

Dana strahlte ihn an. »Wir sollten jetzt zu Erogat gehen. Der wartet sicherlich schon auf uns.«

So war es auch. Der Geist hatte durchgesetzt, dass sie die erste Zeit der Unterweisung bei ihm blieben, da er so besser ihre Fortschritte und Defizite erkennen würde. Er begann unverzüglich mit der Ausbildung. Die beiden „Zauberanwärter", mit Shari eigentlich drei, kamen nicht umhin, wochenlang, ... Tag für Tag aus Büchern zu lesen und zu lernen. Nach jedem Buch fragte Erogat sie ab und beantwortete selbstverständlich jede ihrer Fragen. Um das Erlernte zu verinnerlichen, wurde noch praktisch geübt: zaubern oder Tränke herstellen und was es sonst noch so zu erlernen galt.

Pausen gab es nicht viele. Nur, wenn sie ab und zu nach Hause kamen, gab es mal Ruhe für die Drei. Es störte sie aber auch nicht weiter. Alle waren besonders wissbegierig. Und außerdem, wer von den anderen Zwergen lernte schon das Zaubern ... was für ein Privileg!

Dana nahm so viele Bücher, wie möglich, auf. Zum Glück hatte sie Shari dabei. Ihr schien die Masse an Information nichts auszumachen, so dass Dana einiges von ihrem Erlernten »auslagern« konnte. Die meiste Freude hatte Dana, wenn sie das aufgenommene Wissen in die Praxis umsetzen durfte. Zaubern, das war ihr Leben. Obwohl Erogat ihr x–mal erklärt hatte, dass das, was sie hier erlerne, nichts mit Magie zu tun habe.

»Die Menschen nennen es Magie, da sie diese Art der Beeinflussung der Natur nicht verstehen.«

So erläuterte er ihr das Prinzip immer und immer wieder.

»Wir sind in der Lage, die Naturgesetze für uns zu nutzen. Brauchst du heißes Wasser, dann bewege die Moleküle der Flüssigkeit. Immer schneller und schneller bis es anfängt zu kochen. Verlangsamst du die kleinen Teilchen, gefriert es. So kannst du jede Materie beeinflussen. Feuer macht man genauso, nur, dass man im Holz die Reibung erzeugt, bis es zu brennen beginnt. Also, kein Holz ..., kein Feuer. Wir benötigen deshalb immer etwas von dem, was wir erschaffen wollen, auch wenn es nur winzige Partikel sind. Aus diesem Grund haben wir immer einen Beutel mit den wichtigsten Utensilien bei uns.

Wenn du, zum Beispiel, einen Apfel essen willst, kannst du ihn sicherlich von irgendwoher teleportieren, und es würde bei einem anderen der Apfel fehlen.

Wir machen es anders: … Benutze diesen Apfelkern und schließ die Augen. Konzentriere dich auf den Kern. Lass ihn in deinem Geist wachsen bis zu einem ausgewachsenen Baum und bis zur Ernte ... nun pflücke dir einen Apfel.

Öffne jetzt die Augen. Siehst du, nun hast du deinen Apfel. Wenn du es nun noch schaffst, ohne dass du überall Apfelbäume herumstehen lässt, dann hast du es verstanden.«

Dana öffnete ihre Augen und stand vor einem gewaltigen Apfelbaum.

»Ups … und was mach ich jetzt?«

»Lass ihn verschwinden, bis auf den Apfel. Mit etwas Übung ... hmm, mit viel Übung ...«, murmelte er grinsend, um danach laut weiter zu plaudern, »erschaffst du so etwas, nur mit deiner Gedankenkraft, während eines Wimpernschlages. Du benötigst den Baum oder was du sonst erschaffen willst nicht in natura. Den Weg bis zur Ernte, den du im Geiste nachvollziehst, der ist wichtig. So kommst du, ohne dass du den ganzen Schnickschnack drum herum brauchst, zu deinem Apfel – oder was du gerade erzeugen möchtest.

Aber wie gesagt, wir benötigen dazu etwas von dem, was wir erschaffen wollen. Selbst wenn es nur die kleinste Zutat ist, ein Apfelkern, ein Reiskorn oder eine Gewürzknospe. Selbst wir sind nicht in der Lage irgendetwas aus dem Nichts zu erschaffen. Niemand kann das, genauso wenig, wie man tote Materie nicht zum Leben erwecken kann. Wir können sie formen und kontrollieren, sie mit unseren Gedanken lenken, aber Leben erschaffen? ... Niemals.«

Dana tat, was Erogat ihr aufgetragen hatte und ließ den Baum verschwindend. Shari und Gomek konnten sich über Danas Missgeschick köstlich amüsieren und lachten herzlich, bis Dana und Erogat in ihr Gelächter mit einstimmten.

Das nächste Thema, was der Geist sie lehren wollte, hieß „Golems“. Erogat erzählte ihnen, dass diese aus verschiedenen Stoffen wie Feuer, Wasser und Eis bestehen konnten. Sie lernten auch, wie er es schon angedeutet hatte, dass sie den Golem nicht zum Leben erweckten, sondern dass sie ihn nur mit ihrem Geist und der Fähigkeit, Materie in die gewünschte Form zu bringen, kontrollierten. Ohne ihre Kontrolle wäre es eben nur Stein, Holz, Feuer oder eben etwas anderes. Eine weitere Möglichkeit einen Golem zu erschaffen, bestände durch die Runenmagie. Die sollten sie aber lieber den Zwergen überlassen.

»Entschuldige, Gomek – das wäre die ideale Magie für dich.«

Erogat sagte dies nicht ohne Hintergedanken, denn die lag ihm sicherlich eher. Gomek tat sich schwer mit der Magie, die Erogat lehrte. Dana hatte es viel leichter mit der Zauberei. Sie hatte besonderen Spaß dabei, die Luft zu manipulieren. Sie dachte an Leitern, Brücken oder einen Stuhl und konnte diese, weil sie die Luftmoleküle beeinflusste, auch erstellen. Und mit etwas Übung, sogar auf der Luft gehen oder sich auf diese setzen.

Das beherrschte sie schließlich so gut, dass sie abends, wenn das Studieren beendet war, für alle immer Stühle am Kamin erzeugte. Gomek kam mit seiner Ausbildung auch gut voran. Einige Zauber, die Dana erlernte, schaffte er nicht. So verlegte er seinen Ehrgeiz mehr auf die Runenmagie. Die, wie Erogat ihm irgendwann erklärte, die Zwerge bis zur höchsten Perfektion beherrschten, wenn sie nur wollten. Nicht einmal er habe es so weit gebracht, wie es einige Zwerge meisterten. Er erschuf, unter Erogats Anleitung, die verschiedensten Runen. Diese musste er, mangels anderer Gegenstände, in Teller, Tassen oder Stühle, manchmal auch in Schränke einarbeiten. Dadurch wurden sie magisch, vor Zerstörung und sonstigen Auswirkungen geschützt.

Dana sollte schließlich mit ihren Zaubern versuchen, diese zu zerstören, um die Wirksamkeit der Arbeiten zu testen und nebenbei ihre Fähigkeiten zu trainieren.

Irgendwann abends, als alle mal wieder zusammen vor dem Kamin saßen, stellte Gomek seine, für ihn wichtigste, Frage. »Erogat, wieso können wir Zwerge mit der Zauberei nicht umgehen?«

Erogat blickte lange ins Feuer, bevor er sich räusperte, und anfing zu erzählen:

»Wie ihr vielleicht wisst oder auch nicht, lebten wir nicht immer hier unten. Vor tausenden von Jahren, wir suchten den letzten Herrscher des Chaos, stießen wir auf dieses Gebirge, wo wir seinen Unterschlupf vermuteten.«

»Stopp!«, unterbrach ihn Dana. »… wer ist der Herrscher des Chaos?«

Erogat sah Dana etwas verstört an.

»Hast du die Chroniken von dem großen Krieg gegen das Chaos noch nicht gelesen? Auch gut! Fange ich eben dort an. Ich habe euch doch von den Licht– und Schattenwesen erzählt, die, von kleinen Problemen abgesehen, recht gut nebeneinander existieren konnten. Nun, vor gut fünfundsechzig Millionen Jahren schafften es die sieben Herrscher des Chaos, fast alle Wesen der Schatten und Nachtwelt zu vereinen und die Herrschaft auf dieser Erde zu übernehmen.

Sie verdunkelten die Sonne und bekämpften alles und jeden, der anders dachte als sie. Die ewige Dunkelheit zerstörte fast die ganze Erde, bis die Lichtwesen, unter unserer Führung, in einer letzten gewaltigen Schlacht das Sonnenlicht zurückbrachten und wir wieder Frieden hatten. Nur durch unser Unvermögen, für Ordnung zu sorgen, gab es diesen großen Krieg. Unser Volk führt eigentlich keine Kriege, wir sind Pazifisten, denn im Krieg gibt es nur Verlierer.«

Erogats Stimme klang traurig. Nachdenklich fuhr er mit seiner Schilderung fort.

»Wir wurden getäuscht und ausgetrickst. Damit so etwas nicht wieder geschehen sollte, beschlossen wir, die sieben Herrscher des Chaos einzufangen und einzusperren. Töten kam für uns nicht infrage. Außerdem wusste niemand, wie sie zu töten wären. Der Legende nach sollen sie ewig leben.

Also, verfolgten wir sie über die Jahrmillionen. Wir hatten bereits sechs von ihnen entweder in Stein gebannt, in Eis eingeschlossen, im Vulkan deponiert oder sonst wie weggesperrt. Den letzten der Herrscher vermuteten wir in diesem Gebirge. Und wir hatten recht. Hier in diesem Gebirgsmassiv hatte er seine Zuflucht. Im ganzen Gebirge erbaute er verschiedene Habitate, um dort seine gefangenen Völker zu studieren und um weitere Kreaturen zu züchten. Somit hatte er jederzeit Zugriff auf sie ... wie in einem Tierpark.

Das Einzige, was ihn noch gestört hatte, waren die Zwerge. Sie wollten sich nicht unterordnen und ihn nicht als alleinigen Herrscher des Gebirges anerkennen. Das war die Zeit, wo wir auf die Zwerge trafen. Sie halfen uns, den letzten Dämon zu besiegen und in einer Höhle, tief unten im Gebirge, einzuschließen.«

Aufgeregt und heftig mit den Armen wedelnd unterbrach Dana die spannende Geschichte.

»Ich glaube, den haben wir gefunden.«

Dabei stieß sie Gomek an. »Gomek … weißt du noch die Höhle mit dem Pentagramm und den Hieroglyphen an der Wand, wo ich für Stunden verschwunden war?«

Hier unterbrach Erogat ihren Redefluss besorgt.

»Ist er noch dort? Hält das Siegel noch? Ist es nach all der Zeit noch stark genug?«

Dana beruhigte ihn und erzählte von dem Zusammentreffen, wie sie das Buch wieder aktivierte, wie »freundlich und zuvorkommend« der Hausherr war und sie ohne Umschweife töten wollte. Hier unterbrach Gomek die beiden.

»Was hat das nun alles mit meiner Frage zu tun?«

Erogat sah ihn verdutzt an. »Nichts. Es ist nur die Vorgeschichte zu deiner Frage. Also, nachdem wir den Dämon eingeschlossen hatten, fragten wir die Zwerge, ob wir uns hier niederlassen könnten. Sie erlaubten es uns, aber nur, wenn wir etwas zu dem Leben, das die Zwerge führten, beitragen würden. Natürlich sagten wir zu. Wir begannen nun, die Zwerge mit unserer »Magie« vertraut zu machen. Das war wohl nichts. Über die Jahrhunderte brach das reinste Chaos über die Zwerge herein.«

Er sah Gomek resigniert an. »Ihr Zwerge habt kein Gespür für diese Art der Magie. Sie liegt euch nicht, ihr könnt sie nicht beherrschen. Oder ihr wollt es nicht.«

Erogat schüttelte resigniert den Kopf, um schließlich mit seiner Erzählung fortzufahren.

»Jedenfalls, was ihr schafftet, war alles Mögliche von euren Nachbarn zu »borgen«. Brauchte einer der Zwerge Holz für Feuer, teleportierte er es vom Nachbarn zu sich nach Hause. Oder, wenn es ums Essen ging, ... der Nachbar hat es ja schon. Das kann man sich ja einheimsen. Sie trieben es so weit, dass es fast in Mord und Totschlag geendet hätte. Irgendwann gaben wir schließlich auf zum Wohle aller Beteiligten und bauten uns dieses Domizil. Magisch abgeschlossen und völlig sicher. Ich habe am eigenen Leib erfahren müssen, ... wie sicher.«

Schwermütig sah er dabei auf seinen eingeschlossenen Körper.

»Von dieser Zeit an hatten wir nur noch losen Kontakt zu den Zwergen: Zum Beispiel, wenn jemand von ihnen krank wurde oder wir Handel treiben wollten. Gelegentlich benötigten sie auch unsere Magie.«

Gomek blickte Erogat eine Zeitlang schweigend an. Dann platzte es aus ihm heraus. »Also, rein theoretisch könnte ich es doch richtig lernen, ... oder!?«

Erogat sah ihn zweifelnd an. »Ich weiß nicht. Ihr tickt vielleicht doch etwas anders als wir.«

Nach diesem langen Gespräch starrten sie noch eine Weile schweigend ins Feuer, um das Gehörte zu verarbeiten. Irgendwann begann Shari zu gähnen, Dana und Gomek wurden davon angesteckt und begannen nun ihrerseits zu gähnen. Sie waren alle sehr müde.

»Zack aufstehen. Ende für heute, ab nach Hause! Morgen beginnen wir wieder sehr früh.«

Sie rissen sich zusammen und trotteten zum Portal, jeder freute sich bereits auf sein eigenes Bett.

Kapitel 10
Eine neue Spur

Am nächsten Morgen war Dana, durch laute Stimmen aus der Küche, recht früh wachgeworden. Shari, mal wieder sehr neugierig, düste sofort in die Küche. Sie wäre, bei ihrem schwungvollen Anflug, beinahe mit dem Wissenschaftsminister zusammengestoßen, der sich mit Danas Eltern angeregt unterhielt. Vor lauter Schreck ließ er seine Kaffeetasse fallen. Bei dem Versuch, sich in Sicherheit zu bringen, wäre er fast noch über einen Stuhl gefallen. Dana, die nur den Rest mitbekam, rief Shari schnell zu sich. Schleunigst entschuldigte sie sich betreten für das übermütige Benehmen ihrer kleinen Freundin.

Nachdem sich die erste Aufregung gelegt hatte, wollte der Minister mit Dana und der Familie reden. Wie es für ihn normal war, wurde sein Anliegen so verpackt, dass daraus eine ganze Geschichte wurde. Er erzählte ihnen, dass vor mehr als einhundert Jahren ein gewaltiges Beben dieses Gebirge erschüttert hatte, und dass seitdem der Kontakt mit der Außenwelt unmöglich sei ...

»... jeder Zwerg kennt die Geschichte. Man hat seit damals versucht, das Problem zu lösen. Allerdings ohne Erfolg.«

Er brauchte allein für diese Schilderung fast eine viertel Stunde, bis er endlich zum Kern seines Besuches kam. Er wandte sich direkt an sie:

»Dana, wir haben mittlerweile mitbekommen, dass du eine Ausbildung als Magierin begonnen hast, und zwar bei einem großen Zauberer, einem des **»Alten Volkes«** ... Ja, wir wissen nach wie vor von ihnen. Es gibt noch viele Aufzeichnungen über sie. Nach unseren Recherchen wäre er wohl in der Lage dieses Problem zu lösen.«

Hier unterbrach Dana zum ersten Mal den Redeschwall des Ministers.

»Erogat, so heißt er, hat nur ein mächtiges Problem: ... er ist tot! Er wird seine Höhle nicht verlassen können, um seine Kräfte vor Ort zu nutzen.«

»Oh!«, der Minister lächelte verlegen.

»Könnest du dich trotzdem bei ihm erkundigen, ob er eine Lösung weiß oder wer uns noch helfen könnte ... Bitte!«

»Aber sicher. Fragen kostet nichts ... und mehr als nichts kann dabei auch nicht herauskommen. Vielleicht fällt ihm tatsächlich was dazu ein!«, versprach sie ihm.

Nach diesem aufschlussreichen Gespräch verließ der Minister das Haus, um sein Kabinett zu unterrichten. Dana wartete nun nur noch auf Gomek – erstens, um ihm alles zu erzählen und zweitens, um mit ihm zu Erogat zu gehen. Eine halbe Stunde später traf er ein und sie machten sich sofort auf den Weg. Zwischenzeitlich berichtete sie ihm von dem morgendlichen Besuch und von dem Gespräch.

»Das riecht nach Abenteuer ...«, sein Gesicht lief rot an, vor lauter Erregung.

»... wenn einer das Rätsel lösen kann, dann ist es Erogat und natürlich wir.«

Fröhlich plaudernd erreichten sie den Stein, aktivierten ihn und schritten hindurch, einer abenteuerlichen Zukunft entgegen. Auf der anderen Seite empfing sie Erogat freundlich lächelnd und sah in ihre, vor Aufregung glänzenden, Augen.

»Wow, wer hat euch den Morgen versüßt?«

Dana fing sofort an, ohne Punkt und Komma zu erzählen, und war deshalb schon nach fünf Minuten am Ziel, so dass sie endlich, **die** alles entscheidende Frage, stellen konnte.

»Kannst du uns helfen? Ich weiß, dass du die Höhle nicht verlassen kannst. Dafür hast du ja uns. Wir sind natürlich mit dabei. Du löst das Rätsel, und wir handeln für dich. Wäre das eine Möglichkeit?«

Während ihrer Erzählung hatten sie den Eingang der antiken Bibliothek erreicht. Schweigend gingen sie hinein. Dana erzeugte wieder ihre Luftstühle, sie waren ja so schön weich und bequem, und wartete darauf, was Erogat antworten würde.

»Nun ja, den mächtig großen Rums habe ich natürlich auch mitbekommen, und dass sich etwas in dem Raumzeitgefüge getan hat, weiß ich auch schon länger.«

Während seines Vortrags schwebte er auf eine großflächige weiße Wand zu. Dort machte er eine ausladende Geste mit den Armen. Danach tauchte ein Abbild von dem weitläufigen Platz des Regierungsviertels auf. Dana und Gomek standen auf und stellten sich neben ihn, um das Bild näher zu betrachten.

»Siehst du Dana, so konnte ich vor dem großen Beben sehen, was anderenorts geschah. So war ich immer recht gut informiert. Nur seit damals – Empfangsstille. Jetzt, nachdem du das Tor aktiviert hast, habe ich wieder ein Bild – allerdings nur von diesem einen Monolithen. Ich glaube, die anderen Tore werden erst wieder senden, wenn du sie einschaltest. Die Störung hängt sicherlich mit dem Beben zusammen. Es sind hier gewaltige Naturkräfte am Werk. Vielleicht auch Kräfte, die wir noch nicht kennen.«

Dana überlegte, ob sie auch alles erzählt hatte. Plötzlich fiel ihr wieder etwas ein.

»Erogat, vor Monaten bin ich mal außerhalb des Berges gewesen ...«

Sie erzählte von dem Leuchten am Gipfel, von der Kälte, dass man das Sonnenlicht nicht spürte und von den Tieren, die sie nur als Schemen wahrgenommen hatte. Nach diesem Bericht schwieg er eine lange Zeit. Er war völlig abwesend, bis er plötzlich mit einem Aufschrei aus seiner Denkerpose erwachte.

»Dana, ihr müsst auf den Berg – allerdings von innen. Die Störungen außerhalb wären in der Lage deine Fähigkeiten zu beeinflussen, so dass du sie nicht einsetzen könntest. Hier im Gebirgsmassiv funktionieren sie wenigstens. Doch, bevor wir das in Angriff nehmen, musst du noch einiges lernen und Gomek natürlich auch. Für ihn ist es besonders wichtig! Er muss unbedingt einen Zwerg finden, der ihm beibringt, wie man schmiedet, um Runen in Rüstungen, Monturen, Schmuck, und anderen Gegenständen einzuarbeiten. Wir haben hier leider keine Schmiede.«

Es vergingen weitere drei Monate, bis Erogat der Meinung war, dass sie so weit seien. In der Zwischenzeit hatte Dana auch die hohen Herren über ihren Plan informiert, so dass alle, die diesem Vorhaben zustimmen mussten, Bescheid wussten. Gomeks Eltern waren gar nicht davon angetan, was er machen wollte. Sie unterstützten ihn zwar nicht, aber sie hielten ihn auch nicht davon ab.

Toben war unterdessen auch nicht untätig gewesen und hatte einen uralten Zwerg ausfindig gemacht, der noch das Verarbeiten von Runen beherrschte – der alte Mogat. Sie mussten nur noch seine Hütte finden. Keiner wusste mehr, wo sie sich befand. Dana versuchte, an jedem Ort der ihr einfiel, eine Karte aufzutreiben, auf der die Hütte des alten Mogat eingetragen war. In dem kleinen Kramladen am großen Platz hatte sie endlich Erfolg. Auf einem alten Stück Papier fand sie, im hintersten Winkel des alten Waldes, die Hütte von dem alten Schmied eingezeichnet.

Nun konnte sich das Trio auf den Weg machen, um den alten Haudegen zu besuchen. Natürlich wollte auch Dana das Handwerk des Runenmachens erlernen. Nach einer Tagesreise erreichten sie die Hütte des Alten. Das Klischee, welches Dana über ältere Zwerge hatte, wurde hier voll bestätigt. Vor der Hütte saß ein fast tausendjähriger, stur vor sich hinbrütender Zwerg, mit einem Humpen Bier vor der Nase und einer gewaltigen Pfeife im Mund. Er sah nicht einmal auf, als Dana vor ihn hintrat, verlegen hüstelte und ihn schließlich höflich ansprach.

Erst nach unendlich lang wirkenden fünf Minuten sah er die drei an, stutzte und fixierte Shari mit einem so durchdringenden Blick, dass sie verschreckt versuchte, sich hinter Dana zu versteckte. Nach dem ersten Blickkontakt stand er langsam auf, strich sich über den Bart und probierte ein Lächeln, welches aber durch seine Runzeln etwas misslang. Schließlich streckte Dana seine verschrumpelte Hand entgegen und stellte sich vor.

»Mogat, so heiße ich, jawohl. ... was wollt ihr hier? Aber vor allem, was wollt ihr von mir? Meinen letzten Besuch hatte ich vor fast fünfhundert Jahren und der hatte auch so einen vorwitzigen Flattermann bei sich.«

Er deutete mit der freien Hand auf Shari. Dana dachte, ihr müsse das Herz stehen bleiben. Ein anderer mit so einem Wesen wie Shari? Wie kann das sein? Wurde dieser „Besuch“ bis hierhin durch die Zeit geschleudert? Sie versuchte, ruhig zu bleiben, um den Alten nicht zu verschrecken. Vielleicht bot sich noch die Gelegenheit, ihn irgendwann nach dem Fremden zu fragen. So trugen sie fürs Erste ihr Anliegen vor. Sie bat ihn, ihr und Gomek das Einarbeiten von Runen in geschmiedete Gegenstände beizubringen. Nach Beendigung des Satzes heiterte sich seine Miene sichtlich auf und er kam ins Schwärmen über diese Kunst.

»... ich bin wohl der Letzte dieses Berufsstandes, der das Handwerk bis heute beherrscht!«, mutmaßte er nachdenklich. Aber er freue sich, dass sich die Jugend noch dafür interessiere. Nicht zuletzt deshalb wolle er sein Wissen nur zu gerne an sie weitergeben. »... also, wenn ihr Willens seid, bringe ich es euch bei«, beendete er seine Ausführungen.

Es war schon spät am Abend. Höflich lud er sie zu sich ein, fürs Erste zum Essen, danach zum Übernachten. So könnten sie am Morgen sofort mit dem Lernen beginnen. Nachdem alle gut gespeist hatten und satt waren, versammelten sie sich am Kamin. Selbst Shari hatte ihre Angst verloren und saß mit am Feuer. Nun versuchte Dana, mehr über den Fremden zu erfahren. Sie fragte gerade heraus, was er von dem Unbekannten wusste.

»Eigentlich nicht viel. ... Er hat mir eine merkwürdige Geschichte erzählt: über ein missglücktes Experiment, von einer magischen Explosion und dass sie ihn wohl aus seiner Zeitlinie gerissen habe. Er wollte wissen, ob ich noch andere gesehen hätte wie ihn und ob ich etwas von »dem Ersten« wüsste ...«

Dana unterbrach ihn. »Wer oder was ist »der Erste« und wo kann man ihn finden?«

»Der Erste ist ein uraltes Wesen, ein Drache. Eben der Allererste. Vollgestopft mit Wissen und Weisheit. Der Fremde glaubte, dass der Drache ihm helfen könnte, das, was geschehen war, wieder rückgängig zu machen.« Mogat legte eine Pause ein und versuchte umständlich seine Pfeife, die mittlerweile ausgegangen war, wieder in Gang zu bringen.

»Und? Hat er den Weg gefunden ... zu dem Ersten meine ich?« Dana sah ihn erwartungsvoll an.

»Ich glaube nicht. Er hat nur einige Anhaltspunkte in meiner bescheidenen Bibliothek gefunden, wo man den Drachen suchen und eventuell auch finden könnte.«

»Oh, kann ich sie auch sehen?«, wollte Dana sogleich ungeduldig wissen.

»Ich mache dir einen Vorschlag: Wenn du hier gut lernst, schenke ich dir diese Bücher, damit du dich auf die Suche nach deinem verschollenen Bekannten machen kannst – haben wir eine Abmachung?«

»In Ordnung ... angenommen!«, entgegnete Dana begeistert.

Sie unterhielten sich noch eine ganze Weile, bis sie müde ins Bett gingen.

Es lagen viel schwere Tage und Wochen des Lernens vor ihnen. Aber irgendwann nach erfolgreicher Ausbildung schafften beide die Prüfung: Gomek mit Bravour, was schließlich zu erwarten war, Dana mäßig, aber zur Zufriedenheit des alten Zwerges. Wie versprochen erhielt sie noch die Schriften und Gomek obendrein eine Schmiedeausrüstung.

Nach einem Festschmaus verabschiedeten sie sich herzlich von dem alten Kauz und brachen auf, Richtung Heimat und natürlich zu Erogat. Sie wollte ihm so schnell wie möglich die Bücher bringen. Darüber hinaus wollten sie ihm berichten, dass sie nun, neben der Lösung des Problems mit dem Gebirge, auch noch nach dem Fremden suchen wollten.

»Ganz schön viel für den Anfang«, dachte Dana. »Aber was soll's, einer muss es ja tun ... Wenn nicht wir, wer sonst?«

Kapitel 11
Der Berg ruft!

In den nächsten Tagen schafften sie es nicht, Erogat einen Besuch abzustatten. Gomek musste seinen Eltern bei der Ernte helfen und Dana Tala im Haushalt. Außerdem kamen noch einige Besuche im Ministerium der Wissenschaften hinzu. Dort sollte sie die Machthabenden über die zuletzt errungenen Erkenntnisse auf den neuesten Stand bringen. Doch irgendwann schafften sie es, sich freizumachen und ihren Ausbilder aufzusuchen.

Erogat war schon ganz unruhig geworden und bedrängte sie sofort mit, für ihn ungewöhnlich, vielen Fragen. Nach Danas ausführlichem Bericht wollte er unbedingt mehr über den Fremden wissen.

»Die Beschreibung, die du geliefert hast, kommt mir sehr bekannt vor ...! Es könnte Maschgart, einer der fähigsten Magier, sein. Wenn du ihn finden könntest, wäre er der Richtige, um dir noch viel mehr beizubringen. Vielleicht ist er auch der Richtige, das Problem mit unseren, in der Zeit verloren gegangenen, Leuten zu lösen.«

Nach dieser Feststellung ließ er sich die Bücher zeigen. Anschließend gab er den beiden noch ein paar Übungen, die ihre Fähigkeiten verbessern sollten. Nachdem er nun etwas Ruhe vor den beiden hatte, konnte er sich in aller Stille den Büchern widmen. Nach gut zwei Stunden, er hatte recht wenig geschafft, stand Dana vor ihm und wollte wissen, was er bis jetzt herausgefunden hatte.

»Wenig ...«, maulte er, da Shari ihn ständig von seinen Studien abgelenkt hatte.

Er hatte zu seinem Bedauern vergessen, die kleine Fee zu beschäftigen. Womit auch ...? Was Dana lernte, beherrschte sie, dank ihrer Verbindung, nach kurzer Zeit auch. Seine gute Erziehung und Ausbildung verhinderte einen Wutausbruch größeren Ausmaßes, doch er ließ Dana spüren, dass er etwas ungehalten war.

»Also, Dana, nein, ich habe noch nicht viel herausbekommen«, brummte er. »Nur so viel: Tief im Gebirge soll es einen versteckten Drachenhort geben. Keiner kennt den genauen Standort oder weiß, wie er zu finden ist. Ich hoffe, nach weiterer Durchsicht der Bücher und ...«, er sah sie mahnend an, »wenn ich nicht immer wieder gestört werde, die Hinweise zu finden, die in den Büchern verborgen sein müssen.«

Erogat hielt kurz inne, schien zu überlegen, um schließlich versöhnlicher fortzufahren.

»Für dich habe ich eine andere Aufgabe. Du musst auf den Berg, um nachzuschauen, was oben passiert ist, damit wir das Problem eventuell beheben können. Von außen geht es nicht. Deine Fähigkeiten sind durch diese Raum–Zeit–Verschiebung, wie schon erwähnt, beeinträchtigt. Darüber hinaus bist du noch nicht so weit, um mit diesem Problem fertig zu werden. Also mitten durch den Berg.«

Nach dieser Ansprache führte er Dana an seinen Arbeitstisch und zeigte auf einen Gegenstand, der halb verschüttet unter seinen Papieren lag.

»Mit diesem Kristall kann ich alles sehen, was sich in seiner Nähe befindet. Wenn du ihn aktivierst und ihn so in der Hand hältst …«

Im Anschluss zeigte er ihr, wie sie das Quarzgestein halten sollte.

»Die Spitze muss nach oben zeigen, dann kann ich alles in deiner Umgebung sehen. Er ermöglicht uns weiterhin, miteinander zu sprechen.«

Anschließend schwebte er zu der Bildwand, machte wieder seine ausladende Bewegung, und ein Bild erschien – der Marktplatz von Danas Zuhause. Die zweite, eine umgekehrte, Geste ließ das Bild wieder verschwinden.

»Jetzt musst du den Kristall aktivieren.«

Erogat sah Dana erwartungsvoll an. Dana schnippte mit ihren Fingern gegen den Kristall, der daraufhin zu leuchten begann.

Sofort erschien ein Bild auf Erogats Bildwand, und es zeigte die Umgebung von Dana. Sie begann sogleich, leise in den Kristall zu sprechen. Schon ertönte ihre Stimme aus der anderen Seite des Raumes von der Bildwand.

»Es funktioniert tatsächlich sehr gut!«, verkündete Erogat, als er wieder zu Dana zurück schwebte.

»Jetzt muss ich dir nur noch zeigen, wie man die Monolithen aktiviert, die du bestimmt auf deiner Forschungsreise findest.«

Auch diese Erklärung dauerte nicht allzu lange. Danach konnten sie, nicht ohne noch ein paar Ratschläge von Erogat erhalten zu haben, nach Hause zurück. Erogat war recht froh, die kleine Bande erst mal los zu sein, um sich nun ganz ungestört seinen Studien zu widmen.

Wieder in der Stadt besprachen Dana, Gomek und natürlich auch Shari, wie es weiter gehen sollte. Die Eltern mussten informiert werden, sie brauchten Ausrüstung und vor allem eine Karte des Weges.

Sie benötigten einige Tage, bis sie alles zusammen hatten. Das größte Problem für Dana stellte allerdings die Karte durch das Innere des Berges dar. Doch dabei konnte Toben helfen. Sein Urgroßvater war ein begeisterter Höhlenforscher, der über seine Exkursionen Buch geführt und davon auch Karten angefertigt hatte. Toben wusste, dass er auch von einem Weg gesprochen hatte, wie man auf den Gipfel gelangt.

Nachdem Dana zwei Tage lang fast alle Tagebücher durchgearbeitet hatte, fand sie endlich die Karte und eine leidlich genaue Beschreibung des Weges. Nun konnte es losgehen. Der Abschied von ihren Eltern war nicht so einfach, wie sie es sich gedacht hatte. Tala wollte sie nicht gehen lassen. Sie meinte, es wäre zu gefährlich und überhaupt …?! Nach einigem Hin und Her und dem Versprechen, sehr vorsichtig zu sein, durfte sie doch, ohne Begleitung, gehen. Bei Gomek gab es überhaupt keine Probleme, seine Eltern hatten es aufgegeben, ihm Vorschriften zu machen. Man traf sich also am Marktplatz, wo nun das allgemeine „Abschied nehmen" begann.

Beide trugen einen großen Reisesack mit sich. Aus Danas Rucksack lugte »Frau Hurtig« heraus, man brauchte schließlich eine Verbindung nach Hause. Außerdem waren die Tornister voll mit Lebensmitteln und anderen wichtigen Sachen, die man zum Überleben in der Wildnis brauchen konnte. Dana wollte sich nicht nur auf ihre Zauberkünste verlassen. Nach ihren letzten Versuchen mit Erogat wollte sie nicht jeden Rastplatz mit Bäumen, Hafer oder Weizen dichtpflastern. Außerdem hatten ihre Eltern in ihrem Zuhause einen Platz frei gemacht, wo immer etwas zum Essen für sie stand. Dieses konnte sie je nach Belieben zu sich holen.

So ausgerüstet machten sie sich auf den Weg, Richtung Wasserfall. Laut Tagebuch begann dort der Weg nach oben. Dana hatte das unbestimmte Gefühl, dort würden offensichtlich alle ihre Abenteuer beginnen. Am Wasserfall angekommen besuchten sie zunächst Aldo. Der Empfang war herzlich und löste sofort ein Freudenfest aus. Dana und

Gomek, die es eigentlich eilig hatten, konnten sich nicht davor drücken. Aldo wollte alles erfahren: Was die beiden in den letzten Monaten erlebt hatten, und was sie jetzt von ihm wollten.

»Wir müssen auf die andere Seite des Wasserfalls, um unsere Suche zu beginnen. Nur im unbekannten Teil des Höhlensystems finden wir den Weg nach oben. Du müsstest uns den Übergang aktivieren. Deswegen sind wir hier.«

»Kein Problem. Morgen früh könnt ihr über die Brücke.«

»Doch ein Problem ...!« Dana schluckte, sie wollte nicht unhöflich erscheinen. »Wir müssen noch heute Nacht rüber, denn in der ersten großen Höhle gibt es doch die fliegenden Wesen, die jeden Wanderer angreifen, den sie sehen. Nur nachts schlafen sie und man kann ohne weitere Probleme den Weg passieren.«

»Woher weiß du das?«, wollte der alte Zwerg neugierig wissen.

»Wir haben es bereits ausprobiert!? Und außerdem steht es nochmal in dem Tagebuch von Nargot, Tobens Großvater.«

Aldo sah sie erstaunt an.

»Glaub nur nicht alles vorbehaltlos, was der alte Haudegen geschrieben hat. Ich kannte ihn noch ... recht gut. Als kleiner Junge habe ich oft seinen Geschichten gelauscht, doch irgendwann kam er nicht mehr zurück. Er war ein Draufgänger.«

Nach seinen letzten Worten stand er auf. Er forderte sie freundlich auf, ihre Sachen aufnehmen und ihm zur Brücke folgen. Dort angekommen, aktivierte er den Übergang für die drei. Anschließend überquerten sie die Brücke, nicht ohne sich vorher herzlich bei Aldo für seine Hilfe zu bedanken. Auf der anderen Seite, nachdem sie den Tunnel erreicht und betreten wollten, hielt Gomek sie am Arm fest.

»Warte mal kurz. Ich habe da noch was für dich ...«

Er nahm seinen Rucksack ab, öffnete ihn und zog einen Gürtel heraus, den er Dana freudestrahlend überreichte.

»Ein Geschenk. Ich habe ihn mit Schutzrunen veredelt, man weiß ja nie. Es ist ein Rundumschutz, der einiges abhält. Ich besitze auch einen, sieh her!«

Er zog seine Jacke hoch und präsentierte Dana seinen Gürtel. Shari, die sofort angesaust kam, wollte natürlich auch so ein schönes Geschenk von ihm. Doch Gomek musste sie leider vertrösten.

»Ich arbeite daran. Aber so 'was Kleines herstellen, da fehlt mir noch die Übung. Falls ich es schaffe, bekommst du sofort auch einen.«

Das war's! Shari war mal wieder sauer. Dabei hätte Dana ihr Licht im Tunnel gut gebrauchen können. In der Zwischenzeit, bis sich Shari wieder beruhigt hatte, mussten sie mit einem Leuchtkristall für Licht sorgen. Eine natürliche Beleuchtung gab es leider nicht mehr in diesem unterirdischen Gang. Sie erreichten das Ende der Wegstrecke in der Abenddämmerung. Dana hatte die Zeit, die sie für den Weg brauchten, gut kalkuliert. Und so überquerten sie den Hochweg im Schutze der Dunkelheit. Auf halbem Weg kamen Gomek doch Bedenken:

»Und wenn diese fliegenden Dinger auch im Dunkeln kommen und ...?« Er sah nachdenklich in die Tiefe.

Dana lachte und deutete auf Shari. »Dann haben wir immer noch unsere Geheimwaffe ... Sharis Leuchtkraft!«

Trotzdem sah Dana immer wieder über die Kante in den Abgrund, um den Urwald zu betrachten. Es war da unten zappenduster, folglich konnte sie nicht allzu viel erkennen. Sie sah nur vereinzelte Feuer zwischen den Bäumen lodern. Sie nahm sich vor, auch dort unten, wenn sie je den Weg fände, die Gegend zu erforschen. Mühsam, da es Nacht war, folgten sie unverdrossen dem schmalen Weg durch die Finsternis.

In den darauffolgenden Tagen machten sie an den gleichen Stellen, die sie schon von der ersten Reise her kannten, Pause. Selbst die Übernachtungen fanden an denselben Plätzen statt. Abends, wenn sie am Feuer saßen, noch nicht zu müde waren und keine weiteren Gesprächsthemen mehr hatten, spielten sie gerne »Zyklop«. Dana hatte das Zauberspiel so getauft. Sie erschufen kleine Golem ... einen aus kleinen Kieseln und den anderen entweder aus Eis oder Feuer oder umgekehrt – anschließend ließen sie die winzigen Figuren gegeneinander kämpfen. Dana gewann meistens, doch Gomek störte es nicht. Es war für ihn eine gute Übung und es machte ihm Spaß! Was ihn tatsächlich von seinem Volk unterschied, das bekanntlich mit Zauber und Magie auf Kriegsfuß stand. Nach einigen Tagen erreichten sie die Lavahöhlen. Dana sah sich neugierig um.

»Bis hierher kenne ich alles. Jetzt müssen wir die Stelle finden, wo es nach oben geht in die unbekannten Regionen.«

Sie richteten ein Lager ein, kramten das Tagebuch hervor und studierten es ausgiebig. Dana hatte während ihrer bisherigen Reise oft einen Blick hineingeworfen und erkannt, wo man den Eingang, der auf der Karte markiert war, finden konnte. Die Beschreibungen dazu waren natürlich auch sehr hilfreich.

Die Suche nach dem Zugang erwies sich allerdings als schwieriger, als sie es erwartet hatten. Da die Lavahöhlen über die Zeit aktiv geblieben waren, gab es in den letzten Jahrhunderten einige Veränderungen. Aber zum Glück gab es ja Shari. Ihrer Neugier war es zu verdanken, dass sie den

Tunnel, der sie nach oben führen sollte, fand. Über die Jahrhunderte hatte sich davor ein Stalagmit entwickelt, so dass er nicht ohne größere Schwierigkeiten zu entdecken war. Nun, nachdem das geklärt schien, ruhten sie sich aus, um später gestärkt in die nächste Etappe zu gehen. Vorher wurde allerdings »Frau Hurtig« mit einem Bericht und jeder Menge Grüße nach Hause zu den Eltern geschickt. Schließlich sollte sich dort keiner schreckliche Sorgen machen. Bis jetzt lief es schließlich sehr gut.

Nach einigen Stunden der Ruhe, falls man es so nennen konnte, zumal Shari nervte, da sie unbedingt weiter wollte, standen sie nun vor dem Stalagmiten. Leider wuchs er so unglücklich vor dem Eingang in die Höhe, dass nur Shari ohne Probleme hindurchschlüpfen konnte. Dana überlegte, was sie von Erogat gelernt hatte.

»Wegsprengen in einer aktiven Lavahöhle ist wohl nicht sehr hilfreich«, murmelte sie.

Endlich hatte sie die Lösung. Augenblicklich begann sie, diese umzusetzen. Sie schloss die Augen und konzentrierte sich auf den Stalagmiten. Nach einigen Fehlversuchen drang sie mit ihrer Magie in die Struktur des Kalksteins ein. Dort veränderte sie die das Kristallgitter so weit, dass die Verbindungen zwischen den einzelnen Molekülen unterbrochen wurde. Sie öffnete wieder die Augen und streckte die Hand aus. Jetzt war es ein Leichtes, das Hindernis zu entfernen. Bei der ersten Berührung fiel der Stalagmit wie eine ausgetrocknete Sandburg zusammen.

Gomek war begeistert: »Darf ich es beim nächsten Stein auch mal versuchen?«

»Na klar ...«, Dana sah ihn eindringlich an. »Aber vielleicht solltest du erst mal an kleineren Objekten üben. Diese Art der Magie ist anstrengend und man kann schnell

Fehler machen! Glaube mir, das willst du wirklich nicht. Jeder Fehler könnte hier genau das Gegenteil von dem bewirken, was du erreichen möchtest.«

Sie klopfte ihm freundschaftlich auf die Schulter und betrat danach den Gang. Gomek trottete ihr schweigsam hinterher und dachte über ihre letzte Äußerung nach. Gedankenverloren hielt er nach Shari Ausschau. Sie war schon nicht mehr zu sehen. Sie wollte als Erste die neue Gegend erkunden.

Stundenlang folgten sie dem engen Tunnel, der doch recht steil nach oben verlief. Dana sah hin und wieder ins Tagebuch, ob dort etwas Brauchbares stand, wie lange dieser Aufstieg dauern sollte. Sie fand nichts, nur dass der Weg irgendwann in einer Höhle enden sollte, in der es ein Dorf mit fremdartigen Wesen gab. Sie sollten aber friedlich und gastfreundlich sein.

Nach einigen Tagen, es gab zwischendurch immer mal wieder Bereiche, die sie für eine Rast nutzen konnten, erreichten sie ein Dorf. Es wirkte verlassen und zerfallen. Sie folgten dem Weg bis hin zu einem Dorfplatz. Hier sahen sie sich um und entdeckten eins von den Wesen, dass im Buch beschrieben wurde. Es war gerade mal einen Meter groß und hatte eine schuppige Haut, riesige Glubschaugen und einen Mund wie eine Kröte. Dana dachte sofort an einen aufrecht gehenden Frosch mit kurzen Beinen.

Es humpelte langsam, sich auf einen Stock stützend, auf die kleine Gruppe zu. Ohne Umschweife begann das Wesen mit ihnen zu sprechen, allerdings in einer Sprache, die nur von Dana und Shari verstanden wurde. Sie erinnerte an die Umgangssprache der Duckreps.

»Kommt ihr von Nargot, dem Reisenden? Er hat uns bei seinem letzten Besuch versprochen wiederzukommen. Er bot uns seine Unterstützung im Kampf gegen das Monster an, das dieses Dorf bedroht.«

Er zeigte mit seinem platten Daumen über seine Schulter.

»Nicht direkt.« Dana sah das Wesen mitleidig an. »Sein Tagebuch hat uns hierher geführt, und nun suchen wir den Weg nach oben auf die Bergspitze. Nargot gilt als verschollen oder gar tot. Was seid ihr für Wesen? Eure Art kennen wir nicht.«

»Wir nennen uns Leuras und sind wohl die Letzten unserer Art, einst aus dem Meer stammend, nun aber auf ewig mit dem Land verbunden. Nachdem uns ein Wesen vor tausenden von Jahren entführt hatte, gelang uns irgendwann die Flucht aus unserem Habitat. Wir versteckten uns hier und bauten für unsere Gemeinschaft ein neues Zuhause auf. Als Nargot uns fand, war unser Dorf noch schön und gepflegt. Wir hatten nur ein Problem, ein gewaltiges Wesen bedrohte immer wieder unser Dorf und Nargot bot uns Hilfe an. Nun aber, fürchte ich, wird wohl keiner mehr kommen, um uns zu helfen.«

Dana überlegte kurz.

»Wenn ihr uns helft, den Weg nach oben zu finden, versuche ich mit dem Wesen zu reden, dass es euch in Frieden lässt oder ich es vertreibe.«

»Du kannst mit anderen Wesen reden?« Verblüfft sah er Dana mit seinen Lurchaugen an.

»Na klar. Dich verstehe ich ja auch und viele andere Wesenheiten und sogar die Tiere.«

Nach dieser interessanten Unterhaltung führte sie das Wesen, das sich zwischenzeitlich als Tront vorgestellt hatte, zu einer Hütte, in der sie sich ausruhen konnten. Hier unterrichtete sie Gomek über ihr Gespräch. Er hatte nämlich nichts davon mitbekommen außer einer Menge

Quakgeräusche. Während Dana erzählte, wurde seine Gesichtsfarbe immer fahler.

»Ein Wesen? Riesig groß? ... Und wir sollen es vertreiben? Welcher Troll hat dich denn geritten?!«

Gomek blieb der Mund offen stehen.

Dana aber erwiderte beruhigend: »Ich kann mit dem Wesen reden und ansonsten schaffen wir die restlichen Probleme mit Magie aus dem Weg. Außerdem helfen sie uns danach, den richtigen Weg zu finden. Schlaf jetzt, wir haben morgen einen anstrengenden Tag vor uns.«

Sie aktivierte den Kristall, um mit Erogat Kontakt aufzunehmen. Sie erklärte ihm ihr Problem und wollte einen Rat.

»Eigentlich ist es ja kein Problem, wenn die Wesenheit nicht kooperiert, schrumpf' sie einfach. Du musst nur nahe genug an sie herankommen. Friere sie ein und danach schrumpfe sie. So müsste es gehen.«

Nachdem sie noch einige Worte gewechselt hatten, beendete sie das Gespräch, um sich dann auch zum Schlafen hinzulegen. Morgen würde es bestimmt sehr aufregend und anstrengend werden.

Am nächsten Morgen trafen sie sich mit Tront. Er wollte sie persönlich zu dem Unterschlupf des Biestes bringen. Jetzt in der Frühe war schon viel mehr los. Etliche der Leuras hatten ihre Verstecke außerhalb des Dorfes verlassen und waren zurückgekehrt, um die Neuankömmlinge zu begrüßen. Es hatte sich mittlerweile herumgesprochen, was die Besucher für sie riskieren wollten. Anschließend machten sie sich auf den langen Weg durch diverse verwinkelte Tunnel, bis sie einen

Durchgang zu einer dunklen, bedrohlich wirkenden Höhle erreichten.

»Hier ist es. Hier haust das Ungetüm. Viel Glück, ich warte hier auf euch. Ihr wisst ja, dass ich nicht als Futter enden möchte.«

»Ich verstehe«, brummte Dana und wandte sich an ihre Gefährten. »Dann lasst uns gehen. Mal sehen, was uns erwartet.«

Sie betraten vorsichtig die Höhle. Es schlug ihnen ein schrecklicher Gestank nach Verwesung entgegen. Sie spürten sofort, dass sie nicht mehr alleine waren. Irgendjemand oder irgendetwas beobachte sie. Dana wies Gomek an, am Höhleneingang Stellung zu beziehen. Shari sollte hoch in die Höhle fliegen, um das Monster aufzuspüren.

Als Dana tiefer in die Höhle hineinging, hörte sie etwas. Leise kam dieses unheimliche Geräusch näher. Zuerst konnte sie es nicht einordnen. Leise und beständig kam es auf sie zu. Schließlich kam ihr die Erleuchtung. Jetzt wusste Dana, woran sie dieses Geraschel erinnerte – es war das Gleiten eines großen Körpers über dem Boden. Bevor Shari etwas vermelden konnte, tauchte der furchterregende Kopf einer Schlange vor ihr auf.

»Na, kleines Fräulein, ganz allein und ohne Furcht – was willst du denn hier? Soll ich dich fressen?« Hohn und Arroganz lagen in der Stimme des Reptils.

Dana sah ihm fest in die kalten Augen.

»Ich komme im Auftrag der Leuras. Verschwinden sollst du, ... oder du wirst es bereuen.«

Die Schlange lachte nur. Ohne jede Vorwarnung griff sie Dana an. Ihr Angriff kam schnell und präzise und hätte wohl zum Erfolg geführt, wäre da nicht die kleine Fee gewesen. Shari, die alles beobachtet und aufgepasst hatte, schleuderte einen Blitz auf den Angreifer, der so von Dana abgelenkt wurde. Shari flog einen Angriff nach dem anderen und schleuderte Blitz um Blitz und lenkte das Untier ab. Unterdessen konnte Dana ihren nächsten Schritt vorbereiten. Wasser, wie Erogat es vorgeschlagen hatte, gab es nicht – aber Luft, Unmengen davon. Also verdichtete sie die Luftschicht um die Schlange so weit, dass sie wie in einem riesigen Kasten gefangen war. Sie schlug um sich und tobte, wand sich um ihre eigene Achse, nur, um aus dem immer enger werdenden Gefängnis zu entkommen. Es half alles nichts. Nach einem etwas ungleichen Kampf war sie in einem Kokon aus Luft eingeschlossen, und völlig bewegungsunfähig.

»Du hättest verschwinden sollen, als es noch ging.«

Dana sprach mit ruhiger Stimme, ohne dass man ihr ansah, wie anstrengend es für sie wirklich war, den Zauber aufrechtzuerhalten. Was nun? Sie musste jetzt noch die Schlange schrumpfen lassen. Zwei Aktionen auf einmal, das überstieg ihr Können etwas. Sie schickte Shari los, um Gomek zu holen. Er solle mit seiner Runenmagie eine Falle erschaffen, die groß genug war, um das Riesenreptil zu fixieren. Jedenfalls solange bis sie den Schrumpfungsprozess abschließen konnte. Gesagt, getan! Er brauchte nicht lange für seine Vorbereitungen. Anschließend vollführte Gomek gekonnt seine Runenmagie aus. Danach konnte Dana schließlich zum Wesentlichen kommen. Unter lautem Protest schrumpfte die Schlange auf die Größe einer Blindschleiche und wurde anschließend in einen Sack gepackt. Dana hatte ihn vorsorglich mitgenommen, um darin, was auch immer, zu verstauen.

Nachdem sie sich von den Strapazen des Zauberns etwas erholt hatte, überbrachte sie Tront, mit einem lockeren Spruch auf den Lippen, ihr persönliches Geschenk.

»Und immer schön füttern. Ein kleines Terrarium wäre nicht schlecht.«

Tront sah sie mit strahlenden Augen an. Er nahm das Präsent wortlos entgegen. Er konnte es einfach nicht glauben, was er, vom Eingang der Höhle aus, beobachtet hatte. Er hielt den Sack wortlos in die Höhe und schüttelte den Beutel zaghaft.

»Ja, sie ist dort drinnen!«, lächelte Dana.

»Lasst uns zurückgehen. Hier gibt es nichts mehr zu tun!«, verkündete Dana gut gelaunt und betrat den Tunnel, um zum Dorf zu gehen.

Während des ganzen Weges sprachen sie nicht viel. Dana grübelte unterdessen darüber nach, warum die Schlange nicht ihr ursprüngliches Gewicht behalten hatte. Erogat hatte ihr nämlich erklärt, dass man zwar das Volumen eines Objektes ändern kann, aber nie sein Gewicht. Doch dies war hier passiert. Sie war zwar immer noch viel schwerer als eine Schleiche gleicher Größe, aber im Gegensatz zu vorher, wog sie doch nur noch ein paar Kilo. Das Phänomen musste sie irgendwann mal mit Erogat besprechen, vielleicht hatte er ja eine Erklärung.

Der Rückmarsch zur Siedlung verlief recht geruhsam. Alle waren froh, dass keinem etwas passiert war. Dana musste Tront nur immer wieder erzählen, wie sie es geschafft hatten, die Bestie einzufangen. Im Dorf angekommen, brach ein wahrer Tumult um die Helden aus. Alle Dorfbewohner hatten sich versammelt, um sie zu bejubeln und hochleben zu lassen. Dana war diese Ehrung peinlich, nur Shari sonnte sich in der Ehrerbietung, der ihrer kleinen Gruppe entgegen gebracht wurde.

Nachdem sich die erste Aufregung gelegt hatte, wurde ein großes Fest zu Ehren der Schlangenbezwinger vorbereitet. Tront erklärte Dana, dass während des Festes die Schlange geopfert werden sollte.

»Auf keinen Fall«, erklärte Dana.

»Warum soll sie geopfert werden? Sie hat nichts Böses getan, es ist halt ihre Natur, lebende Nahrung zu sich zu nehmen. Lebt ihr vegetarisch? ... Vermutlich nicht.«

Tront dachte darüber nach.

»Recht hast du. Wir werden ein Behältnis bauen und die Schlange dort aufbewahren und sie hegen und pflegen.«

Er sagte dies bestimmt nicht ohne Hintergedanken. Denn er wusste, die Schlange wäre lieber frei als unter der Obhut der Dorfbewohner. So begann das Freudenfest, ... ohne Opfer, dafür aber mit mehr Gesang und Tanz. Es dauerte gleich zwei volle Tage. Nachdem die Freunde sich von der Party und den Strapazen etwas erholt hatten, suchten sie Tront auf.

»Wir müssen nun aufbrechen, es liegt noch ein langer Weg vor uns.«

»Jetzt schon?« Tront sah Dana enttäuscht an. »Wir wollten noch Maß nehmen. Für eine Statue unserer Retter.«

»Lass mal gut sein, wir haben gerne geholfen. Wenn du uns jetzt noch einen Führer zur Seite stellen könntest, der uns an unser Ziel bringen könnte, das wäre gut, ... du hast es versprochen.«

Er sprach darauf kurz mit einem jungen Leuramann. Dana glaubte jedenfalls, es sei ein Mann ... Um sich schließlich ihr wieder zuzuwenden.

»Dies ist Ral, er ist der beste Jäger bei uns und kennt die Gegend, in die ihr wollt, wie seine Westentasche. Viel Glück.«

Nach diesen Worten verließ die kleine Truppe unter tosendem Beifall das Dorf. Alle waren froh, dass es endlich weiterging. Nur Shari war geladen bis zum Gehtnichtmehr. Sie hätte gerne eine Statue von sich auf deren Dorfplatz gesehen.

Kapitel 12
Der magische Kristall

Sie betraten ein neues Tunnelsystem. Es unterschied sich von denen, die sie bis jetzt durchquert hatten. Hier gab es keine Biolumineszenz, sondern es wuchsen stattdessen überall am Wegesrand Kristalle aus dem Boden, Decken und Wänden. Sie leuchteten so hell, dass man die Umgebung recht gut erkennen konnte. Dana war neugierig, wie das funktionierte, und wollte eine Probe zu Erogat mitnehmen. Aber nachdem sie einen Kristall abgebrochen hatte, erlosch sein Leuchten. Also, kein Beispiel – vielleicht konnte Erogat ihr das auch ohne so ein leuchtendes Teil erklären.

Sie marschierten immer weiter in das Tunnelsystem, wobei es fortwährend nach oben ging. Einige Abschnitte waren so steil, dass irgendjemand mal Stufen in den Fels getrieben hatte. Dana war erleichtert. Es mussten demnach schon andere vor ihnen hier gewesen sein. Da es Stufen gab, waren es wohl recht viele, die diesen Weg benutzten. Allerdings wusste Ral auch nicht, wer die Wege begehbar gemacht hatte. Er nutzte sie nur.

Schweigend folgten sie dem kleinen Wesen. Abwechslung gab es nur durch einige unbedeutende Höhlen, die sie passieren mussten. In manchen machten sie Pause, in anderen, wo es Wasser gab, schlugen sie ihr Nachtlager auf. Fasziniert war Dana aber von der Vielzahl der Leuchtkristalle. Wo man hinsah, erstrahlte ein Lichtermeer, das die Gänge und Höhlen in ein märchenhaftes Licht tauchte.

Irgendwann war Schluss mit lustig. Sie erreichten eine Höhle, in der es einen Erdrutsch gegeben haben musste. Ral berichtete von einer gewaltigen Erschütterung, die sich oberhalb der Höhle ereignet hatte. Sie hatte die Hälfte der

Decke zum Einsturz gebracht. Sein Großvater habe ihm oft Geschichten darüber erzählt.

»Hier enden meine Kenntnisse über die Höhlen. Der weitere Weg führt durch den Erdrutsch.«

Er deutete auf einen gewaltigen Steinhaufen.

»Gibt es wirklich keinen anderen Weg zur Spitze des Berges? Du kennst doch die Gegend wie deine Westentasche.«

Dana blickte bestürzt auf das Chaos.

»Nein, leider nicht. Du musst schon einen Weg durch die Felsen finden oder graben. Ich bin euch jetzt nicht weiter von Nutzen und werde nun zu meinem Dorf zurückgehen. Viel Glück!«

Danach verabschiedete er sich und machte sich auf den Heimweg, wobei er das Trio sprachlos zurückließ. Gomek fand als Erster seine Worte wieder.

»Das war ja putzig. Er hat doch gewusst, dass es hier nicht weiter geht. Jetzt können wir uns wieder bei Erogat melden, um uns von ihm helfen zu lassen ... Wie blamabel.« Er kratzte sich dabei verlegen am Kopf.

»Aber nicht doch! Dieses Problem müssten wir eigentlich auch alleine lösen können. Du hast bestimmt öfters mal deinen Vater in die Minen begleitet. Da wirst du mit Sicherheit das Eine oder Andere über Gesteinsformationen gelernt haben, oder? Eventuell auch, wie man Tunnel baut, sie abstützt und in welchen Bereichen man es nicht braucht.«

Dana sah Gomek erwartungsvoll an.

»Du hast mal wieder recht. Machen wir einen Plan, wie wir vorgehen wollen.«

Gomek wollte sofort loslegen. Sie hielt ihn jedoch zurück.

»Lass uns erst mal ausruhen und Kräfte sammeln. Danach legen wir los.«

Sie schlugen ihr Lager weit entfernt vom Erdrutsch auf. Sie entfachten das Lagerfeuer, aßen noch eine Kleinigkeit und legten sich schlafen. Nach einigen Stunden erwachten sie ausgeruht. Nachdem sie noch ein ausgiebiges Frühstück zu sich genommen hatten, waren sie bereit für ihre Aufgabe, Steine zu entfernen und den Tunnelbau, ohne dabei Schaden zu nehmen.

Vor dem gewaltigen Erdrutsch angekommen, untersuchte Gomek die Strukturen der Steine. Er fand schnell heraus, dass man das Problem nur von oben nach unten lösen konnte. Allerdings konnte nur Shari oben anfangen, immerhin konnte sie fliegen. Also begann sie nun vorsichtig, die oberen Schichten des losen Gerölls in handliche kleine Kiesel zu schrumpfen. Diese beförderte sie mit Hilfe von Telekinese in die Tiefe, wo Dana und Gomek sie entgegennahmen und in einem nahe gelegenen Schacht, den sie entdeckt hatten, entsorgten. Sobald Dana gefahrlos das untere Geröll entfernen konnte, übernahm sie, und Shari konnte sich ausruhen. Diese Arbeit war sehr kräftezehrend und so mussten sie immer wieder lange Pausen machen.

Es dauerte mehrere Tage, bis das Geröllfeld entfernt und der nackte Fels zum Vorschein kam.

Gomek untersuchte den Fels und rief erstaunt: »Das ist geschmolzener Stein! Hier müssen ungeheure Energien gewirkt haben! Wie sollen wir da nur durchkommen?«

Dana trat neben ihn und betrachtete den Fels.

»Ganz einfach – wie bei dem Stalagmit in der Lavahöhle. Einen Bereich der Wand, in der Größe eines Tunnels, verwandele ich in Sand. Den können wir im Anschluss daran leicht entfernen. Ich glaube, so wurden auch andere Teile des Tunnelsystems gebaut.«

Gomek sah sie begeistert an. »Das wird funktionieren, immer nur ein kleines Teilstück, bis ich die Festigkeit überprüft habe, und dann weiter.«

Gesagt, getan. Stück für Stück wühlten sie sich in den harten Fels, ständig darauf achtend, nicht die Richtung zu verlieren. Das Gestein war so hart, dass Dana unbedingt Sharis Hilfe benötigte, um überhaupt voranzukommen. Tagelang arbeiteten sie sich durch den Felsen. Immer wieder mussten sie pausieren, da ihre geistigen Kräfte nachließen.

Trotz aller Widrigkeiten ... irgendwann hatten sie es geschafft. Nach etlichen Metern Tunnel rutschte die letzte Fuhre Sand nach außen und gab eine Öffnung frei. Das einfallende Licht ließ sie fast erblinden. Ein pulsierendes gleißend helles Licht geblendete sie. Von ihm ging zusätzlich eine gewaltige Energie aus, die Dana fast ohnmächtig werden ließ. Sie stolperten zurück in den Tunnel. Geblendet von dem hellen Licht, ergriff Dana Gomeks Arm.

»Hast du das gespürt? Was für eine Energie!«

Nachdem die tanzenden Lichter vor ihren Augen verschwunden waren, gingen sie zurück zum Lagerplatz.

»Was war denn das?«, fragte Gomek, sich immer noch die Augen reibend.

»Unser Ziel. Nun müssen wir herausfinden, was es ist, und unschädlich machen. Es scheint der Auslöser für die Probleme des Gebirges zu sein.«

Am Lagerplatz angekommen, saß »Frau Hurtig« dort. Sie wartete artig, bis Dana sie entdeckte und ihr die Nachricht abnahm.

»Wie macht sie das nur? Selbst hier findet sie mich.«

Während sie darüber nachdachte, versuchte sie, noch immer schlecht sehend, die Nachricht zu entziffern.

»Sie ist von meiner Familie ...!«

Mitten im Lesen stoppte sie verlegen. Gomek zupfte ihr den Brief aus der Hand und las für sie weiter.

»... und wir wünschen dir alles Gute zu deinem elften Geburtstag.«

Nach diesem Satz warf er, laut jubelnd, den Zettel weg, sprang auf Dana zu, zog sie von ihrem Sitzplatz hoch und schwenkte sie im Kreis herum.

»Herzlichen Glückwunsch zum Geburtstag! ... Lass' uns ein wenig feiern. Blöd, dass wir deinen Geburtstag vergessen haben. Das olle Licht läuft uns ja nicht weg.«

Dana, und vor allem Shari, stimmten ihm zu. Schließlich hatte die kleine Fee auch Geburtstag.

»Ich will nur noch den Brief beantworten und schreiben, dass wir gut an unserem Ziel angekommen sind.«

Nachdem sich das Wiesel lautlos mit der Antwort auf den Rückweg gemacht hatte, kam der gemütliche Teil.

Tags darauf besprachen sie ihr weiteres Vorgehen. Gomek hatte keine passende Lösung. Dana hingegen fiel der Kristall wieder ein, den sie für Erogat abgebrochen hatte.

»Daraus mache ich einen Schutz für meine Augen. Eine Brille mit geschwärzten Gläsern.«

»Und was mache ich? Bekomme ich auch eine Brille?« Gomek sah sie erwartungsvoll an.

»Nein, du und Shari, ihr bleibt hier. Da draußen ist noch etwas Anderes: eine gewaltige Energie. Ich habe sie gespürt und will euch nicht in Gefahr bringen.«

Dana sah in die aufgebrachten Gesichter der beiden.

»Wenn mir etwas zustößt, könnt nur ihr mir helfen. Shari weiß alles und sieht genauso viel wie ich. Sie wird unsere Verbindung sein. Das ist mein letztes Wort: Ich gehe alleine, und jetzt keine weiteren Diskussionen mehr.«

Nachdem Dana ihren Standpunkt klar gemacht hatte, erzeugte sie die Brille aus dem Kristall und schwärzte die Gläser über dem Feuer. Kurz vor ihrem Aufbruch kontaktierte sie noch Erogat. Sie erklärte ihm ihr Vorhaben und dass er Vorkehrungen treffen müsste, um in das helle Licht sehen zu können. Danach machte sie sich alleine auf den Weg, um das Phänomen, soweit es ging, zu untersuchen.

Kurz vor dem Durchgang setzte sie sich die Brille auf. Sie umschloss komplett ihre Augen, so dass kein Lichtschein sie blenden konnte. Danach tastete sie sich vorsichtig voran, bis die Helligkeit schwach durch die geschwärzten Gläser drang. Sie trat langsam durch die Öffnung ins Freie. Sofort spürte sie wieder diese Energie, die ihr fast die Sinne raubten. Ohne hastige Bewegungen zu machen, sah sie sich um.

Sie befand sich in einem gewaltigen Krater, nicht weit entfernt von einem leuchtenden und pulsierenden Objekt. Wie hypnotisiert wurde sie von dem Gebilde angezogen. Dana hatte das Gefühl, als würde es leben. Erogat rief sie in die Wirklichkeit zurück. Sie hatte zum Glück seinen Kommunikationskristall aktiviert und so bekam er mit, dass sie langsam die Kontrolle verlor.

Wieder in der Realität stellte sie den Kristall so hin, dass er das seltsame Gefüge in Augenschein nehmen konnte. Unterdessen versuchte sie, eine Barriere aufzubauen, um etwas Schutz vor den schädlichen Einflüssen zu haben. Es gelang ihr nicht. Nichts funktionierte. Sie fühlte sich, als würde das Objekt ihre Energie absorbieren.

Dana schaffte es gerade noch, sich etwas umzusehen. Dies musste eine schreckliche Katastrophe gewesen sein. Alles um sie herum war zerstört. Weit über ihrem Kopf entdeckte sie den Rand des Kraters mit seinen bizarren Lichterscheinungen, die sie mal vom Fuße des Gipfels gesehen hatte. In diesen Trichter passte mit Leichtigkeit die gesamte Zwergenkolonie.

Dana merkte nicht, dass sie sich mittlerweile gesetzt hatte. Ihr ging es jetzt schlecht und sie fühlte sich immer schwächer. Die Energie des leuchtenden Objekts tat seine Wirkung. Wie durch Watte vernahm sie unterdessen Erogats Stimme. Er befahl ihr, sich sofort zu erheben, den Kommunikationskristall aufzuheben und sich in den Tunnel zurückzuziehen.

Sie bewegte sich langsam auf seine Stimme zu, ergriff den Kristall und schleppte sich Richtung Tunnel. Mit letzter Kraft erreichte sie den Eingang und fiel ohnmächtig hinein. Irgendwann erwachte sie am Lagerfeuer.

Gomek hatte ihr ein nasses Tuch auf die Stirn gelegt und sagte geradezu Shari: »Zum Glück ist ihre Temperatur zurückgegangen. Was ist das bloß für ein Teufelsding?! Nicht mal mit ihren Kräften war sie dem gewachsen. Nur dank deiner zusätzlichen magischen Hilfe konnte sie das aushalten, und selbst dich hat es noch geschwächt.«

Dana schlug die Augen auf. »Wo bin ich und was ist passiert?«

Gomek erzählte schnell, was zuvor geschehen war.

»Shari spürte, dass deine Kräfte nachließen. Also machte ich mich auf den Weg, um dir zu helfen. Ich konnte dich gerade noch auffangen und zum Lager bringen.«

»Und die Energie … hat sie dich nicht … auch belastet?« Dana sah ihn voller Neugier an.

»Nein ... Anscheinend hat es Vorteile, ein Zwerg zu sein.«

Bei diesen Worten lachte er, und die anderen stimmten mit ein. Sie unterhielten sich noch eine ganze Weile, bis sie vor Erschöpfung einschliefen.

Tags darauf waren alle wieder wohlauf und das Abenteuer war überstanden. Dana kontaktierte Erogat.

»Bitte sag mir, dass du genug Informationen über das Gebilde hast. Ich gehe da bestimmt nicht noch mal raus. Und Gomek ...? Ich weiß nicht, wie weit es mit seiner Immunität ist, wenn er näher an das Ding herankommt.«

»Nein, die Fakten, die ich habe, langen allemal.«

Erogat klang erleichtert, als wolle er nicht, dass Dana sich erneut dem Risiko aussetze, zum Krater zu gehen.

»Eins habe ich bereits jetzt schon herausgefunden. Es ist ein magischer Kristall, der nicht von der Erde stammen kann. So eine Art Meteorit in kristalliner Form. Er besitzt eine uns unbekannte Art der Energie. Packt eure Sachen, und kommt zurück. Ich erwarte euch. Vielleicht habe ich bis dahin weitere Erkenntnisse.«

Sie blieben dennoch ein paar Tage, um sich für den Rückmarsch zu stärken und um die Höhle genauer zu untersuchen. Schnell stellte sich heraus, dass es hier nichts mehr zu entdecken gab. Also packten sie ihre Sachen zusammen und machten sich auf den Weg.

Der Rückweg verlief ereignislos. Nur im Dorf der Leuras mussten sie kurz rasten und von ihrem Abenteuer berichten.

Nach etlichen Tagen erreichten sie übermüdet die Zwergenstadt. Dort wurden sie mit großem Aufgebot empfangen. Die Leute vom Kraftwerk hatten sie nämlich angekündigt. Sie kamen selbstverständlich nicht um eine

Empfangsfestivität herum, auf der sie ihre Abenteuer immer und immer wieder erzählen mussten.

Selbst von der Zwergenjugend wurden sie mit Hochachtung behandelt. Gomek konnte nicht genug von dieser Art der Anerkennung bekommen und sonnte sich regelrecht in ihrem Glanz. Dana hielt sich zurück, sie brauchte das nicht. Und Shari, ihr war es einerlei. Hauptsache, es gab Spaß und etwas zu essen. Das Fest zog sich bis tief in die Nacht hin. Das Ende bekamen sie jedoch nicht mehr mit. Sie waren vor Erschöpfung eingeschlafen.

Als Dana am nächsten Morgen in ihrem Bett erwachte, staunte sie nicht schlecht. Tala berichtete vom Ende der Feier und dass man sie ins Bett getragen hätte.

Fast eine Woche durften sie nicht weg, sondern mussten sich erholen. Nur zum Rapport bei dem Minister durften Dana und Shari das Haus verlassen. Doch auch das ging vorbei und unsere drei Freunde machten sich auf, um endlich Erogat zu besuchen. Dana hatte wieder einmal viele Fragen.

Kapitel 13
»Rudi«

Als sie Erogats Höhle erreichten, war von ihm weit und breit nichts zu sehen. Dana hatte sich vorher mit dem Verständigungskristall bei ihm angemeldet und gehofft, er würde sie erwarten.

»Hoffentlich ist er nicht sauer auf uns.« Sie wandte sich Gomek zu. »Ich habe ihm zwar erklärt, dass unsere Eltern daran schuld sind, dass wir ihn nicht früher besuchen konnten. Ob er es auch verstanden hat? Ich weiß es nicht.«

Dana sah sich um. »Na gut, lass uns nach ihm suchen. Weit kann er ja nicht sein.«

Nach diesen Worten machte sich der kleine Trupp auf den Weg, Erogat zu suchen. Natürlich fanden sie ihn in seiner Bibliothek. Er war vollkommen abwesend und in den dicken Wälzer vertieft, den Dana von dem Schmied bekommen hatte.

Jedes Mal wenn sie diesen Raum betrat, musste sie an der Nische vorbei, in der Erogats Körper lag. Er war in ein magisches blaues Licht gehüllt, das ihn vor dem Zerfall bewahrte. Dana fand, dass sein Körper aussah, als würde er nur schlafen. Trotzdem erschauderte sie immer wieder bei dem Anblick. Leise bewegte sie sich auf Erogat zu. Als sie ihn fast erreicht hatte, räusperte sie sich, um Erogat aus seinem Studium zu reißen. Erschreckt fuhr er herum.

»Ach, ihr seid es! Habt ihr mich erschreckt. Ich bin so vertieft in dieses Buch gewesen, dass ich alles um mich herum vergessen habe. Es ist doch von Nachteil, dass man nicht essen und trinken muss – man vergisst die Zeit. Und ihr, was habt ihr so erlebt?«

Dana berichtete ausführlich von ihren Abenteuern. Sie vergaß natürlich nicht, in allen Einzelheiten von dem Kampf gegen die Schlange zu berichten. Sie betonte selbstverständlich, dass sie es nur als Team geschafft hatten.

»Da wäre nur noch die eine Frage ...« Dana blickte ihn erwartungsvoll an. »Warum ist die Schlange nach dem Reduktionszauber nicht genauso schwer wie im Originalzustand? Sie war eher, ihrer neuen Größe entsprechend, leicht. Es fiel mir ebenfalls bei dem Erdrutsch auf, wo ich ja auch die Felsen geschrumpft habe.«

»Eigentlich ist es ganz einfach. Während des Schrumpfzaubers veränderst du die Anziehungskraft des reduzierten Körpers. Unsere Erde übt auf jedes Objekt eine Kraft aus, die ihm sein Gewicht gibt. Diese Kraft änderst du für die verkleinerten Objekte. Voilà, sie werden leichter. Das passiert automatisch«, erklärte Erogat ihr.

»Ahaa!«, erwiderte sie gedehnt.

Dana hatte es noch nicht ganz begriffen, doch sie beließ es dabei. Sie wollte eigentlich mehr darüber erfahren, was es Neues gab, ob er bereits weitere Erkenntnisse erworben hatte, die ihr bei den anstehenden Aufgaben weiterhelfen könnten.

»Oh ja: als Erstes, der Kristall auf dem Berg. Er stammt tatsächlich nicht von der Erde.«

Erogat bewegte sich zu seiner Bildwand und machte ein paar Gesten, bis das Bild von der Bergspitze und dem Kristall erschien.

»Wie hast du denn das hinbekommen? Du warst doch noch nie mit uns da oben.« Dana sah ganz fasziniert auf die Projektion.

»Das ist leicht zu erklären« Erogat schmunzelte. »Alles, was du mir sendest, kann ich aufzeichnen. Entweder als bewegte Bilder oder als Standbild!«, erklärte er voller Stolz.

»Sehr schön. Und was ist es jetzt genau? Was macht es und wie kann man es abstellen?«, brachte Dana es auf den Punkt.

Erogat überlegte kurz.

»Vor über einhundert Jahren muss ein Meteorit in unser Gebirge eingeschlagen sein.«

Dabei zeigte er mit einer ausladenden Geste auf die Kraterwände.

»Ein Mordsding, nach der Größe des Kraters zu urteilen. Er verdampfte vollständig bei diesem Einschlag und hinterließ nur seinen Kern. Dessen Energie und Ausstrahlung hat unser Gebirge aus der Zeit gerissen. Hätten wir eine Handvoll Magier, wäre es wohl machbar, die Energie aufzuheben. Jedoch nur mit dir? ... Das wird so nichts. Wir brauchen eine alternative Energiequelle, die die Wirkung des Kristalls aufhebt. Die habe ich gefunden – unser Inhaftierter, das Schattenwesen. Er könnte die negative Energie besitzen, um die Kraft des Kristalls zu brechen. Du weißt ja – zwei entgegengesetzt wirkende Kräfte heben sich auf. So könnte unser Gebirge wieder in den Zeitfluss rutschen.«

»Und das soll funktionieren?« Dana sah ihn fragend an.

»Das ist meine Theorie. Es gibt da nur ein kleines Problem. Er wird uns sicherlich nicht freiwillig helfen und zwingen können wir ihn auch nicht!«, gab der Geist zu bedenken.

Sie überlegte. »Und wenn wir ihm die Freiheit anbieten würden? Ich vermute mal, das wäre ein Anreiz für ihn.«

Erogat sah sie bestürzt an.

»Wie willst du ihn denn danach kontrollieren? Er würde doch sofort wieder versuchen, sein Reich zu übernehmen und seine Schreckensherrschaft fortzuführen.«

Sie überlegte weiter, um dann zu antworten: »Zwei gleichgroße Kräfte heben sich doch auf. Vielleicht besitzt er danach keine Energie mehr oder er verschwindet mit dem Kristall ... Das ist doch eine Überlegung wert, oder?«

»Mag sein, vielleicht hast du recht.«

Erogat wirkte nachdenklich.

»Nur, wie schaffen wir es, unseren »Freund« auf die Bergspitze und in die Nähe des Kristalls zu bringen?«

Da meldete sich Gomek zu Wort. Er hatte die ganze Zeit schweigend dem Gespräch gelauscht.

»Der Gefangene wurde doch vor tausenden von Jahren besiegt und in die Höhle gesperrt. Das müssen sie doch auch irgendwie bewerkstelligt haben. Denn soweit ich weiß, kann man Rauch nicht einfangen. Also vermute ich mal ... Es muss eine Möglichkeit geben, den Rauch oder den Schatten in eine Form zu zwängen, die man auch kontrollieren kann.«

Erogat und Dana warfen sich einen erstaunten Blick zu.

»Das ist es!« Erogat stürzte sich enthusiastisch auf das Buch, blätterte fast bis zum Ende und deutete auf einen Absatz.

»Hier steht es ja: ... der uralte Drache half mit seinem Wissen, den Herrscher in eine menschliche Form zu pressen, so dass man ihn gefahrlos in sein Gefängnis überführen konnte ...«

»Also – haben wir jetzt einen Plan? Und wie fangen wir an?«

Dana sah sich fragend in der Runde um.

»Als Erstes müsstest du den Monolithen in der Gefängnishöhle aktivieren. Es erspart eine Menge Laufereien. Und danach solltest du ein Gespräch mit unserem Schatten führen. Biete ihm seine Freiheit an, damit er uns hilft.

Vorausgesetzt, dass er zustimmt, werden wir später sehen, wie es mit ihm weiter geht.«

Erogats Worte klangen ernst, aber auch bestimmend.

»Ihr solltet euch bis morgen ausruhen und dann aufbrechen.«

Er sah sie aufmunternd an.

»Wird schon schiefgehen … Ach Dana, ich muss dir noch erklären, wie man die abgeschalteten Monolithen wieder aktiviert.«

Nach seiner Unterweisung in Sachen Monolithenaktivierung verabschiedeten sie sich von ihm. Sie wollten am nächsten Tag sehr früh los. Es würde eine anstrengende Reise werden.

Am nächsten Morgen wurde Dana extrem früh, viel zu früh von ihrer Mutter geweckt.

Dana hatte, nachdem sie von Erogat zurückgekommen war, ihre Eltern informiert, dass sie sich auf die Suche nach dem Ersten Drachen machen würde. Die gefährlichen Details verschwieg sie lieber. Sie wollte ihre Eltern nicht ängstigen. Trotz Protest der Eltern durfte sie auf ihre Expedition gehen. Was sollten sie auch machen, ihre kleine Heldin wurde gebraucht.

»Aufwachen, mein Kind. Gomek ist schon da und will aufbrechen.«

Danas Laune war auf dem Nullpunkt. Sie zog sich an und stapfte in die Küche, in der Gomek gutgelaunt Shari ärgerte. Seine Fröhlichkeit und sein Lachen ließen sie schnell ihre schlechte Laune vergessen, so dass das Donnerwetter, welches sie für ihn bereithielt, ausfiel. Nur bei Shari schlug Gomeks Frohsinn nicht an – sie war nun mal ein Morgenmuffel.

Nach dem Frühstück brachen sie auf. Zuerst wollten sie zu der Gefängnishöhle, um den Monolithen zu aktivieren und mit dem Wesen zu verhandeln. Sie brauchten wiederum fast eine Woche, bis sie ihr Ziel erreichten.

»Das war zum Glück unsere letzte Reise. Der Weg wird ja immer langweiliger, je öfter man ihn geht. Ab heute, wenn das Tor aktiviert ist, verlieren wir keine Zeit mehr, für den Fall, dass wir hierher müssen.«

Während sie sprach, kletterte sie in die Höhle, um den Monolithen zu aktivieren. Als sie vor dem Gebilde stand, machte sie alles so, wie Erogat es ihr aufgetragen hatte. Nach wenigen Augenblicken öffnete sich das Portal.

»So, der Monolith ist jetzt bereit, nur noch die Anwahl – Glyphen eingeben und schon haben wir ein neues Reiseziel.«

»Willst du das Portal nicht ‘mal ausprobieren, ob es auch funktioniert?«

Gomek sah sie gespannt an.

»Ich alleine? Und wenn es nicht klappt, dann sitzt du hier mutterseelenallein herum. Nein, wir gehen gemeinsam durch.«

Danach berührte Dana die Glyphen, um Erogats Portal zu erreichen. Anschließend nahm sie Gomek an die Hand und schritt ohne ein weiteres Wort mit ihm durch das Tor. Sofort erschien der altbekannte Platz vor ihnen.

»Siehst du: Eine Richtung funktioniert schon mal. Jetzt die andere Richtung.«

Dana betätigte wieder die Tastatur, nun mit den neuen Glyphen, nahm wieder Gomek an die Hand und zog ihn durch die Öffnung.

»Nun zufrieden?«

Zurück in der Gefängnishöhle ließ sie seine Hand los und drehte sich zu ihm um.

»Es hat alles funktioniert. Jetzt können wir uns dem nächsten Problem widmen – unserem Inhaftierten. Ich muss leider alleine gehen. Du kommst ja nicht durch die Barriere. Vielleicht kannst du in der Zwischenzeit unser Lager aufbauen?!«

Danach machte sie sich auf den Weg zu dem Gefangenen. Sie durchschritt das große Siegel und ging den ihr schon bekannten Weg bis zu dem Podest. Dort angekommen bewegte sie sich langsam auf die magische Barriere zu. Wo war er nur? Dana sah sich suchend um.

»... und wie kann ich jetzt mit ihm Kontakt aufnehmen?« , murmelte sie.

Da ertönte ein schriller Pfiff neben ihrem Ohr und Dana fuhr erschreckt zusammen. Shari hatte einfach nach dem Wesen gepfiffen.

»Machst du das noch einmal, dann gibt es Ärger. Ich habe beinahe einen Herzkasper bekommen.«

»Dadurch erschrickst du schon? ... Und doch willst du mit mir sprechen. Das nenne ich mutig.«

Dana hörte diese Stimme in ihrem Kopf. Sie wusste nicht, woher sie kam. Sie war sich nur sicher, er war es. Er musste es sein.

»Zeig dich, ich will mit dir sprechen, und zwar von Angesicht zu Angesicht.«

Zuerst passierte nichts. Dann verdunkelte sich alles hinter der Barriere und sie sah wieder die beiden glühenden Augen.

»Was willst du?«, polterte die Stimme in ihrem Kopf. Sie klang jetzt noch bedrohlicher, noch ... gefährlicher als bei ihrer ersten Begegnung.

»Bist du gekommen, um zu sterben?«, blaffte sie Dana an.

»Wohl kaum. Ich brauche deine Hilfe und würde dir gerne einen Vorschlag unterbreiten.«

Die letzten Worte von ihr, gingen in seinem markerschütternden Lachen unter.

»Du brauchst ... was?! … Das ist doch nicht dein Ernst. Sobald ich hier raus komme, wird das dein Ende sein. Ich habe mir geschworen, alle meine Peiniger zu vernichten. Und mit **dir** fange ich an ...!«

Dana sah ihn ruhig an.

»Bist du fertig? Ich habe keine Angst vor dir. Schon gar nicht, wenn die Barriere aktiv ist. Ich biete dir die Freiheit, wenn du mir hilfst. Nachdem wir alles erledigt haben, wirst du mich in Ruhe lassen und dir woanders ein neues Zuhause suchen.«

Er schwieg erst einmal und seine hasserfüllten Augen musterten sie intensiv.

»Du meinst es ernst. Wenn ich dir helfe, lässt du mich frei und wir gehen danach getrennte Wege. Was soll ich dafür tun?«

Dana stellte den Kommunikationskristall auf. Nach seiner Aktivierung erschien Erogats Abbild und das erklärte dem Wesen, was sie vorhatten. Er lieferte auch gleich die Bilder von der Bergspitze, so dass es umfangreich informiert wurde. Nach der Übertragung steckte Dana den Kristall wieder ein.

»Na, wie sieht es jetzt aus? Bist du mutig genug, um dich der Energie des leuchtenden Kristalls zu stellen oder nicht?«, provozierte sie den Dämon.

»Lass mich raten. Ihr glaubt, dass ich das nicht überleben werde – oder?« Überheblich klang jetzt seine Stimme.

»Ich glaube eher, dass die Prozedur deine Magie so weit schwächen wird, dass du uns nichts mehr anhaben kannst. Aber du wärest frei. Das ist es doch, was du möchtest.«

Dana sah ihn erwartungsvoll an.

»Ich muss überlegen. Komm morgen wieder.«

Ohne ein weiteres Wort verschwand die Erscheinung und Dana war mit Shari allein. Nachdenklich verließ sie die Höhle. Sie hatte ein ungutes Gefühl. Irgendwas hatte der Dämon vor, nur was?

Am nächsten Tag erschien Dana wieder vor der Barriere. Sie wurde schon erwartet.

»In Ordnung, ich bin dabei. Wie soll es nun weitergehen?«, vernahm sie einmal mehr diese Stimme in ihrem Kopf.

»Äh ... also, du weißt doch sicherlich noch, wie sie dich einfangen und kontrollieren konnten. Der Drachen, der …«

»Aha! Also hatten deine Leute Hilfe von einem Drachen, um die Rüstung …« Abrupt brach der Dämon ab.

»Die was?« Dana wurde sofort hellhörig.

»Ach nichts. Nur ist mir gerade klar geworden, wem ich meine Gefangenschaft wirklich zu verdanken habe. Wo doch nur der eine, der Erste Drache dieses, ... mein Geheimnis kannte.«

Dana hatte schweigend zugehört. Ihr war es peinlich, die nächste Frage zu stellen. Schließlich gab sie damit zu, noch sehr wenig über diese Angelegenheit zu wissen.

»Weißt du, wo ich den Drachen finden kann?«

Und wieder kam dieses nervige Lachen.

»Wenn du herausfindest, wie sie mich fangen konnten und das Geheimnis lüftest, wie sie meine Kräfte neutralisieren konnten, bin ich dabei.«

Und ein weiteres Mal verschwand das Wesen, ohne dass Dana noch eine Frage hätte stellen können. Aber sie hatte auch etwas erfahren. Der Dämon hatte sich verplappert. Es gab wohl eine Rüstung, für welchen Zweck auch immer – und nur der alte Drachen wusste noch davon.

»Also, er ist dabei. Ja wenn, ... wenn ... «, dachte sie.

Nachdenklich ging sie zurück zu Gomek. Er wartete schon ungeduldig am Lagerplatz auf sie. Kaum hatte sie den Platz erreicht, berichtete sie Gomek von dem Gespräch. Bis tief in die Nacht wurde über das weitere Vorgehen diskutiert, ohne nennenswertes Resultat.

Am nächsten Morgen ging es zurück zu Erogat. Mit dem Transporter war die Reise schließlich kein Problem mehr. Dana hatte ihren Onkel bereits am Vorabend über die Geschehnisse unterrichtet. Folglich wusste er inzwischen, was nun zu tun war.

»Die ganze Nacht habe ich durchgearbeitet und einen Zauber entdeckt, der dir weiter helfen kann: »Der Sucher«. Dieser Zauber hilft dir ein Wesen oder eine Person zu finden. Du erschaffst eine magische Kugel. Sie fliegt vor dir her und weist dir so den Weg. Es ist zwar nicht sehr genau, aber die Richtung stimmt immer. Versuch es doch gleich einmal. Gomek versteckt sich und du lässt dich von dem Sucher zu ihm führen.«

Sie versuchte es den ganzen Tag und die halbe Nacht, immer und immer wieder, bis der Zauber saß und Dana wusste, wie sie die Richtung bestimmen konnte. Es wurde sehr spät. Deshalb übernachteten sie bei Erogat. Am nächsten

Morgen brachen sie, wie immer, früh auf und bekamen von Erogat noch einige Verhaltensregeln mit auf den Weg.

Wieder zurück am Lagerplatz führte Dana sofort den Sucherzauber aus. Sie vermutete, dass der Weg tiefer ins Gebirge führen müsse. Und das wäre dann ein Problem – da gab es nämlich immer noch den Erdrutsch. Der würde ihr Weiterkommen zunächst einmal verhindern. Und tatsächlich, die Kugel schwebte davon, durch die eingebrochene Wand, hinunter auf den Weg, um schließlich vor dem großen Erdrutsch Halt zu machen. Dana beendete erst mal den Zauber. Gomek, der ihr gefolgt war, klatschte freudig in die Hände.

»Alles klar, schrumpfen.«

Dana schüttelte den Kopf.

»Diesmal ist es nicht so einfach. Beim Schrumpfen würde immer mehr Gestein nachrutschen bis die ganze Höhle instabil wird und einstürzt. Wir werden aus dem Geröll eine einzige Masse machen und dann einen Tunnel in den so entstandenen Fels einarbeiten.«

Sie brauchten einige Tage, bis sie das andere Ende des Deckeneinsturzes erreichten. Nachdem sie endlich den Tunnel auf der anderen Seite verlassen konnten, staunten sie nicht schlecht ... Was für ein Anblick!

Soweit das Auge reichte, ... alles war grün und Blumen blühten bis in den letzten Winkel. Es gab kleine Bäche und in der Ferne konnte man eine Ruine erkennen. Alles war so friedlich. Und die Luft, obwohl schon lange von den anderen Höhlen durch den Erdrutsch abgeschnitten, war frisch und rein. Sie holten ihre Sachen und machten sich auf den Weg die

Ruine zu untersuchen. Vielleicht gab es hier schon Anhaltspunkte, wie oder wo es weiter gehen könnte.

»Fehlanzeige ...!«, brummte Dana nachdenklich.

Weder in der Ruine, noch um sie herum gab es Anzeichen dafür, dass es hier in den letzten hunderten von Jahren Menschen gegeben hatte. Mäuse, Ratten und Kaninchen – ja sogar einige Vögel gab es hier, was sie mehr als verwunderte, mehr nicht. Dana fragte einige der Tiere nach dem Weg. Doch, nachdem so viel Zeit vergangen war, wusste keiner mehr etwas von einem Drachen. Auch wer hier gelebt und gewohnt hatte, geschweige denn, der Zweck der Gebäude, war den Tieren nicht mehr bekannt. Nach einer ausgiebigen Rast zogen unsere Freunde enttäuscht weiter. Dana rief den Sucherzauber auf und folgte ihm quer durch die imposante Höhle.

Der Sucher flog immer den direkten Weg. Das erwies sich als hinderlich, denn der kleine Trupp folgte lieber den Wegen und Pfaden. So musste Shari immer wieder hochfliegen, um den Sucher nicht aus den Augen zu verlieren. Irgendwann erreichten sie eine Felsspalte, die einen natürlichen Pass bildete. Als sie sich dem Durchgang näherte, verschwand die Kugel. Gomek wandte sich an Dana:

»Wo ist sie geblieben? Wir können noch nicht am Ziel sein. Hier gibt es nichts.« Er deutete verzweifelt auf die Öffnung.

»Keine Angst! Der Sucher verschwindet, wenn es nur einen Weg gibt. Lass uns dem Pfad folgen.«

Nach diesen aufmunternden Worten betrat sie den Weg und folgte ihm in die Tiefen. Immer weiter ging es in den Berg und mit jedem Kilometer, den sie vorankamen, wurde es stetig kälter. Irgendwann war aus der Passage ein Tunnel geworden, der fortwährend niedriger wurde, bis er schließlich in eine weitere Höhle mündete. Dana begann zu frieren, nicht nur wegen des Anblicks. Alles war weiß, voller Schnee. Kein Pfad weit und breit. So musste sie wieder den Sucher rufen, der sofort davon schwebte.

»Wie sollen wir nur durch diese Eiswüste kommen? Ich habe jetzt schon Frostbeulen.«

Dana schüttelte sich und packte Shari in ihre Decke, die sie sich um die Schultern geschlungen hatte.

»Und wie geht es dir?« Dana sah, dass Gomek es ihr nachgemacht hatte.

»Ich habe eiskalte Finger … bis runter zu den Knien.«

Alle drei lachten bei der Vorstellung und gingen weiter. Sie quälten sich durch den Schnee. Dana versuchte, die Luft um sie herum zu erwärmen und die Eiseskälte zu mildern. Sie schaffte es nicht ganz. Mittlerweile gesellte sich zu der klirrenden Kälte auch noch ein Schneesturm, der ihnen zusätzlich die Sicht nahm. Die Temperatur sank immer tiefer und setzte ihnen immer mehr zu, bis sie schließlich vor Erschöpfung in den Schnee fielen.

Stunden später erwachte Dana als Erste. Sie hob vorsichtig den Kopf. Zunächst musste sie sich orientieren. Sie befand sich mit den anderen in einer gemütlichen Wohnhöhle. In ihrer Mitte brannte ein Feuer und heizte die gesamte Höhle angenehm auf. Davor saß ein Wesen, ganz mit weißem Fell bedeckt. Langsam drehte es sich zu Dana um und lächelte sie an.

»Hallo, kleines Fräulein – bist du endlich aufgewacht? … Ich heiße Georg … Und wer bist du?«

Seine Stimme klang sympathisch und fröhlich und sie wirkte beruhigend. Dana fasste sofort Vertrauen zu dem Wesen.

»Dana heiße ich. Und wer oder was bist du, wenn ich fragen darf? ... Hast du uns gerettet?«

»Ich bin ein Yeti. Nur wir leben hier und nur wir können hier überleben. Einige von meinem Volk haben sich vor langer Zeit in den Berg zurückgezogen, um uns vor der Verfolgung durch die Menschen zu schützen. Keine netten Zeitgenossen. Sie jagen alles, was sie nicht kennen oder verstehen und wovor sie Angst haben. Und ja, ich habe euch vor der Kälte gerettet.«

»Wieso sprichst du eigentlich so gut unsere Sprache? Ich könnte zwar auch deine Sprache verstehen, aber die sprichst du gerade nicht.« Erkundigte sich Dana erstaunt bei ihm.

»Einer von deinem Volk hat mich das gelehrt. Er kam vor unendlich vielen Jahren hier durch und wäre fast, wie ihr, erfroren. Die gleichen Schwingungen, die mich damals zu ihm geführt haben, brachten mich auch zu euch.«

Dana hakte sofort nach. »Wo ist der Fremde geblieben und weißt du vielleicht noch, wie er heißt?«

Nachdenklich kratzte sich der Yeti am Kopf, bevor er antwortete: »Rufus ... Ja genau so stellte er sich vor. Er erzählte eine verrückte Geschichte von einer Zeitreise und dass er wieder zurück möchte. Der alte Drachen sollte ihm dabei helfen. Er hat ihn wohl gefunden, denn er kam aus den Feuerfeldern nicht mehr zurück oder er ist …«

»Daran wollen wir gar nicht erst denken.« Dana blockte umgehend diese Richtung des Gespräches ab.

»Die Feuerfelder ...? Was ist das?«, lenkte sie die Unterhaltung in eine andere Richtung.

»Ein riesiges Lavafeld, gleich hinter dieser Höhle. Rufus hat sie noch untersucht, ehe er aufbrach, um sie zu durchqueren.«

Georg stocherte im Feuer herum, bevor er weiter erzählte.

»Er war der Meinung, dass es dort vor langer Zeit eine große Stadt gegeben hatte. Er fand sogar Überreste von Gebäuden in den Lavafeldern. Die Erde musste sich aufgetan haben und die hervorquellende Lava hat dann diese Stadt zerstört. Nur die Feuerfelder blieben übrig. Er erfuhr einiges aus alten Schriften, die er in den Ruinen fand, über die Stadt und die Menschen, die hier gelebt hatten. Und er vermutete, dass sie diese Eishöhle zur Verteidigung gegen Eindringlinge geschaffen hatten. Keiner kann sie durchqueren, ohne zu erfrieren. Selbst du konntest dich mit deiner Magie nicht vor der Kälte schützen. Wir sind die Einzigen, die hier überleben können. Weiter fällt auf, dass es hier schon seit vielen Jahrhunderten stürmt und schneit, durchsetzt mit einigen Schönwetterperioden. Die Schneedecke hat dabei nie auch nur einen Zentimeter zu– oder abgenommen.«

»Das würde Sinn machen.« Dana nickte verstehend. »Hat Rufus etwas über das Volk erfahren, das, das hier alles erschaffen hat?«

»Nicht viel, nur, dass sie einen Drachen anbeteten. Dieser sollte irgendwo hinter der Stadt in einer verschlossenen Höhle hausen. Die Bewohner hätten dort einen Tempel erbaut. Hinter dem Heiligtum soll es ein magisch versiegeltes Portal geben, welches nur den Auserwählten Durchlass zur anderen Seite gewähren würde.«

Die nächste Frage brannte ihr auf den Lippen, als Georg weiter erzählte.

»Rufus hat keine Anzeichen gefunden, dass die Bewohner der Stadt von eurem Volk waren.«

»Kannst du Gedanken lesen? Das wollte ich dich gerade fragen!«, sprudelte sie hervor.

»Nein, es lag auf der Hand. Nur dein Volk könnte solche Magie wirken … oder etwa nicht?«

Dana überlegte. »Vielleicht, vielleicht auch nicht. Ich mach das noch nicht so lange. Aber erzähl', wie ging es weiter.«

Mittlerweile hatten sich auch Gomek und Shari zu den beiden gesellt. Shari hatte sich sofort ohne Scheu auf Georgs Schulter niedergelassen. Sie hatte es sich in seinem warmen Pelz gemütlich gemacht und zusammengerollt, um dort zu schlafen, was für sie doch recht ungewöhnlich war.

»Nach Monaten der Forschung brach Rufus dann doch auf, um seinen Drachen zu finden. Ich wollte ihn zurückhalten – aber, stur, wie er nun mal war, verließ er uns. Ich habe ihn nicht mehr wiedergesehen.«

Georg wirkte traurig, nachdem er seinen Satz beendet hatte. Sie waren doch echte Freunde geworden.

Plötzlich erschien »Frau Hurtig« vor Dana. Sie war immer wieder überrascht, wie das Wiesel es schaffte, sie zu finden, und welche Wege es wohl benutzte. Ihre Eltern hatten ihr geschrieben und sie wollten wissen, wie es ihnen bisher ergangen war. Dana schrieb ein paar Zeilen. Dabei verschwieg sie selbstredend die gefährlichsten Erlebnisse. Danach schickte sie das Wiesel wieder los. Sie ließ auch Gomeks Eltern grüßen. Sie wusste, Gomek verstand sich nicht so gut mit ihnen. Sollten sie sich doch sorgen, hoffte sie, dass der Brief sie beruhigen könnte.

Am nächsten Tag hatte sich der Schneesturm etwas gelegt. Georg bekam jede Menge Besuch in seiner Wohnhöhle. Alle wollten die Neuankömmlinge sehen, Fragen stellen und ihre Hilfe anbieten. Viele kannten Rufus noch, er war tatsächlich ein echter Freund der Yeti gewesen.

Noch einen Tag später war das Unwetter ganz vorbei. Leider konnten sie immer noch nicht nach draußen. Selbst jetzt, wo sich das Wetter ganz beruhigt hatte, bot nur die Wohnhöhle den nötigen Schutz vor der beißenden Kälte. Sie wären draußen in kürzester Zeit erfroren. Dana fragte sich mittlerweile, wie wohl Rufus die Feuerhöhlen erreicht hatte, denn auch ihn hätte die Kälte getötet. Also fragte sie einfach Georg. Er lächelte sie bedeutungsvoll an.

»... meine Höhle hat einen Tunnel und ist direkt mit den Feuerhöhlen verbunden. Rufus und meine Brüder haben dies bewerkstelligt. Wenn ihr euch wieder erholt habt, zeige ich euch den Weg.«

Während er sprach, drückte er ihr ein Stück Fell in die Hand.

»Und das hier ist eine Kopie der Karte, die Rufus benutzt hat, um die Drachenhöhle zu finden. Viel Spaß damit.«

Dana bedankte sich vielmals und eilte dann zu Gomek. Der saß wie immer missmutig am Feuer, die Kälte schaffte ihn.

»Sieh mal, Gomek.« Sie strahlte ihn begeistert an. »Jetzt besitzen wir sogar eine Karte von der Gegend, die vor uns liegt.«

Dana hielt ihm die Karte vor die Nase.

»Dann lass uns so schnell wie möglich aufbrechen, sonst frier ich mir noch einen ab, ... ich hasse die Kälte!«, maulte er und stierte anschließend wieder grimmig ins Lagerfeuer.

Sie genossen den Schutz, den Georg und seine Wohnhöhle ihnen bot. Das ermöglichte es ihnen, sich von den Strapazen ihrer bisherigen Exkursion zu erholen und neue Kräfte zu sammeln. Doch jede Verschnaufpause hat, über kurz oder lang, ein Ende, und so machten sie sich Tage später auf den Weg, die Lavahöhle zu erforschen. Georg führte sie, wie er es versprochen hatte bis an den Anfang der Feuerfelder. Hier gab es einige Sitzgelegenheiten, die höchstwahrscheinlich nicht von den Bewohnern der Höhle erschaffen wurden. Dana sah Georg erstaunt an.

»Was ist? Auch wir brauchen ab und zu mal Wärme. Nachdem der Gang nun mal da ist, benutzen wir ihn auch. Der alte Weg ist uns zu weit. Wir lieben Schwitzbäder.«

Georg lachte. Danach verabschiedete er sich. Er musste zurück, weil noch andere Aufgaben auf ihn warteten. Dana und ihre Freunde blieben alleine zurück und betrachteten das Schauspiel. Sie kannten ja schon so eine ähnliche Höhle. Nur war diese hier um ein Vielfaches größer und die Lava und die kleinen Vulkane um einiges aktiver.

»Wie geht es jetzt weiter? Beschwörst du wieder einen Sucher, der uns den weiteren Weg zeigt?« Gomek wandte sich an Dana.

»Nein, warum? Wir gehen dorthin!«

Während sie sprach, zeigte sie in die Richtung des Lavafeldes, wo in weiter Ferne die Überreste einer Stadt zu erkennen waren.

»Das ist unser nächstes Ziel. Mal sehen, was wir dort noch entdecken.«

Sie brauchten allerdings einige Stunden, bis sie am Ziel waren. Die »Nähe« zu der Stadt hatte sie doch ordentlich getäuscht. Leider konnten sie nicht, wie sie es gedacht hatten, auf geradem Weg dorthin gelangen, sondern mussten viele Umwege gehen. Trotz aller Widrigkeiten hatten sie es irgendwann geschafft. Es war nicht mehr viel übrig. Die Durchsuchung der noch vorhandenen Gebäude ging recht schnell und brachte keine neuen Erkenntnisse.

»Rufus war doch sehr gründlich.«

Dana sah Gomek an.

»Lass uns weiter zu dem Drachentempel gehen.«

Sie entfaltete die Karte und suchte den Pfad zum Tempel. Nach kurzer Recherche hatte sie den richtigen Weg ausgemacht.

»Auf geht's, gleich sind wir am Ziel!«

Ein Pfad führte aus der Stadt. Er führte stetig und in leichten Windungen einen Hügel hinauf. Es dauerte noch eine gute Stunde, bis sie am Tempel ankamen. Hinter dem Gebäude erblickten sie eine gewaltige, senkrechte Felswand, die bis zur Höhlendecke reichte.

Kapitel 14
Die Rüstung des Gehorsams

Sie waren am Ziel. Hier sollte sich irgendwo der Durchgang zum Hort des Ersten Drachen befinden.

»Vorsicht! Wir wissen nicht, wie stabil das alles noch ist.«

Dana sah dabei Gomek an und jagte Shari von einer Drachenstatue herunter, die den Eingang zierte.

»Nicht, dass noch irgendwas einstürzt.«

Sie betraten vorsichtig den Tempel. Er erwies sich als wesentlich stabiler als Dana vermutete. Das Innere, gut zwanzig Meter im Durchmesser, wirkte sehr schlicht. Es war ein runder Raum, der von Säulen umgeben war. Dahinter befand sich eine Galerie mit einem weiteren Durchgang. Ein paar Steinbänke komplettierten den Rundgang.

Im Zentrum des Tempels füllte eine Drachenstatue den Großteil des Innenraumes aus. Davor stand, rußgeschwärzt, ein goldenes Feuerbecken, das war alles. Früher brannte dort wahrscheinlich immer ein Feuer zu Ehren des Drachens. Das war nun vorbei. Sie untersuchten den Raum und die Statue gründlich, fanden aber nichts weiter.

Dana spürte Sharis Aufregung. Die kleine Fee hatte mal wieder Langeweile gehabt und war neugierig, wie sie nun mal war, durch den zweiten Durchgang, nach draußen geflogen. Nun hetzte sie aufgeregt zu den anderen zurück, um ihnen mitzuteilen, was sie dort entdeckt hatte. Dana wusste es bereits, sie hatte es durch Sharis Augen wahrgenommen. Gomek hingegen war ahnungslos. Er war, zu seinem Leidwesen, nicht mit Shari verbunden und musste sich erst zu ihr bemühen, um zu erfahren, was sie nun Tolles gefunden hatte. Aufgeregt hin und her flatternd berichtete Shari von ihrer Entdeckung und bedrängte die beiden, ihr sofort zu folgen.

Kurz darauf befanden sich die drei in einem halbkreisförmigen Zeremonienhof. Auch hier war der Platz von Säulen eingefasst, mit einer überdachten Galerie, die von einer Mauer begrenzt wurde. Der Hof selber besaß kein Dach. Überall an den Säulen befanden sich Drachenstatuen. Selbst den Innenhof schmückten Drachenmosaike. Aber das Interessanteste war wohl ein fünfeckiges Schild, das in Augenhöhe in die Felswand gemeißelt war. Man hatte sich bestimmt etwas dabei gedacht, dass die Spitze nach oben zeigte, denn an jeder Ecke des Schildes befand sich zusätzlich noch ein handtellergroßer Kreis. In jedem der Felder sah Dana ein anderes Symbol. Im Inneren des Schildes erkannte sie eine Schrift. Sie war etwas verwittert, aber noch recht gut zu lesen.

»Nur wer sich als würdig erweist, erhält Einlass.«

»Was soll das denn heißen? Müssen wir jetzt auch noch Rätsel lösen?«, wandte Gomek sich an Dana. »Wir sind so weit gekommen und nun?«

Dana antwortete nicht. Sie ging zu dem Schild und untersuchte es. Die Bildsymbole in den Kreisen kamen ihr bekannt vor. Es handelte sich um Wellenlinien, die senkrecht und waagerecht verliefen. Dann gab es noch ein Flammensymbol und eines für Fels oder auch Stein. Das letzte der fünf Symbole sah aus wie eine Zielscheibe. Nur, dass die Ringe unterschiedlich breit und freihändig gezeichnet waren. Was sollte das nur bedeuten? Sie wusste es nicht.

»Immer mit der Ruhe, Gomek. Wir fragen Erogat.«

Dana holte den kleinen Kristall aus der Tasche und aktivierte ihn. Kurz darauf konnte sie Erogats Stimme vernehmen. Sie erklärte ihm mit kurzen Sätzen, was sie bis jetzt herausgefunden hatten und baten ihn um Hilfe. Dana hielt den Kristall so, dass er die Symbole und das Schild betrachten konnte.

»Das kennst du nicht? Du solltest im Unterricht etwas besser aufpassen. Das ist ein magisches Schloss. Wie es der Satz sagt, öffnet es dem die Tür oder Pforte, wer diese mit Magie öffnen kann. Kommst du jetzt drauf?«

Dana überlegte. Endlich hellte sich ihr Gesicht auf.

»Ich hab‘s. Die Bildsymbole stehen für Feuer, Wasser, Luft, Stein und Holz. Ich muss nur den passenden Zauber in der richtigen Reihenfolge auf die Symbole wirken, dann bekomme ich Zugang zur Drachenhöhle.«

»Tadellos ...!«

Dana vernahm Erogats Lachen.

»... doch was gelernt. Viel Spaß und seid bitte vorsichtig.«

Damit verabschiedete er sich. Dana sah ihre Gefährten an.

»Natürlich. Nun wissen wir Bescheid. Lasst uns anfangen.«

Gomek und Shari stellten sich aus Sicherheitsgründen hinter Dana auf. Danach begann sie, ihre verschiedenen Zauber anzuwenden. Es war schwerer, als sie anfangs vermutete. Sie hatte es sich einfacher vorgestellt, die kleinen runden Symbole zu treffen. Viel zu oft traf sie zwei Symbole auf einmal. Anschließend verrutschte sie mit dem Zauber und traf das falsche Symbol oder traf gar keins.

Es dauerte eine gefühlte Ewigkeit, bis sie die richtige Reihenfolge beisammen hatte. Plötzlich verschwanden die Bildzeichen mitsamt dem Schild. Und dort, wo sie sich eben noch befunden hatten, wurde der Fels, in Form eines Tores, zähflüssig. Fast so wie der Eingang zur Gefängnishöhle. Dana hoffte, dass sie Gomek mit durch die Wand nehmen konnte. Das andere Portal hatte das ja nicht zugelassen. Dana sah ihn nachdenklich an.

»Ich ahne es. Du weißt nicht, ob wir beide da durchkommen ... bei dem anderen Zugang kam ich auch nicht durch.« Gomek hatte ihre Gedanken erraten.

»Sollte ich den Drachen finden, handele ich ‘was für dich aus. Du weißt ja, wie überzeugend ich sein kann!«, antwortete sie umgehend und lächelte ihn an.

»Versuchen werden wir es trotzdem. Komm! Gib mir deine Hand und lass uns durch die Wand gehen.«

Sie stellten sich zusammen vor die Wand. Vorsichtig betrat Dana die wabernde Masse. Das Atmen fiel ihr schwer. Augenblicklich wurde sie erfasst und durch das Material gezogen, bis sie schließlich auf der anderen Seite der Wand ins Freie trat. Im ersten Moment bekam sie nicht mit, dass Gomek tatsächlich nicht mit durchgekommen war. Sie war einfach nur sprachlos. Vor ihr erstreckte sich eine gewaltige Höhle. Dana glaubte, sie habe das Paradies gefunden. Wohin sie auch blickte, überall herrschte Leben. Bäume, Pflanzen und viele Arten von Tieren waren hier versammelt. Alles, nur kein Drachen. Nachdem sie sich von dem Anblick losgerissen hatte, rief sie nach Gomek.

»Blöd gelaufen. Gomek ist nicht mitgekommen ... Dann lass uns mal den Drachen suchen!«, maulte sie und sah anschließend Shari an.

»Hast du eine Ahnung, wo wir anfangen sollten? Diese Höhle ist ja fast noch größer als unsere Höhle zuhause.«

Kaum ausgesprochen entfuhr Shari ein Jubelschrei und sie war weg. Sie verschwand in den Tiefen der Höhle, ohne noch mal zu antworten.

»Hätt‘ ich mir ja denken können. Bei dem Anblick ist kaum einer zu halten und man muss einfach die Gegend erkunden!«, murmelte Dana und schaute ihr lächelnd hinterher.

Danach sah sie sich weiter um. Nicht weit von ihr erhob sich ein moosbewachsener Hügel.

»Von da oben sollte man einen wunderbaren Ausblick über das Tal haben!«, dachte sie und marschierte los, um den kleinen Hügel zu erklimmen.

Oben angekommen bot sich ihr ein umwerfendes Schauspiel. Soweit das Auge reichte, sah sie Wälder, Felder und Wiesen, Auenlandschaften und Flüsse, sowie vereinzelt kleine Seen. Das perfekte Biotop. Von allem etwas. Und die vielen Tiere: Schmetterlinge, Vögel, Hasen und Rehe ... viele davon kannte sie nur aus Büchern, was offensichtlich mit der Zeitverschiebung, und dem nicht verlassen können des Gebirges, zusammenhing. Sie konnte schließlich, außerhalb des Berges, nur einige der Lebewesen wahrnehmen. Der Rest blieb ihr verborgen. Und im Zwergenreich gab es nur wenige ausgewählte Tierarten. Wer würde sich schon gerne Nahrungskonkurrenten in sein Refugium holen? Selbst wenn man Tierfreund ist – so wie die Zwerge.

So sehr sie sich auch anstrengte, einen Drachen sah sie nicht. Also versuchte sie das Naheliegende, Sharis Strategie. Sie rief nach ihm, so laut sie konnte.

»Hallo? Gibt es hier einen Drachen?«

Kaum hatte sie das letzte Wort gerufen, begann der Hügel zu wackeln und zu beben. Sie verlor ihr Gleichgewicht und kullerte die Anhöhe herunter. Es wäre bestimmt Übel ausgegangen, wenn nicht irgendetwas oder irgendwer ihren Sturz abgefangen hätte.

»Was brüllst du mir denn ins Ohr? Ich bin zwar alt aber nicht taub.«

Dana sah sich um. Sie hörte diese Worte, wie sie es nur von Shari und dem Dämon kannte, direkt im Kopf.

»Wo bist du? Bist du der Drache? Zeig dich.«

»Du standest auf mir und hast mich nicht erkannt? Was bist du denn für eine Magierin.« Tief, dunkel und angenehm erklang diese Stimme aufs Neue.

»Ich bin noch neu in diesem Geschäft. Du musst das entschuldigen.«

Dana hörte ein Lachen und sah dann einen mächtigen Drachenkopf hinter dem »Hügel« auftauchen. Nun begann die vermeintliche Anhöhe sich zu bewegen, bis der Drache in voller Größe vor ihr stand.

»Du bist also Dana.«

Der Drache betrachtete sie wohlwollend von oben bis unten.

»Woher weißt du das?«, wollte sie erstaunt wissen.

»Ich kann die Gedanken von jedem lesen, der sich in meiner Nähe aufhält. Nicht wie ein Buch, eher wie eine Bildergeschichte mit Untertitel. So weiß ich auch von deinem Freund Gomek, der noch am Tempel auf dich wartet. Ich habe ihm bereits gestattet, auch durch das Tor zu gehen.«

»Kannst du das so einfach? Ich musste mich richtig anstrengen, um das Rätsel zu lösen. Vor allem das Werfen mit den dämlichen Holz– und Steinkugeln, die ich erschaffen hatte, um ...«

Wieder lachte der Drachen freundlich und erwiderte:

»Ich weiß. Schließlich habe ich die Wand und das Rätsel erschaffen. Eigentlich ist es so etwas wie ein Türklopfer. Nur wer Magie benutzt, wird mein Reich betreten können. Es gibt zwar Menschen, die ein bisschen zaubern können, doch sie beherrschen nicht alle fünf Elemente. Außerdem benötigen sie ein zusätzliches Hilfsmittel, den Zauberstab ...«

Mitten im Satz hielt er inne. Schließlich murmelte er nachdenklich:

»... Ich glaube allerdings, auch ohne Magie wäre das Rätsel zu lösen. Man müsste nur ... die Symbole – mit den fünf Elementen berühren. Dazu muss man kein Magier sein ... Da ist mir wohl ein kleiner Fehler unterlaufen«, verschmitzt lächelte er Dana an.

»Dann hättest du mich auch, ohne das Rätsel zu lösen, einlassen können? Ich hätte genauso gut einen Stein nehmen und damit gegen den Felsen schlagen können?«

Dana sah den Drachen entgeistert an.

»Na klar! … Das hätte **mir** aber nicht so viel Spaß gemacht.« Antwortete er schnippisch.

»Warum gibt es überhaupt dieses Eingangsportal?«

Dana wollte es nun genau wissen.

»Vor vielen tausenden von Jahren gab es noch keine Mauer. Die Menschen, die sich hier angesiedelt hatten, wollten mich verehren. Sie waren auf der Suche nach einem neuen Glauben. Ich wollte das nicht – merkwürdig diese Menschen. Also errichtete ich die Wand und das magische Tor. Aber trotzdem hielt ich weiter meine schützende Hand über sie – bis zu der großen Katastrophe. Die Erde tat sich auf und zerstörte die Stadt. Danach verschwanden die Menschen. Später blockierte ich den einzigen Zugang durch eine Eishöhle.«

»Die hab ich gesehen. Dort leben jetzt Schneewesen, die Yetis, die ...«

»Ich weiß ...«, unterbrach er sie.

»... Rufus hat es mir irgendwann mal erzählt, obwohl ich es schon vor ihm wusste.«

»Rufus ist hier? Wo? ... Wo ist er?« Wollte sie sofort aufgeregt wissen.

»Irgendwo im hinteren Bereich der Höhle, in einem kleinen Gebäude …Sieh mal, da kommt dein Freund ... Hallo Gomek!«

Der Drachen hob seinen mächtigen Kopf und schaute in die Richtung, aus der Dana auch gekommen war. Sie folgte seinem Blick und lief anschließend freudestrahlend auf Gomek zu.

»Kannst du ihn sehen? Wir haben ihn gefunden.« Dana deutete freudestrahlend auf den "Hügel" hinter sich.

Gomek strahlte über das ganze Gesicht. »Na klar, der ist ja nicht zu übersehen.«

Dana wendete sich wieder dem Drachen zu.

»Drache, das ist Gomek, Gomek, das ist … Wie sollen wir dich eigentlich nennen, wie heißt du?«

Der Drache überlegte in aller Ruhe.

»Meinen wahren Namen kann keiner von euch aussprechen. Es wäre auch nicht gut. Denn wird er ausgesprochen, erschafft er Welten und neues Leben und kann sie auch wieder zerstören. Nennt mich also einfach … Rudi.«

»Also Gomek, das ist Rudi.« Vollendete Dana die Vorstellung des Drachen.

»Nun genug geredet. Steigt auf. Ich bringe euch als Erstes zu Rufus.« Unterbrach Rudi Danas Redefluss.

Anschließend duckte er sich ganz tief, damit die beiden einfacher aufsteigen konnten. Dana und Gomek ließen sich nicht lange bitten. Rasch kletterten sie auf Rudis Rücken, Shari war immer noch nicht zu sehen, und harrten der Dinge, die da kommen sollten.

Majestätisch erhob er sich vom Boden. Dana sah jetzt zum ersten Mal, dass Rudi Flügel hatte. Sie waren nicht besonders groß, aber sie langten anscheinend zum Fliegen.

Fast geräuschlos flogen sie über das Tal. Nun konnten sie das wahre Ausmaß der Höhle sehen: Bäche, Flüsse und Täler, einfach fantastisch. Dana genoss den Flug, während Gomek verkrampft und mit geschlossenen Augen hinter ihr saß und sich verzweifelt an ihr festklammerte. Zwerge sind äußerst mutig, aber nicht im Wasser und nicht in der Luft. Die Erde war und ist ihr Element, alles andere ist nicht "zwergisch".

Dana erblickte kurz darauf ein Steingebäude, auf das der Drachen zuhielt und zur Landung ansetzte. Kaum auf dem Boden ließ Gomek sich vom Rücken des Drachen ins weiche Gras fallen. Er war froh, wieder festen Grund unter den Füßen zu haben, und hätte ihn fast geküsst ... den Boden. Er nahm sich aber im letzten Augenblick noch zusammen. Das wäre, selbst für ihn, mehr als peinlich geworden. Dana hingegen hätte gerne noch eine weitere Runde gedreht.

Bevor sie Gomek etwas aufmuntern konnte, wurde sie durch ein Geräusch abgelenkt. Hinter ihr räusperte sich jemand verhalten. Sofort fuhr sie herum und sah einen alten Mann in der Tür des Hauses stehen. Merkwürdigerweise saß Shari auf seiner Schulter. Tränen der Freude liefen über sein lächelndcs, von einem langen weißen Vollbart umrahmtes, nicht mehr ganz jugendliches Gesicht, als er langsam näher kam.

»Meine kleine Dana! Komm in meine Arme. Wie groß du doch geworden bist. Ich dachte, ich würde dich nie wiedersehen.«

Dana zuckte zusammen. So ein Willkommen hatte sie nicht erwartet. Sie hielt einfach nur still und wartete ab. Nachdem die überschwängliche Begrüßung zu Ende war und sie sich aus den Armen des Mannes befreit hatte, sah sie ihn an.

»Kennen wir uns?«, wollte sie umgehend wissen.

»Ich bin es, dein Onkel Rufus!«

»Mein Onkel?!« Danas Stimme klang verwirrt.

»Genauer genommen, dein Patenonkel. Ist lange her seit ich dich zuletzt gesehen habe. Damals lagst du noch in einem kleinen Körbchen und jetzt bist du ... eine richtige junge Dame. Kommt ins Haus, wir haben uns sicherlich viel zu erzählen.«

Dana blickte sich suchend um. »Wo ist eigentlich dein kleines Wesen?«

Rufus blieb stehen und sah sie traurig an.

»Es gab einen ... Unfall … Sie ist …«

Dana hatte verstanden und merkte sofort, dass er nicht weiter darauf eingehen wollte. Sie beließ es dabei.

Er drehte sich abrupt um. »Komm, lass‘ uns endlich reingehen.«

Gemeinsam trotteten alle hinter Rufus her. Außer Rudi – er war zu groß für das Gebäude. Nachdem sie die Eingangstür passiert hatten, befanden sie sich in einer geräumigen Halle. Dana stockte der Atem. In der Mitte erkannte sie einen Monolith. Sofort lief sie darauf zu und untersuchte ihn.

»Den kannst du vergessen.« Rufus winkte ab. »Ich konnte ihn in der ganzen Zeit, in der ich hier war, nicht aktivieren. Man braucht dazu ein Amulett. Meins ist seit dem Experiment verschwunden.«

»Meins aber nicht.«

Stolz zeigte Dana ihm ihr Medaillon und ging anschließend auf den Monolith zu. Sie machte die Handgriffe, die Erogat ihr gezeigt hatte, und aktivierte ihn. Sofort reagierte er.

»Fantastisch! ... Nur kann ich ohne das Ding den Monolithen nicht benutzen.«

Er deutete auf ihr Schmuckstück.

»Aber ich, du brauchst mir nur deine Hand zu geben. Eine Person mehr bekomme ich allemal mit durch das Portal.«

»Kann ich es mal sehen? So ein Teil habe ich noch nie gesehen. Normalerweise befindet sich nur ein Lebewesen auf dem Amulett.«

Rufus betrachtete es von allen Seiten.

»Weißt du, was das bedeutet: Drache und Löwe?« Er tippte mit dem Finger auf die beiden Figuren, die goldglänzend in dem Rauchkristall zu erkennen waren.

»Nein, was denn?« Dana verstand den Sinn der Frage nicht. Für sie war es nur eine hübsche Darstellung in dem Amulett.

»Der Löwe steht für Mut und der Drache für Weisheit. Du wirst ein schwieriges Leben haben, denn Mut geht nicht immer mit Weisheit einher.«

Nach dieser Erklärung gingen sie weiter bis zum Wohnbereich von Rufus. Dana sah gleich, hier wohnte ein Junggeselle. Alles lag durcheinander, das totale Chaos.

»Ich habe heute nicht mit Besuch gerechnet.« Rufus wurde rot.

»Nicht nur heute …« murmelte Gomek und suchte sich in dem Wirrwarr einen Sitzplatz.

Jeder tat es ihm nach, und nachdem Rufus alle mit einem Getränk versorgt hatte, erzählten sie sich gegenseitig ihre Geschichten und Abenteuer. Die Zeit verging wie im Fluge. Rufus stellte natürlich die Frage, wer sie ausgebildet hatte.

»Erogat? ... Der lebt immer noch in der Stadt der Magie? Müsste er nicht schon längst tot sein?«

Rufus war mehr als erstaunt.

»Ist er ja auch, schon seit vielen Jahren!«, erwiderte Dana im Plauderton, als wenn diese Tatsache das Natürlichste von der Welt wäre.

»Hat der alte Hallodri es doch geschafft. Er war der Meinung, wenn man nach dem Tode seinen Körper vor dem Verfall schützt, kann man in dieser Welt verweilen. Gut gemacht!«, würdigte Rufus diese Leistung.

»Willst du mit ihm sprechen? Ich besitze einen Kristall, mit dem man sich verständigen kann.«

Sie durchforstete bereits ihre Taschen nach dem kleinen Ding.

»Oh ja, bitte. Aber nicht sofort, ich werde ihn später sprechen.«

Sie unterhielten sich noch eine Weile. Es wurde immer später ... Zuerst schlief Shari ein, danach Gomek. Rudi war schon vor Stunden vor dem Haus eingeschlafen. Man hörte seine Schlafgeräusche, die bis zu ihnen drangen. Irgendwann wurde auch Dana müde. Sie stand auf und ging an eins der Fenster.

»Rufus ... wird es hier niemals dunkel?«, wollte sie von dem Magier wissen.

»Ich glaube nicht, ... jedenfalls nicht, seitdem ich mich hier niedergelassen habe«, murmelte er nachdenklich. Ein anhaltendes Gähnen von ihr hatte ihn unterbrochen.

»Kein Wunder, dass wir alle Müde sind!«, mutmaßte Dana. »Wer weiß, wie lange wir schon wach sind. Lass uns schlafen gehen, wir können uns ja später weiter unterhalten.«

»Gute Idee. Such‘ dir ein Eckchen und dann sehen wir uns, wenn ihr ausgeschlafen habt. Ich muss mich noch mit Erogat in Verbindung setzen. Schlaf gut.«

Danach verließ er den Wohnraum, um seine Arbeit wieder aufzunehmen. Stunden später erwachte Dana als Erste. Sie suchte Rufus in seinem Studierzimmer auf. Sie wollte mehr über ihre Eltern erfahren, über den Unfall und ob man das alles ungeschehen machen könnte. Sie fand ihn, geistesabwesend, über einem Buch brütend. Als sie ihn ansprach, schreckte er hoch.

»Ah, du bist es. Wie kann ich dir helfen?«

Ohne Umschweife stellte sie ihre Fragen, doch die Antworten waren mehr als unbefriedigend.

»Deine Eltern hatten es gut gemeint. Sie hatten von dem Experiment gehört, das unseren Heimatkontinent verschwinden ließ. Sie glaubten, den Fehler entdeckt zu haben, der zu der Katastrophe geführt hatte. Das war eine Fehleinschätzung. Nun sind alle in der Zeit verstreut. Ich suche schon seit Ewigkeiten nach einer Lösung. Nicht einmal Rudi kennt eine. Er sagt nur, man kann die Vergangenheit nicht ändern. Deinen Eltern mache ich keinen Vorwurf, aber dem Rat der Magier, der hätte vielleicht einschreiten sollen. Es war einfach zu groß, zu viel Magie. Es musste schiefgehen.«

Dana stand da wie gelähmt. Sie fühlte sich verpflichtet, etwas zu unternehmen. Er erriet wohl ihre Gedanken.

»Du brauchst dir keine Vorwürfe zu machen. Es gibt keine Haftung für Eltern, die auch mal eine Fehlleistung fabriziert haben.«

Er begann, von Herzen, zu lachen, bis Dana sich anstecken ließ und mitlachen musste.

»Komm, lass uns frühstücken.«

Da fiel Dana wieder ihr akutes Problem ein. Auf dem Weg zur Küche erzählte sie ihm von den Problemen der Zwerge, über den Meteoriten und wie sie ihn vernichten wollte … mithilfe des Gefangenen.

»Weißt du etwas über die **Rüstung des Gehorsams**? Wo ich sie finden kann und wie sie benutzt wird?«

»Nein, da musst du dich an Rudi wenden. Das ist sein Gebiet.«

Nach dem Frühstück suchte sie Rudi auf. Der drehte gerade ein paar Runden durch die Höhle. Sie wartete geduldig ab, bis er gelandet war.

»Na, wie war es da oben? Kannst du mich das nächste Mal mitnehmen?«

»Sicherlich, aber deswegen bist du doch nicht hier. Es ist deine Suche nach der Gehorsamsrüstung, stimmt's? Natürlich, ich kenne ja deine Gedanken. Sie wurde von mir erschaffen. Eigentlich ist es keine Rüstung in dem Sinne, wie Ritter sie tragen.«

»Was sind Ritter?«, wollte sie sofort wissen.

»Menschen, die von Kopf bis Fuß in Metall gehüllt sind. Aber die Rüstung, die ich meine, ist magisch und besteht aus fünf Teilen: Stirnreif, Halskette, Armstulpen, Gürtel und Knieschoner. Eigentlich besteht sie aus sieben Teilen, wenn man die Armstulpen und Knieschoner doppelt nimmt. Jedes Teil für sich beinhaltet einen Schutzzauber. Erst wenn sie alle zusammengetragen werden, entwickeln sie ihre gesamte Kraft.

Nur damit kann man ein Wesen, wie den Herrscher des Chaos, in eine menschliche Form zwingen und kontrollieren. Es war damals die einzige Chance, um ihn in sein Gefängnis zu bekommen. Es gibt nur zwei Möglichkeiten ihn zu transformieren: Eine Handvoll Zauberer ... oder er legt sich die Rüstung selber an.«

Dana erzählte ihm von ihrem Gespräch mit dem Dämon.

»Du hast bereits mit ihm gesprochen; und wenn du die Rüstung bringst, will er sie freiwillig anlegen. Nicht schlecht, das mit der Wette. Meine Hochachtung. Nun brauchst du nur noch die Fundorte der Teile. Geh und frage Rufus nach dem Buch der Macht und bringe es mir.«

»Steht dort alles drin?« Dana wurde ganz aufgeregt.

Endlich hatte sie wieder ein Puzzleteil gefunden. Sofort machte sie sich auf den Weg, um das Buch zu holen. Sie fand Rufus wieder in seinem Studierzimmer. Sie erzählte ihm kurz von dem Gespräch mit Rudi und ließ sich das Buch geben. Er war etwas verwundert. Da er alle Bücher fast auswendig kannte, wusste er auch, dass nichts von einer Rüstung darin stand.

»Wir werden sehen. Rudi weiß schon, was er tut.«

Dana lachte und verschwand mit dem Buch unter dem Arm Richtung Ausgang. Bei Rudi angekommen zeigte sie ihm das Buch. Er berührte es und sprach ein paar unverständliche Laute. Umgehend veränderte das Buch sein Aussehen. Es wurde schlanker und doppelt so groß wie vorher.

»Schlag es auf. Da drinnen wird beschrieben, wie du alle Teile der Rüstung finden kannst, einschließlich Wegbeschreibung und Lageplan. Selbst wenn sie einer tragen sollte, würde dieses Buch immer die exakte Position der Teile anzeigen. Nicht schlecht, was?! Es kann ja immer mal vorkommen, dass jemand ein Teil findet und aus dem Versteck entfernt. Die Karte und die Marschroute passen sich automatisch den neuen Fundorten an. Meine Idee.«

Dana klappte sie auf.

»Das ganze Höhlensystem ist hier aber nicht drauf.« Dana wirkte enttäuscht. Sie hätte gerne eine Karte von dem gesamten System der Gänge und Höhlen des Gebirges gehabt.

»Natürlich nicht, es zeigt nur den Weg zu den Rüstungsteilen und einen Teil des Umfeldes. Man kann nicht alles haben. Damit wirst du aber alles finden und das ist wichtig! Das Buch hilft dir auch bei dem Aufspüren von Geheimgängen. Bitte das Buch um Hilfe und es wird dir eine Lösung anbieten.«

Dana fiel wieder der Satz ein, den Toben so gerne benutzte.

»Je mehr Antworten man erhält, desto mehr Fragen bekommt man dazu.«

Das wurde ihr gerade schmerzlich bewusst.

Kapitel 15
Das erste Teil der Rüstung

Statt sofort mit der Suche zu beginnen, nutzte Dana die Gelegenheit, ihre neuen Freunde besser kennenzulernen. Sie führte lange Gespräche mit Rudi und Rufus und benutzte ihre Zeit zum Studium der Bücher in deren Bibliothek. Sie kannte nicht eines davon. Am liebsten saß sie jedoch an einen Baum gelehnt, in der Nähe eines Baches, um der Natur zu lauschen. Kaum saß sie dort, kamen die Tiere der Umgebung, um sie zu unterhalten. Jedes von ihnen hatte seine eigenen, kleinen Geschichten zu erzählen und Dana hörte begeistert zu.

Zwischenzeitlich musste sie, auf Drängen von Rufus, mit ihm Erogat aufsuchen. Rufus wollte unbedingt mit ihm sprechen. Also nahm Dana den Magier an die Hand und sie betraten zusammen den Monolith. Die Begrüßung auf der anderen Seite war umwerfend ... Im wahrsten Sinne des Wortes. Dana musste aufpassen, um ja nicht laut loszulachen. Als Rufus Erogat sah, lief er ihm entgegen und warf sich in seine Arme. Das ging natürlich schief. Er fiel durch Erogat hindurch und landete etwas unsanft auf der Erde. Letztendlich, Rufus hatte doch eine ordentliche Portion Humor, lachten sie alle zusammen über dies Missgeschick.

Dana gab Erogat das Buch der Rüstung mit der Bitte, es zu studieren und die Standorte der Teile zu bestimmen. Danach verabschiedeten sie sich von den zweien, denn sie wollte noch ihre Eltern besuchen. Das erzählte sie ihnen. Tatsächlich wollte sie das Wiedersehen der beiden nicht stören. Dana versprach Rufus, ihn abends abzuholen, um anschließend wieder in die zauberhafte Welt von Rudi einzutauchen.

Am Abend, wieder zurück im »Paradies«, genoss sie erst mal den Frieden und die Ruhe von Rudis Zuhause. Sie verbrachte viel Zeit mit Nichtstun und dem Erkunden des Tals. Dabei vergingen die Tage wie im Fluge. Schließlich, als sie mal wieder Rudis Flugkünste bewunderte, wurde ihr jedoch schmerzlich bewusst, dass sie sich auf die Suche nach der Rüstung machen musste.

»Früher oder später geht alles schöne mal zu Ende!«, murmelte sie Shari zu.

Vielleicht lag es aber auch daran, dass Rufus und Rudi sie tagtäglich daran erinnerten. Selbst Erogat **funkte** dazwischen und mahnte zum Aufbruch, da er jetzt alle Standorte der Rüstung ausgemacht hatte. Bevor sie jedoch aufbrach, sollte sie und vor allem Shari, noch mal mit Rudi sprechen. Er hätte da noch einige nützliche Zauber.

»Da bin ich, worum geht es?«

Dana sah ihn voller Erwartung an.

»Ich wollte dir noch zwei nützliche Sachen beibringen. Rufus erzählte mir allerdings, dass du dafür noch zu jung bist. Du weißt ja, dass mit jedem Jahr, das du älter wirst, auch deine Fähigkeiten wachsen, neue Talente, mehr magische Energie und vieles mehr. Ich wollte dir ursprünglich beibringen, wie man Gedanken liest und wie man Freund oder Feind verwandeln kann. Das geht jedoch nicht bei dir. Du bist zu jung.

Aber ich werde diese Zauber Shari lehren, die sie dann stellvertretend für dich handhaben kann. Verwandlungszauber kann man sowieso nicht auf sich selbst anwenden, da der Zauber während der Verwandlung unterbrochen würde.«

»Weshalb kannst du das jetzt nur Shari beibringen? Sie ist doch genauso alt wie ich?«, maulte Dana.

»Shari und ich sind von der gleichen Art.«

Sie sah ihn entgeistert an.

»Von der gleichen ... Art? Aber du bist ein Drache und sie ist eine … Fee!«

»Du hast natürlich recht. Aber wir sind ... Fabelwesen. Wir brauchen keine magische Energie zu sammeln. Unsere Art verfügt bereits über sie. Shari ist sich dessen noch nicht bewusst, da sie mit dir verbunden ist. Aber sie besitzt diese längst. Das ist einer unserer Vorteile euch gegenüber.«

»Na toll, meine kleine Freundin kann mehr als ich! Wenn Shari es will, soll sie es lernen ... und wann bin ich dran?«, fauchte sie beleidigt.

»Vielleicht in zehn Jahren. Du bist ja 'was Besonderes, vielleicht auch früher.«

Rudi lächelte sie an, so gut es für einen Drachen ging.

»Nun lass uns für ein paar Stunden alleine. Danach könnt ihr euch auf den Weg machen.«

Es dauerte jedoch einen ganzen Tag, bis Shari alles gelernt hatte. Endlich waren sie so weit.

»Also gut, dann muss es wohl sein!«, dachte Dana.

Sie verabschiedete sich von Rudi und Rufus, natürlich auch von ihren Tieren. Danach schnappte sie sich Gomek und Shari, und sie reisten mithilfe des Monolithen zu Erogat. Er erwartete sie bereits ungeduldig am Pentagramm. Nach einer knappen Begrüßung gab er ihr als Erstes die Karte zurück, um ihr anschließend den Weg zu erklären.

»... Auf die andere Seite des Sees, geheimer Gang, Dschungel, Tempel und dort weiter …«

Er deutete mit seiner durchsichtigen Hand auf eine Stelle der Karte. Sie hörte sich alles geduldig an, ohne auch nur eine Frage zu stellen.

»Hast du bis hierhin alles verstanden?«, wollte er nun von ihr wissen.

»Ja, habe ich.«

Erogat sah sie zweifelnd an.

»Du bist verärgert, weil Shari nun mehr kann als du!«

»Es ist ungerecht ...«, maulte Dana und verzog trotzig das Gesicht zu einer Grimasse. »... ich mühe mich so ab und sie … kann alles erlernen.«

»Irgendwann beherrschst du das auch, und dann zieht ihr wieder gleich. Sei froh, dass wenigstens einer von euch mit dieser Art der Magie umgehen kann.«

Sie war nicht auf Shari böse, sie ärgerte sich, dass **sie** diese Art der Magie noch nicht ausüben konnte. Was sollte es, sie mussten los. Sie verabschiedeten sich von Erogat und brachen danach auf in Richtung See.

Am nächsten Tag erreichten sie den See. Dana holte die Karte hervor und suchte einen Weg, um auf die gegenüberliegende Seite zu gelangen.

»Ich glaube, wir werden wohl keine Brücke finden. Die andere Seite ist Niemandsland. Es war bestimmt noch kein Zwerg drüben.«

Dana sah Gomek fragend an.

»Ich kenne auch keinen Weg und Tobens Großvater hat nichts hinterlassen.«

Gomek hatte eins der alten Tagebücher von Nargot mitgenommen. Nun holte er es hervor, um darin nach Hinweisen zu suchen.

»Nein, nichts. Und es gibt auch keinen Weg vom Kraftwerk aus.«

»Na gut.« Dana sah sich am Ufer um.

»Wir gehen jetzt hier lang ...«, sie deutete in die entgegengesetzte Richtung vom Wasserfall. »bis wir auf einen Bach oder Fluss treffen. Irgendwo wird der See ja einen Zufluss haben.«

Sie machten sich gleich auf den Weg, immer am Ufer entlang. Es dauerte eine ganze Weile, bis Gomek vermeldete.

»Dana, sieh mal. Das andere Ufer kommt stetig näher.«

»In der Tat, ... dann sind wir bald am Ziel.«

Tatsächlich, nach fast einer Stunde erreichten sie den Zulauf. Es war ein Tunnel, aus dem das Wasser unruhig und schnell in den See floss. Die Entfernung zum gegenüberliegenden Ufer schätzte Dana auf mindestens zwanzig Meter.

»Zu weit zum Springen ...«, befürchtete sie. »Fliegen kann nur Shari und für eine Luftbrücke ...« Dana betrachtete nachdenklich das andere Ufer, »ist es auch zu weit. Dafür bin ich noch nicht stark genug.«

»Was ist mit vereisen?« Gomek strahlte, dass **ihm** das, vor Dana, eingefallen war. »Das müsstest du doch hinbekommen.«

»Du hast recht, das schaffe ich.«

Dana baute sich am Ufer auf und hielt ihre Hände Richtung Wasser. Sie schloss die Augen und konzentrierte sich darauf eine Eisbrücke zum anderen Ufer zu erschaffen. Es dauerte nicht lange, bis die Brücke fertig und stark genug war, um sie zu tragen.

Vorsichtig betrat Dana als Erste die Brücke und trat kräftig mit dem Fuß auf das Eis. Danach wandte sie sich lachend an Gomek.

»Komm schon, es hält uns beide!«

Nachdem alle das andere Seeufer erreicht hatten, begann Dana sofort die Brücke wieder aufzulösen.

»Warum machst du das? Wir müssen doch wieder zurück.« Gomek war irritiert.

»Wenn das Eis bricht, treibt es eventuell bis zum Kraftwerk und könnte dort einiges kaputt machen.«

»Ach so, stimmt auch wieder!«, hüstelte er verlegen.

Nachdem sie das Eis wieder verflüssigt hatte, begannen sie mit der Suche nach dem Geheimgang. Dana zückte wieder die Karte und studierte sie ausgiebig.

»Hier!« Sie hielt Gomek die Karte hin und deutete mit dem Finger auf eine Stelle. »Da müssen wir hin. Dort sollte sich der Zugang befinden.«

Sie tippte auf einen Punkt in der Nähe des Wasserfalls. Er nickte zustimmend. Sie folgten jetzt dem Ufer auf der anderen Seite des Sees, bis es nicht mehr weiter ging. Eine Felswand versperrte ihnen den Weg. Sie befanden sich nun in der Nähe des Wasserfalls. Man erkannte schon den Eingang des Kraftwerks auf der anderen Seeseite. Dana schlug wieder die Karte auf.

»Hier muss irgendwo der Eingang sein.«

Sie deutete mit dem Finger auf einen bestimmten Teil der Karte. Sie sah sich um und schritt langsam an der Felswand entlang.

»Hier! Hier muss es sein.« Sie zeigte auf eine Stelle des Felsens, der total dichtgewachsen war. Sie wirkte einen Schrumpfungszauber auf das Gewächs. Zum Vorschein kam die glatte Felswand.

Dana murmelte irritiert: »Wo ist die Tür? Hier sollte sie eigentlich sein.«

Mit den Fingern tastete sie verzweifelt über die Wand. Es gab nichts, was auf einen Durchgang schließen ließ. Nachdenklich sah sie noch mal auf die Karte. Dann tippte sie mit dem Finger auf die Stelle der Karte, wo ein Tor zu erkennen war. Sofort erschien ein Satz.

»Feuer öffnet diese Tür«

»Na klar, Unkraut wird auch abgefackelt. Da ich aber das Grünzeug geschrumpft habe, kann sich die Tür nicht öffnen.«

Also schleuderte sie einen Feuerball gegen den Felsen und siehe da, eine Tür öffnete sich.

»Doch recht hilfreich diese Karte!«, schmunzelte Dana und betrat den Gang hinter der Tür.

Es roch muffig und es war feucht. Es gab weder Biolumineszenz noch eine andere Art von Lichtquellen und so musste Shari für die Beleuchtung sorgen. Es passte ihr gar nicht. Sie wäre lieber vorausgeflogen, um alles zu erkunden.

Der Weg führte immer weiter in den Berg hinein. Er wand sich wie eine Schlange und es ging stetig bergab. An einigen Stellen wurde es so steil und glatt, dass sie sich gegenseitig helfen mussten. Es fehlte noch, dass jetzt jemand ausrutschen und sich vielleicht noch verletzen könnte. Dann wäre die Reise hier zu Ende. Kurze Zeit später blieb Dana abrupt stehen.

»Hört ihr das auch? Woher kenne ich das Geräusch nur?«

Gomek, der nun auch stehengeblieben war, lauschte angestrengt in die Dunkelheit. Da erhellte sich sein Gesicht.

»Das hört sich nach unserem Wasserfall an.«

»Ja, du hast mal wieder recht!«, stimmte Dana ihm begeistert zu.

»Es kann aber nicht unserer sein – womöglich ist es ja der, von dem Erogat berichtet hatte! Vielleicht ist es aber auch der hinter dem Tunnel, da wo der Urwald beginnt ...«, überlegte sie laut weiter. »... Na, du weißt schon! ... dort, wo der Hochweg anfängt ... in der großen Höhle.«

»Mag sein ...«, grummelte er, »wir werden es ja bald wissen.«

Sie gingen schweigend weiter. Nach einer weiteren Biegung sahen sie in der Ferne ein schwaches Licht schimmern. Es schien zu leben. Es schillerte in allen Regenbogenfarben. Je näher sie der Lichtquelle kamen, desto lauter wurde das Rauschen. Endlich wusste Dana, wo sie sich befanden. Aufgeregt griff sie nach Gomeks Arm.

»Wir befinden uns hinter dem Wasserfall. Es ist jetzt nur noch die Frage, in welcher Höhe wir rauskommen.«

Sie beeilten sich, um das Ende des Ganges zu erreichen. Er endete in einer kleinen Höhle hinter dem Wasserfall. Shari setzte sich gleich ab ins Freie. Die kleine Fee hasste diesen feuchten, dunklen Tunnel.

Dana sah sich um. Sie ging vorsichtig an die Kante der Höhle und sah in die Tiefe. Sie befanden sich einige Meter über dem Wasser.

»Zu hoch zum Springen ...«, murmelte sie.

Rechts erhob sich die steile Felswand. Hier ging es nicht weiter. Links dagegen gab es einen schmalen Trampelpfad. Er schlängelte sich hinter dem Wasserfall ins Freie. Voller Erwartung folgten sie den Windungen. Gomek war nicht ganz wohl bei der Sache. Er musste aber, um nicht den Anschluss zu verlieren, notgedrungen hinterher. Der Weg führte sie, verborgen durch Büsche und Felsen, in die Nähe des Urwaldes. Nicht weit vom Flussufer. Dana sah sich um. Obwohl sie gerade erst den Weg verlassen hatte, war er nicht zu entdecken.

»Kein Wunder, dass von hier noch keiner den Weg gefunden hat. Wer ihn nicht kennt, wird ihn auch nicht finden.«

Dana sagte dies mehr zu sich selbst, doch Gomek nickte zustimmend.

»Was erwartet uns hier?«

Dana schlug wieder die Karte auf.

»Dort ist das Gebäude.« Sie zeigte auf ein Objekt mitten im Urwald.

»Und was ist das daneben? Sieht nach einem Dorf aus.« Gomek zeigte auf eine andere Stelle der Karte.

»Fragen wir Shari. Sie kann unser Kundschafter sein.«

»Sollten wir nicht etwas vorsichtiger sein? Hier kommt die Gefahr auch von oben.«

Beide sahen in die Höhe, wo schon die ersten Wesen kreisten.

»Schnell in den Wald. Dorthin können sie uns hoffentlich nicht folgen.«

Sie hatten Glück und wurden nicht entdeckt. Sie setzten sich auf einen Baumstumpf und warteten auf Shari. Irgendwann tauchte die kleine Fee wieder auf. Shari hatte tatsächlich das Dorf gefunden. Was sie aber von den Bewohnern berichtete, klang nicht besonders gut. Es waren schwarze Goblins. Dana hatte etwas über sie in Rufus Bibliothek gelesen. Sie waren auf keinen Fall friedlich.

»List oder Kampf? Das ist hier die Frage.«

Sie sah ihre Freunde an. Gomek war klar für Kampf, Shari hingegen wollte ihren neuen Zauber der Verwandlung ausprobieren und stimmte für List. Dana fand die Idee auch gut und so verwandelte Shari die beiden in Goblins. Als

Einheimische Wesen getarnt, fühlten sie sich sicher und machten sie sich auf den Weg.

Doch der erste Goblin, dem sie begegneten, griff sie trotz alledem an. Dana ließ ihn mit einem Zauber einschlafen.

»Warum hat es nicht geklappt?« Gomek sah Dana irritiert an.

»Oh Shari, du Schussel! Hast du schon mal Goblins gesehen, die über einen Meter groß sind?«

Gomek schüttelte belustigt den Kopf.

»Allerdings hab ich auch noch nie welche gesehen. Shari wird es ähnlich gehen. Sie hat sie schließlich nur von weitem gesehen!«, murmelte Dana verlegen.

»Stimmt auch wieder.«

Nachdem Shari ihren Schnitzer ausgebügelt hatte und sie auf die passende Größe gestutzt hatte, ging es weiter. Nun wurden sie von allen Goblins, denen sie begegneten, ignoriert.

Spät am Nachmittag erreichten sie den Tempel, der in Form einer Pyramide vor ihnen emporragte. Vom Urwald fast verschlungen wirkte er nicht gerade einladend. Dana wunderte sich, dass er nach so langer Zeit überhaupt noch stand. Es half nichts. Sie mussten ja hinein. Immer tiefer drangen sie in den Tempelbau vor. Vorsichtig kletterten sie über Baumwurzeln und Steine, die sich mit der Zeit aus der Decke gelöst hatten. Da wurden sie aus dem Dunkel angesprochen.

»Endlich gibt es was zu fressen, frisches Fleisch, ... das ist gut.«

»Wer bist du, dass du uns verspeisen willst?«, unterbrach Dana die unfreundliche Ansprache und versuchte gleichzeitig, den Besitzer dieser Stimme in der Finsternis auszumachen.

»Ich heiße Tegla und bin die Wächterin dieses Tempels.«

»Den Tempel bewachen und Leute essen sind zwei verschiedene Sachen!«, versuchte Dana, die Wächterin aus der Reserve zu locken.

Dana fand dieses Gespräch interessant. Nein, Angst hatte sie nicht.

»Zeig dich, wir haben keine Angst vor dir. Vielleicht kannst du uns sogar helfen!«, versuchte Dana, ihren Gesprächspartner aus der Dunkelheit zu locken.

»Ha, ihr sucht den Durchgang zu den anderen Höhlen. Hier drinnen beginnt er und **ich** schütze ihn.« Die Stimme klang spöttisch.

»Also, ... hilfst du uns jetzt oder nicht?« Dana wurde ungeduldig.

»Nein, das Gespräch ist beendet, ... jetzt wird gegessen!«

Unerwartet schnell bewegte sich eine gewaltige Spinne aus der Dunkelheit auf das Trio zu. Doch Dana hatte damit gerechnet und sie mit einer einzigen Geste ihrer Hand eingefroren.

»So ein Dummbeutel. Anstatt uns zu helfen liegt sie nun auf Eis. Lass uns weiter gehen. Wo ist denn jetzt der Eingang? Wir müssen unbedingt den Altarraum finden.«

Dana nahm wieder die Karte in die Hand. Jetzt zeigte sie nicht mehr die Umgebung an, sondern einen Lageplan des Tempels.

»Klasse.« Dana war begeistert. »Diese Karte ist spitze. Hier geht es zum Altarraum.«

Wieder tippte sie mit dem Finger auf die Karte, genauer auf den Punkt, wo der Altar eingezeichnet war. Sofort erschien wieder ein Spruch.

»Drücke den Kopf des Löwen«

»Also, erst den Altarraum suchen und dann den Löwenkopf finden. Das muss doch zu schaffen sein!«, lachte Dana.

Dank der Karte fanden sie den Raum schnell. Für den Löwenkopf brauchten sie anschließend etwas länger. Es war Shari, die den Kopf entdeckte. Gelangweilt von dem Suchen, setzte sie sich auf einen Stein gegenüber dem Altar. Dort erspähte sie an der Unterseite eine kleine Erhebung. Bei näherer Betrachtung sah sie, es war der gesuchte Löwenkopf. Aufgeregt rief sie die anderen herbei. Dana untersuchte unterdessen den Kopf, um schließlich beherzt und mit aller Kraft auf des selbigen zu drücken. Zunächst passierte nichts. Dana wollte sich schon enttäuscht abwenden, als sich der gesamte Altar bewegte und eine Öffnung sichtbar wurde. Shari, die Licht gemacht hatte, flog näher an den Einstieg und sah hinein. Es führte eine Treppe in die Tiefe. Dana sah sich das näher an.

»Sieh an, dort geht es weiter. Ihr zwei wartet hier. Ich muss unsere neue **Freundin** aus ihrem eisigen Gefängnis befreien. Bis gleich.«

Gomek wollte sie noch zurückhalten, da er das nicht als eine so geniale Idee ansah. Aber sie war schon verschwunden. Nach kurzer Zeit fand sie Tegla und taute sie mit einem anderen Zauber behutsam wieder auf. Zitternd vor Kälte bedankte sie sich.

»Wewewenn iiich gegewust hähätte, das du eine Mamamagierin bibibist, hätte ich dich nie angegriffen!«, stotterte sie verlegen.

»Ich hatte leider keine Zeit mich vorzustellen. Aber warum greifst du denn alles und jeden an?«

»Ich bewache diesen Ort schon sehr lange, wie meine Familie vor mir und deren Familie, ... also schon ewig. Keiner sollte den Tempel betreten. Nur Magier hätten Zugang. Nun verstehst du vielleicht!«, erwiderte die Spinne verlegen.

»Gut gemacht, nur der falsche Gegner. Mach‘ weiter so, beschütze den Tempel gegen alle, außer uns!«, ermutigte Dana die Spinne und zwinkerte ihr zum Abschied zu.

Danach wandte sich Dana um und kehrte zu ihren Freunden zurück. Gomek wollte natürlich wissen, wie die Spinne reagiert hatte.

»Freundlich. Es scheint so, dass einst einer meines Volkes die Spinnen als Hüter des Tempels rekrutierte. Leider haben sie, über die Zeit, wohl vergessen, wer ihre Auftraggeber sind. Sonst hätte diese uns nicht angegriffen. Mittlerweile weiß sie es wieder. Ich sagte es bereits – unsere Freundin. Lass uns jetzt die **Unterwelt** betreten, mal sehen, was uns dort erwartet.«

Dana betrat als Erste die Stufen und stieg langsam in die Dunkelheit. Eigentlich sollte Shari voran fliegen und Licht machen. Aber sie hatte nur einen Blick in das rabenschwarze Loch geworfen und sich daraufhin zurückgezogen.

»Feigling!«, schmunzelte Dana und ging voran.

Am Ende der Treppe angekommen wurde es hell. Fackeln an den Wänden, die sich in ihrer Nähe befanden, begannen von sich aus zu brennen. Gomek, der neben ihr erschien, wunderte sich.

»Wie geht das denn, Fackeln die von alleine angehen, ... könntest **du** das?«

»Nein, noch nicht. Es muss vermutlich eine Art Magie sein. Eventuell lerne ich das ja noch.«

Dana sah sich um. Sie befanden sich in einem gleichmäßigen achteckigen Raum. An einer Seite führte die Treppe nach oben. Die anderen sieben Seiten hatten Torbögen, die in verschiedene Tunnel führten. In der Mitte stand ein achteckiger Steintisch, jede glatte Seite einem Durchgang gegenüber. Auf dem Tisch erkannte Dana eine schematische Darstellung des Raumes und der Tunnel bis hin zu den nächsten Räumen. Jeder Gang auf der Karte trug zusätzlich eine Bezeichnung.

»Gomek, sieh‘ dir diese Karte an: ... es ist ein Lageplan, wo welche Gebiete zu finden sind und wer sie bewohnt.«

Dana war ganz aufgeregt.

»Wenn sich in jedem Raum so eine Karte befindet, könnte man einen Plan der gesamten Gänge in diesem Gebirge erstellen. Wir wüssten endlich, wie groß und vor allem, was alles hier unten ist.«

Sogleich meldete sie sich bei Erogat und erklärte ihm in kurzen Sätzen, was sie vorhatte.

»Gute Idee, einen Lageplan der Gänge, wirklich gut!«, freute er sich. »Sende mir einfach die Karten zu und ich werde versuchen, sie zusammenzusetzen.«

Nachdem das erledigt war, widmete sie sich wieder dem Tisch. Sie erkannte die Schrift. Es waren Wegbeschreibungen, wohin die Tunnel führten. Dana las laut vor.

»… zu den weißen Goblins, … zu den Gnomen, … zu den Trollen, ... sieh mal, da müssen wir hin.«

Dana, die zusätzlich ihre Karte auf dem Tisch platziert hatte, sah, dass der Tunnel zu den Trollen und der angezeigte Weg auf der Karte übereinstimmten.

»Das ist unser Weg.«

»Bist du dir auch ganz sicher?« Gomek erschauderte. »Trolle sollen echt gefährlich sein.«

»Nur keine Sorge, das packen wir schon.« Dana war zuversichtlich, verstaute ihre Karte und betrat den Tunnel, der zu den Trollen führen sollte.

Sie brauchten viele Tage, um die Höhle der Trolle zu erreichen. Zwischendurch passierten sie drei weitere Räume, oder wie Gomek meinte, Knotenpunkte. Jedes Mal schickten sie die Tischkarte, die sich in dem Raum befand, an Erogat.

Im Knotenpunkt der Trolle angekommen, verschickte Dana wieder die Karte vom Tisch an Erogat. Dana war etwas irritiert. Dieser Raum war anders. Zwar war auch er achteckig, aber außer einer Treppe, die nach oben führte, besaß er nur noch **drei** weitere Tunnel. Erogat vermutete, dass der Raum einen Eckpunkt des Labyrinthes darstellte und deshalb keine weiteren Gänge brauchte.

Dana nahm es erst mal so hin. Wenn sie es schaffte, von allen Kartentischen die Bilder zusammenzubringen, würde das daraus entstehende Gesamtbild schon zeigen warum. Nach diesen Überlegungen erklomm sie die Stufen nach oben und öffnete den Mechanismus für den Ausgang.

Vorsichtig steckte sie den Kopf aus dem Loch. Es war stockdunkel und es roch muffig. Shari, die hoffte endlich aus den Tunneln zu kommen, schoss an Dana vorbei, ohne Licht zu machen. Keine gute Idee. Dana hörte nur noch einen Kiekser von ihr, ... dann war Ruhe.

»Shari ...?!« Leise rief sie nach der kleinen Fee. »... was ist mit dir? Wo bist du?«

Keine Antwort. Langsam wurde Dana unruhig. Wo war sie nur. Sie zauberte eine Fackel herbei und überprüfte die Umgebung. Zunächst sah sie nur Felsen und Geröll.

»Hier muss die Decke eingestürzt sein!«, murmelte sie und sah sich weiter um.

Endlich entdeckte sie Shari. Sie lag ohnmächtig in einem Geröllhaufen und rührte sich nicht. Sie arbeitete sich vorsichtig zu ihr durch und untersuchte sie. Shari hatte sich ernstlich verletzt. Gomek, der neben Dana erschien, riet ihr spontan:

»Ahnenstein ... benutze schnell den Ahnenstein. Nur der kann sie heilen.«

Dana sah ihn an. »Aber natürlich, stimmt ja ..., hätte ich fast vergessen!«

Sie friemelte sofort den Stein aus ihrem Beutel und führte ihn kreisförmig mit gleichmäßigen Bewegungen über den kleinen Körper von Shari. Nach kurzer Zeit begann sie sich wieder zu regen und das Leben kehrte langsam in Shari zurück.

»Dass du mir nicht noch mal so einen Blödsinn machst und in einen dunklen Raum fliegst ohne Licht! Du siehst ja, was dabei herauskommt. Wir hatten schreckliche Angst um dich!«, schimpfte Dana, jedoch mit großer Erleichterung in der Stimme.

»Nun lasst uns einen Ausgang suchen.«

Sie mussten sich einen halben Tag durch das Geröll wühlen, bis sie auf einen Gang stießen, der sie nach draußen brachte. Endlich im Freien angekommen, sahen sich unsere Freunde um. Mann …, war das eine triste Gegend.

»Hier hat aber jemand sehr schlechte Laune gehabt. An diesem Ort steht ja nichts mehr aufeinander. Fast alles ist zerstört.«

Gomek hatte Recht. Überall sah man umgestürzte und herausgerissene Bäume. Mächtige Felsbrocken lagen kreuz und quer, soweit das Auge reichte. Und überall sah man tiefe Krater.

»... als hätte eine gewaltige Wildsau die Erde durchwühlt!«, murmelte er beeindruckt. »Ob das wohl ein Troll war?« Er sah sich vorsichtig um.

Selbst vor dem Tempel hatte man keinen Halt gemacht. Große Teile waren eingestürzt und mittlerweile vom Unkraut überwuchert.

»Wer auch immer ... Lass uns bloß schnell das Teil suchen, aber ohne diesem Wüterich zu begegnen. Wer weiß, wie er auf **uns** reagiert. Vielleicht waren es ja auch mehrere ... oder alle!« Mutmaßte Dana und sah irritiert auf die Karte.

»Es muss in unmittelbarer Nähe eine Felsenhöhle geben, das ist unser Ziel. Dort soll sich das erste Teil der Rüstung befinden. Warum bewegt sich bloß der Punkt auf der Karte?«

Dana schüttelte die Karte, als ob sie so das Problem lösen konnte. Da diese Aktion nichts brachte, orientierte sie sich kurz und marschierte los. Sie waren noch nicht weit gekommen, als sie durch Lärm abgelenkt wurden. Sie erkletterten einen Hügel und warfen einen Blick hinunter in ein kleines Tal. Dort wütete ein gewaltiger Troll, der randalierend alles zerstörte, was er in die Finger bekam.

»Ich glaub‘, wir haben ihn gefunden!«, grinste Gomek.

Leise schlich er Dana hinterher. Weit außerhalb der Reichweite des Tobenden erblickten die drei eine zerstörte Siedlung. Vermutlich die des Trolls. Sie hielten vorsichtig Abstand zu dem Randalierer, als sie sich dem Dorf näherten. Dort lebten, trotz der Zerstörung, immer noch Familien, denn man sah auch junge Trolle unter ihnen. Dana drehte sich zu Gomek um.

»Lass uns den Trollen helfen. Vielleicht helfen sie uns dann auch.«

»Spinnst du? Hast du dir mal den Klops angesehen? Wie willst du ihn beruhigen, ohne ihm was zu tun?« Gomek schüttelte verzweifelt den Kopf.

»Lass uns nachfragen, was mit ihm passiert ist. Danach sehen wir weiter!«, schlug Dana nun vor und ignorierte seine Bedenken.

»Shari, mach uns zu Trollen ... aber bitte diesmal die richtige Größe ... **Bitte**!«

Die kleine Fee gab sich große Mühe und es lohnte sich. Dana und Gomek, nun perfekt als Trolle getarnt, gingen um das Tal herum zu den Überresten des kleinen Dorfes. Dort angekommen, versuchte Dana, ein Gespräch mit einem der Dorfbewohner anzufangen. Es war nicht einfach. Trotz einiger Sprachschwierigkeiten erfuhr sie, dass der Randalierer eine Felsenhöhle gefunden hatte. In dieser gab es eine Truhe, die einen magischen Ring enthielt. Der eigentlich gutmütige Troll steckte ihn sich natürlich an den Finger. Danach begann er, sich zu verändern. Er wurde immer aggressiver, bis er schließlich alles zerstörte.

»Vielleicht kann ich euch helfen. Wir müssen ihm nur den Ring abnehmen!«, mutmaßte Dana. Der Troll sah sie entgeistert an.

»Keiner von uns hat es geschafft, ihm das Ding wieder abzunehmen. Es macht ihn nicht nur aggressiv, sondern auch stark.«

»Das lass mal meine Sorge sein. Ich habe da schon eine Idee, die klappen könnte.«

Dana und Gomek gingen zu Shari zurück. Sie sollte schließlich außer Sicht bleiben, und ließen sich zurückverwandeln.

»Was hast du vor?«, wollte Gomek sofort von ihr wissen.

»Denk mal an die Schlange. Nur dass wir ihn in diesem Fall nur schrumpfen und du ihn hinterher mit einer Runenfalle festhältst. Mit etwas Glück verliert er den Ring beim Schrumpfen und wird wieder normal. Danach werde ich ihn zurück auf seine ursprüngliche Größe bringen. Alle sind dann wieder glücklich und helfen uns.«

»Deinen Optimismus möchte ich haben.«

Gomek war zwar noch nicht überzeugt, machte sich aber daran, eine Runenfalle zu basteln. Nach kurzer Zeit war er fertig damit. Vorsichtig bewegten sie sich in das Tal hinein, deponierten die Falle und schickten Shari los, um den Troll anzulocken. Der reagierte prompt und lief ihr hinterher, bis er die Falle erreichte. Die schnappte zu und er war gefangen. Er tobte und schrie und zerrte an seinen imaginären Fesseln. Doch nichts half. Er saß fest.

Nun trat Dana in Aktion. Sie sprach den Schrumpfungszauber aus. Sofort wurde der Troll immer kleiner, bis er nur noch so groß war wie sie selbst. Längst hatte Dana den Ring entdeckt, der nun von seinem Finger glitt und zu Boden viel. Bevor das, nun zwergenhafte, Kelchen reagieren und den Ring aufheben konnte, hatte Shari ihn mithilfe eines Telekinesezaubers bereits an sich gebracht.

»Na mein Freund? Beruhigen wir uns jetzt wieder?«

Der Troll wirkte total verstört und fragte mit fipsiger Stimme: »Was ist los? Was ist passiert und vor allem, … wer seid ihr?«

Nachdem Dana ihn ins Bild gesetzt hatte, sollte sie ihn wieder groß machen.

»Ich bin wieder voll der Alte. Meine Aggression kam nur von dem blöden Ring. Wer weiß, wozu der von Nutzen sein soll. Jedenfalls ist er nicht für Trolle geeignet.«

»Woher hast du ihn? Kannst du mir das zeigen?« Wollte Dana ungeduldig von ihm wissen.

»Na klar, vor dem Vergrößern oder hinterher?«

»Jetzt gleich!«, erwiderte sie.

»Dann folgt mir mal.«

Nicht ganz froh über Danas Entscheidung, ihn erst später wieder groß zu machen, marschierte er los, tiefer ins Tal hinein. Kurz darauf erreichten sie eine Felswand, in die man ein großes Loch geschlagen hatte.

»Tut mir leid. Ich fand einen Hohlraum hinter der Felswand und habe sie eingeschlagen. Das macht doch hoffentlich nichts, oder?«

»Nein, schon gut. Es erspart uns viel Arbeit!«, grinste Dana.

Nachdem sie dem Troll, wie versprochen, seine Größe wiedergegeben hatte, verabschiedete er sich von ihnen und murmelte leise: »Ich glaube, ich habe einiges wieder gut zu machen.«

Fröhlich stapfte er zurück zu seinesgleichen.

»Oh Mann … wird **der** ein Donnerwetter von seinen Leuten bekommen!«, lachte Dana. »Lass uns jetzt nachschauen, wo unser Teil ist.«

Sie schlug wieder ihre Karte auf.

»Nanu? Das Rüstungsteil ist hinter mir und nicht in der Höhle.«

Dana drehte sich um und sah Shari auf einem Stein sitzen und gedankenverloren den **Ring** betrachtend. Da erkannte Dana es, der vermeintliche Ring war das gesuchte Objekt.

»Shari, was du da hast, ist kein Ring, es ist das Stirnband, ... unser erstes Teil.«

Gomek, der in der Zwischenzeit die Reste der Höhle inspiziert hatte, rief seine Freunde zu sich.

»Seht, was ich entdeckt habe! Einen Gang, der in einer weiteren Höhle endet. Und was habe ich dort vorgefunden?«

»Keine Ahnung, aber du wirst es uns bestimmt gleich sagen.«

Dana sah ihn fragend an.

»Einen Monolith, wir brauchen also nicht noch mal durch die **Unterwelt** zurück.«

Sofort stimmte Shari ein Freudengeheul an. Sie hatte tatsächlich keine Lust mehr gehabt, durch die unterirdischen Gänge zu kriechen.

»Bevor wir zurückgehen, will ich noch einmal mit den Trollen reden. Ihr wartet hier.«

Nach einer gefühlten Ewigkeit kam Dana zurück.

»Trolle sind gar nicht böse und aggressiv, wie es in den Büchern stand, die ich gelesen hatte. Es sind echt nette Wesen, wenn man sie näher kennen gelernt hat.«

»Außer sie tragen solche Ringe ...«, grinste Gomek und deutete auf den Stirnreif.

»Und? … hast du sonst noch was erfahren?« Er sah sie erwartungsvoll an.

»Eigentlich nicht. Sie wissen sehr wenig von ihrer Vergangenheit. Weder wer sie hierher brachte noch wann, geschweige denn, warum. Aber sie fühlen sich hier wohl, außer jemand rastet aus. Aber das ist ja nun auch vorbei. Lasst uns zurückkehren. Erogat wartet sicherlich schon auf uns.«

Dana schaltete den Monolith frei und in kürzester Zeit waren sie wieder bei Erogat.

Kapitel 16
Der Baumpalast

Erogat befand sich wie immer in seiner Bibliothek. Doch schwebte er nicht wie gewohnt vor seinem Lesepult, sondern vor der Sichtwand.

»Hallo Erogat, wir haben das erste Teil!«, begrüßte Dana ihren Lehrer. Erst als sie ihn fast erreicht hatte, sah sie, woran er arbeitete.

»Du setzt schon die Karte zusammen? Hast du denn schon genug Informationen?«

»Eigentlich nicht ... es sind noch zu wenig Daten.«

Erogat wandte sich den dreien zu.

»Und was bringt ihr mit? Ah, den Stirnreif der Ruhe.«

Er betrachtete das Teil voller Ehrfurcht.

»Seit Tausenden von Jahren hat ihn keiner mehr gesehen.«

Dana sah ihn entgeistert an.

»Stirnreif der Ruhe? Der Letzte, der ihn getragen hat, verwüstete seine Umwelt. Verd… sah das gruselig aus.«

Dana erzählte ihm mit kurzen Sätzen, was sich bei den Trollen zugetragen hatte.

»Ist doch klar, was dort passiert ist. Der Reif ist speziell für unseren **Freund** erschaffen worden. Nur bei ihm hat er die gewünschte Wirkung. Bei anderen – na ja, du hast es selbst gesehen ... Lass uns weitermachen.«

Erogat wandte sich wieder der Bildwand zu.

»Kommt alle mal näher. Was könnt ihr schon erkennen?«

Sie scharten sich um ihn und betrachteten die Striche und Achtecke, die sie bis jetzt gesammelt hatten.

»Wenn man versucht, die Linien zu vervollständigen, muss das Gebiet gewaltig sein.«

Gomek war sich fast sicher und trat näher an die Wand.

»Wir haben hier ein Vieleck, das um ein Zentrum herum gebaut wurde.«

Er deutete auf einen unvollständigen Bereich der Karte.

»Wie kommst du darauf?«

Erogat sah ihn erstaunt an. Wortlos ging Gomek zu einem, mit Dokumenten überfüllten Arbeitstisch, durchwühlte ihn, fand ein leeres Blatt Papier und zeichnete das Bild darauf. Anschließend verlängerte er die Linien, die, wie er meinte, auf einen zentralen Punkt zuliefen.

»Wir haben zwar noch nicht sehr viel, aber so könnte es aussehen!«, murmelte Gomek nachdenklich.

»Interessant.« Erogat nickte anerkennend. »Wir werden es sehen, ob du recht hast. Mit Sicherheit werden wir noch mehr Karten finden. Jetzt aber zum zweiten Teil. Dana hast du schon eine Idee, wo du als Nächstes suchen willst?«

Dana schlug die Karte auf und suchte sich den, wie sie hoffte, einfachsten Weg zum nächsten Rüstungsteil. Leider stand am Zielort nicht, was sie dort finden würden.

»Warum dorthin?«

Erogat sah sie neugierig an.

»Dieser Weg scheint recht einfach zu sein und man muss nicht in die **Unterwelt**. Shari hatte dort das letzte Mal einen Koller bekommen. Nun will ich mal überirdisch suchen. Und außerdem führt der Pfad durch Rudis Gebiet.«

Sie lachte dabei.

»Ein Tag Ruhe kann ja keinesfalls schaden.«

Danach legte sie das erste Teil der Rüstung auf den Schreibtisch und verabschiedete sich von ihm. Sie wollten so schnell wie möglich Rudi, ... wahrscheinlicher war allerdings das schöne Tal, wiedersehen. Einen ganzen Tag Erholung, das brauchten sie jetzt.

Kurz darauf erreichten die Beiden den Ort ihrer Begierde und ihr freier Tag konnte beginnen.

Tags darauf suchte Rudi nach Dana. Er wollte ihr sagen, dass sie und ihre Gefährten die Barriere zum Lavagebiet nun jederzeit passieren könnten, hin und zurück, ohne »anzuklopfen«. Doch er fand nur Gomek, der verschlafen vor dem Haus saß.

»Weißt du, wo ich Dana finden kann?«, wollte er von ihm wissen.

»Na klar. An ihrem Lieblingsplatz. Auf der Wiese, nahe dem Wald, an der alten Eiche.«

»Und was macht sie dort?«, wunderte sich Rudi.

»Träumen ...!« Gomek lachte. »Das tut sie öfters.«

Nachdem er nun wusste, wo sie sich aufhielt, machte der Drache sich auf den Weg. Als er auf der Wiese gelandet war, sah er zuerst eine große Traube von Waldtieren. Füchse, Hasen, Vögel und Rehe umlagerten den Baum, an dem Dana lehnte. Rudi kam das Bild merkwürdig bekannt vor. Es sah aus, als wenn Dana Hof hielt. Nur, so war Dana nicht. Sie lauschte interessiert den Geschichten, welche die Waldtiere zum Besten gaben.

Rudi bewegte sich langsam auf die kleine Versammlung zu. Sie kannten ihn zwar alle, dennoch wollte er keinen erschrecken.

»Hallo Dana, hältst du Hof?« Rudi lachte bei den Worten.

Dana schreckte hoch. Sie hatte nicht mitbekommen, dass sich der große Drache fast lautlos genähert hatte.

»Natürlich nicht. Ich lausche den Geschichten, die sie mir erzählen. Es sind auch interessante Sachen über dich dabei.«

»Hoffentlich nur Gutes!«, schmunzelte Rudi.

»Ich wollte dir nur mitteilen, dass du jetzt jederzeit in die Vulkanebene und zurück wechseln kannst. Ich habe sie für euch durchlässig gemacht. Nun könnt ihr zu jeder Zeit die Barriere passieren ... Ich wünsch' euch viel Spaß beim Suchen.«

Dana bedankte sich. »Wunderbar. Dann können wir ja morgen früh aufbrechen.«

Sie verabschiedete sich von den Tieren und schlenderte mit Rudi zurück zu den anderen. Dabei erzählte sie ihm gleich den neusten Klatsch, den sie erfahren hatte.

Am nächsten Tag brachen sie sehr früh auf. Nach stundenlangem Marsch erreichten sie die von Rudi erschaffene Felswand. Ohne Probleme konnten sie, die nun durchlässige Barriere, passieren. Auf der anderen Seite machten sie sich sofort auf den Weg zum Lavasee. Dort angekommen, versuchte Dana, mithilfe der Karte, sich zu orientieren. Es war überaus schwierig, da der Plan diesen Bereich des Höhlensystems nur vor der Katastrophe anzeigte.

»Rudi sollte diese Karte mal überarbeiten!«, beschwerte sich Dana.

»Für eine magische Karte sollte es kein Problem sein, sich auf Veränderungen einzustellen.«

Da hier die Karte keine große Hilfe war, erschuf sie wieder einen Sucher, dem sie nun folgten. Es war überaus schwierig, da die kleine Kugel wieder den direkten Kurs auf sein Ziel nahm. Das Trio musste sich leider einen anderen Weg suchen, einen, der für sie gangbar war. So brauchten sie einige Tage länger, als Dana geplant hatte. Irgendwann kam der Sucher jedoch vor einem gewaltigen Lavafall zum Stehen. In sicherem Abstand betrachtete die kleine Gruppe das Geschehen. Der Lavavorhang war viele Meter breit und bestimmt um die fünfzig Meter hoch. Wenn es hier mal einen Eingang gegeben hatte, so war er mit ihren Mitteln nicht mehr zu erreichen.

»Kannst du nicht einen Erstarrungszauber oder etwas Ähnliches versuchen?« Gomek sah Dana fragend an.

»Nein, das ist einfach zu viel Lava. Lasst uns zurückgehen. Vielleicht weiß Rudi, was nun zu tun ist.«

Der Rückweg ging um einiges schneller. Sie fanden den Drachen vor Rufus Haus. Die zwei waren, wie meistens, in ein Gespräch vertieft. Nachdem Dana sie höflich unterbrochen und von ihrem Problem unterrichtete hatte, erwartete sie nun Hilfe von den beiden.

Rudi schmunzelte. »Du musst noch lernen, wie man diese Karte richtig bedient. Stell ihr die richtige Frage und sie kann dir alles zeigen.«

Rudi nahm ihr die Karte aus der Hand.

»Zeige mir einen sicheren Weg hier hin.« Mit diesen Worten tippte Rudi mit seiner Kralle auf den Bereich der Karte, wo Dana eigentlich hin wollte, der Weg aber durch Lava versperrt war. Sofort erschien ein anderer Weg. Dana hatte fasziniert zugesehen.

»Das ist also unser neuer Weg? Oh, das wird Shari aber gar nicht gefallen.«

Der neue Weg führte sie wieder in die Unterwelt. Shari war sauer. Sie wollte nicht mehr dort hinunter.

»Tut mir leid kleines »Frollein«. Nur du beherrschst den Verwandlungszauber, den wir benötigen, um an den Goblins vorbei zu kommen.«

Mit der, nun reichlich gefrusteten, Fee, brachen sie auf. Der Weg war ja nun bekannt. Als sie die Pyramide betraten, begrüßte Tegla sie freundlich.

»Erst bekomme ich nie Besuch und jetzt schon das zweite Mal!«, freute sich die Spinne.

»Ist inzwischen 'was passiert?« Dana wollte nur wissen, ob sich die Goblins inzwischen in die Pyramide trauten.

»Ein paar haben es versucht. Ich konnte sie jedoch vertreiben.«

Bei diesen Worten putzte sich die Spinne die Beißwerkzeuge.

»Dann pass schön weiter auf!«, erwiderte Dana, ohne näher darauf einzugehen. »Wir müssen jetzt los ... einen angenehmen Tag noch.«

Danach betraten sie erneut das Tunnelsystem. Wie gehabt sendete Dana von jedem neuen Raum, den sie erreichten, einen Lageplan an Erogat. Diesmal brauchten sie noch etliche Tage mehr für den Weg. Die ganze Zeit hockte Shari schweigsam auf Danas oder Gomeks Schulter.

Shari war deprimiert, was sich durch ihr schwaches Leuchten kundtat. Doch auch dieser Weg durch die Dunkelheit hatte, wie der andere davor, schließlich ein Ende und führte sie ans Ziel. Nachdem sie einen weiteren Raum betreten hatten, begann Gomek zu jubeln:

»Wir sind am Ziel! Sieh doch, dort ... das Schild!«

Er stand vor einem Torbogen und zeigte nach oben. Dort stand in verwitterter Schrift:

»**Zum Reich der Feen und Kobolde**«

»Na endlich ...«, murmelte Dana.

»Aber zuerst die Karte für Erogat ...«

Sie stellte sich an den Tisch und übermittelte ihm auch diese Karte.

»Das war’s ... Nun lass uns den Durchgang untersuchen.«

Dana betrachtete misstrauisch den Torbogen. Hier führte ebenfalls eine Treppe nach oben. Nur diese hier sah nicht gerade sehr vertrauenerweckend aus. Aus einigen Stufen waren Steine herausgebrochen oder fehlten ganz.

»Hier sollten wir sehr wachsam sein!«, warnte sie Gomek und begann langsam die Treppe nach oben zu steigen.

Ohne größere Probleme erreichte sie das Treppenende. Dieses war, wie der andere Ausgang auch, mit einer Steinplatte verschlossen. Dana öffnete sie vorsichtig. Sie passte aber noch auf Shari auf, die schon wieder unkontrolliert an ihr vorbeifliegen wollte.

»So nicht, Madam. Nicht schon wieder den Kopf anhauen.«

Dana hielt sie fest und kletterte mit ihr durch die Öffnung in den Raum, der sich dahinter anschloss.

»Unglaublich …, ist das hier sauber!«

Gomek erschien hinter ihr und sah sich in dem Altarraum um.

»Hier müssen ja wahre Putzteufel zugange gewesen sein. Rufus sollte die mal einbestellen, um seine Hütte auf Vordermann zu bringen!«, überlegte er laut.

Alle lachten bei dem Gedanken. Dana hatte mittlerweile Shari losgelassen, die sich sofort absetzte, um nach draußen ins Freie zu gelangen.

»Putzteufel oder nicht. Wir sollten vorsichtig sein, ob es hier nicht auch einen Bewacher gibt.«

Dana sagte dies nicht ohne Grund, denn schließlich erwähnte Tegla so etwas, dass die Pyramiden bewacht würden. Sie bewegten sich langsam Richtung Ausgang. Nichts passierte, kein Wächter erschien. Als sie ins Freie traten, verschlug es ihnen die Sprache. So etwas Schönes hatten sie noch nicht gesehen.

Wenn Rudis Habitat das Paradies wäre, dann musste hier der Himmel sein. Überall blühte und gedieh es. Eine wahre Farbenflut ergoss sich über die Landschaft: Bäume, Büsche und Gras in absoluter Perfektion. Es war ein Traum. Dana und Gomek mussten sich erst mal setzen. Wohin man auch sah, überall herrschte Betriebsamkeit.

»Hier blüht das Leben!«, murmelte Dana ehrfurchtsvoll.

Von überall her erklang das Zwitschern der Vögel und alle Tiere schienen hier in Harmonie zu leben. Am meisten wunderten sie sich über kleine Wesen, die zuhauf durch die Gegend flogen und die Natur betreuten.

Was waren das für Geschöpfe? Dana versuchte, die Art zu erkennen. Es gelang ihr nicht sofort. Erst als einige neugierig näher kamen, erkannte sie es. Sie entstammten dem Volk der Naturfeen. Um einiges kleiner als Shari sahen sie ihr aber bemerkenswert ähnlich. Shari hatte sofort Freundschaft geschlossen und kam mit ihren neuen Freunden zurück. Schnell bildete sich eine große Traube von Feen um Dana und Gomek. Sie wurden von den kleinen Wesen bestaunt, angefasst und, soweit die drei es zuließen, untersucht. Man hatte schließlich noch nie diese Art von Geschöpfen im Feenreich gesehen.

Dana versuchte, sich durchzusetzen, um von irgendeinem dieser kleinen Wesen Auskünfte zu erhalten. Es funktionierte nicht. Alle sprachen durcheinander, bis Shari eingriff und um Ruhe bat. Sie schien von den Feen respektiert zu werden.

»Ich habe schon eine Menge Information gesammelt.«

Shari war stolz, dass sie wieder einmal mehr wusste als Dana.

»Wir sind hier im Tal der Elfen, Feen und … Kobolde.«

»Wieso sagst du das so merkwürdig?« Dana sah sie irritiert an.

»Das wird dir die Königin erklären. Sie erwartet uns bereits. Ihr entgeht nichts. Sie weiß über alles und jeden in ihrem Reich Bescheid. Selbst unsere Ankunft hat sie schon erwartet. Lass uns zum Palast aufbrechen. Wir haben eine Audienz bei Königin Aurora.«

Nach einem halben Tag Fußmarsch erblickten sie einen See von beachtlichem Ausmaß mit einer überschaubaren kleinen Insel in der Mitte. Auf dieser konnte Dana einen wirklich imposanten Baum ausmachen, der auf einem Hügel thronte. Etwas später standen sie am Ufer des Sees. Dana betrachtete die bemerkenswerte Baumstruktur.

»Das Teil muss schon uralt sein, ... bei der Größe!«, raunte sie Gomek zu.

Selbst vom Ufer aus wirkte er, mit seiner wunderschönen, mächtigen Laubkrone, gewaltig.

»Dort ist der Palast! Und die Heimstatt der Elfen und Feen. Wir sind fast da.« Shari deutete auf den Baum.

»Wie sollen wir denn dort hineinkommen? Wir sind doch viel zu groß.« Dana wirkte irritiert.

»Wartet es ab, sie wird es euch erklären. Es ist tatsächlich einfach.« Mit diesen Worten verschwand Shari. Sie wollte zu ihren neuen Freunden.

»Dann muss ich wohl den Eiszauber verwenden, um auf die Insel zu kommen.«

Dana schickte sich an zu zaubern. Sofort erschienen ein paar Feen, die ihr unmissverständlich zu verstehen gaben nicht in »**ihre Natur«** hineinzupfuschen. Ein Elf erklärte ihr:

»Keine Magie, nicht eure Magie ... Schließt einfach die Augen und ihr werdet am Ziel sein.«

Nach dieser Belehrung sah sie Gomek verlegen an.

»Na gut, machen wir es so.«

Beide schlossen die Augen. Ein kalter Windhauch umschloss sie. Nachdem sie die Augen wieder geöffnet hatten, befanden sie sich im Thronsaal – mitten im Baum.

Der Thronsaal war beeindruckend. Dana dachte gleich an ihren Regenten, den König der Zwerge und dass ihm dies auch gefallen würde. Der Saal war nicht protzig. Dennoch war er mit seiner Anordnung von Säulen und Vorhängen, Pflanzen und Luftwurzeln einmalig schön gestaltet. Inmitten dieser Pracht führte eine breite Treppe hoch zu einem Thron. Dana und Gomek blickten fasziniert zur Treppe. Von oben kam eine Erscheinung heruntergeschwebt, die nicht von dieser Welt zu stammen schien: So schön und feingliedrig, einfach perfekt, vor allem die schillernde Aura, die das Wesen umgab, rundete das Erscheinungsbild ab.

Keiner der beiden war in der Lage etwas zu sagen, geschweige denn, sich zu bewegen. Sie blickten wie hypnotisiert auf die Erscheinung. Kurz vor ihnen stoppte das Geschöpf und stellte sich, mit einer warmen und einschmeichelnden Stimme, vor.

»Ich bin Aurora, die Königin der Elfen und Feen. Ich kenne euch bereits und habe auf euch gewartet.«

Sie schwebte auf Gomek zu und strich ihm sachte über das Haar.

»Du bist Gomek, der Zwerg, der anders ist als seinesgleichen … Du wirst alle noch beeindrucken.«

Danach wandte sie sich Dana zu.

»Dana vom alten Volk, aus deiner Zeit gerissen und hier gestrandet. Du suchst jetzt nach Lösungen, wie du deinem Volk und den Zwergen helfen kannst. Deine Zukunft ist schwer zu erkennen. Verfolge deine Ziele ohne Zweifel und du wirst nicht scheitern.«

Schließlich schwebte sie wieder die Treppe rauf und setzte sich auf den Thron.

»Kommt näher und erzählt uns von euren Abenteuern.«

Dana und Gomek schritten bedächtig die Stufen nach oben. Dort angekommen erschienen einige Feen und Elfen vom Hofstaat. Sie brachten zwei Stühle und einen Tisch. Zusätzlich wurden Speisen und Getränke aufgetischt.

»Ihr seid doch gewiss hungrig! Bedient euch … «, Aurora deutete auf den gedeckten Tisch, »danach können wir uns weiter unterhalten.«

Sie langten ordentlich zu, ohne aber die königliche Etikette zu verletzen. Schließlich wussten beide, was sich gehörte. Zwischen zwei Bissen musste Dana doch einige Fragen stellen.

»Wie kommen wir in den Palast? Was ist mit unserer Größe passiert und wieso habt ihr auf uns "gewartet"?« Königin Aurora lächelte.

»Also, auch wir Feen beherrschen Magie wie deine Freundin Shari. Es ist Feenmagie, deiner sehr ähnlich. Wir haben euch erstarrt, geschrumpft und hinterher in den Thronsaal gebracht. Und was das »**ich hab auf euch**

gewartet« betrifft, ... na ja, vor Urzeiten kam ein Magier zu uns. Er übergab uns ein Paar magische Stiefel, die wir für das alte Volk aufbewahren sollten. Irgendwann hatte einer meiner Vorfahren in der Nähe der Stiefel eine Vision, in der er euch sah. Seitdem warten wir auf euch. Ganz einfach.«

Nach dem Essen musste Dana ihre Geschichte zum Besten geben. Es vergingen Stunden, bis sie endlich zum Ende kam.

»... und deswegen sind wir nun hier, um die Stiefel wieder abzuholen.«

»Da gibt es ein kleines Problem. Wir haben sie nicht mehr.«

Die Königin erzählte von ihren Nachbarn, den Kobolden. Immer aggressiv und nur auf Schabernack und Streit aus. Überall, wo sie auftauchten, verbreiteten sie nur Unordnung und Unruhe.

»... bei einer Audienz mit dem Koboldkönig fiel mir auf, dass er in der Nähe der Stiefel ruhig und ausgeglichener war. Er wurde sogar richtig höflich und man konnte sich mit ihm wunderbar unterhalten. So entschloss ich mich, aus den Stiefeln einen Thron für ihn zu machen. Seitdem haben wir Frieden mit den Kobolden.«

»Wie bekommen wir sie wieder, ohne dass er in sein altes Muster zurückfällt?« Dana runzelte die Stirn. »Würde er eventuell seinen Thronsessel gegen einen wertvolleren tauschen? Du kennst ihn besser als wir.«

»Vielleicht. Aber was ist mit der beruhigenden Wirkung? Wie wollt ihr die Magie übertragen?«

»Überhaupt nicht.« Dana sah die Königin lächelnd an. »Gomek erschafft eine Rune mit ähnlichen Eigenschaften, die wir dann in den neuen Thron einarbeiten. Neuer Thron – gleiche Wirkung. Wir brauchen dazu nur einen Bergkristall und einen Rubin für die Rune. Ein Empfehlungsschreiben mit einer kurzen Erklärung von eurer Majestät würde alles einfacher machen.«

Sofort wurden Elfen losgeschickt, um einen Rubin und einen Bergkristall zu besorgen. Elfen und Feen besitzen keine Schatzkammer. Ihr Schatz ist die Natur, also mussten sie auch dort suchen. Nachdem sie alles beisammen und obendrein das Schreiben bekommen hatten, wollten sie sofort aufbrechen. Wenn da nicht noch ein paar Fragen wären, die Dana unbedingt loswerden wollte.

»Dafür haben wir noch Zeit!«, lachte die Königin.

»Was macht ihr eigentlich als Naturelfen, und warum kann ich euch hier sehen und außerhalb eures Reiches nicht? Oder gibt es euch in unserer Welt nicht mehr?«

»Also, wir heilen und beschützen die Natur, Flora und Fauna, sowie alles, was da kreucht und fleucht. Wir sorgen für Ordnung und Harmonie. Einige von uns sind in der Lage neue Pflanzen zu züchten und neue Tierarten. Wir helfen der Natur, wo wir können … Dass ihr uns sehen könnt, liegt daran, dass wir uns hier nicht vor anderen Wesen verbergen müssen.

Ob es noch andere außerhalb meines Herrschaftsbereichs gibt, fragst du – ich denke schon. Uns gab es schließlich überall auf dieser Welt. Wir haben dein Volk heimlich, still und leise, immer unterstützt, im Verborgenen die Natur zu schützen.«

»Warum kann ich euch, die Feen, nicht außerhalb dieser Höhle sehen?«

Sie sah von einem zum anderen.

»Es ist unsere Magie, ... aber wollt ihr das denn unbedingt? Du auch Gomek?«

Beide nickten. Als Nächstes klatschte die Königin in die Hände. Einer vom Hofstab verschwand daraufhin, um kurze

Zeit später mit einem Frosch wiederzukommen. Er baute sich mit dem Tier vor ihnen auf.

»Entspannt euch, jetzt geht es los.«

Danach drückte er kräftig auf die Amphibie. Sie spuckte darauf hin, unter lautem Protest, in Form eines Quakgeräusches, eine klare Flüssigkeit in die Augen der beiden. Nachdem sie sich von dem ersten Schrecken erholt hatten, sprach die Königin wieder zu ihnen.

»Das Sekret von diesem Frosch ermöglicht euch, uns zu sehen, selbst wenn wir unsichtbar sind.«

»Und Shari? Was ist mit ihr?«, wollte Dana umgehend wissen.

»Sie hat gerade die gleiche Prozedur mitgemacht. Sie ist ganz schön ärgerlich deswegen. Jetzt beeilt euch, dass ihr sie schnell findet, bevor sie vor Empörung noch etwas anstellt.«

Dana und Gomek verabschiedeten sich herzlich von Aurora, schlossen die Augen und befanden sich kurze Zeit später wieder an dem Platz am See.

Shari erwartete sie schon voller Ungeduld, um sich bei Dana zu beschweren. Umgehend polterte sie los, was ihr denn eigentlich einfiele so etwas Ekelhaftes zu veranlassen und endete, »... wenn du die Feen sehen willst, lass dich doch alleine von einem Frosch anspucken. Ich habe nicht darum gebeten.«

Dana ließ den Wutausbruch gelassen über sich ergehen. Danach tippte sie der kleinen Fee auf die Brust.

»Also junge Dame, wenn du auch zuhause mit deinen neuen Freunden spielen möchtest, musst du sie auch sehen können.«

»Warum sagst du mir das nicht gleich.« Sharis Laune verbesserte sich umgehend.

»Dann will ich nichts gesagt haben!«, murmelte sie hastig eine Entschuldigung.

Nachdem das geklärt war, machten sie sich auf den Weg ins Reich der Kobolde. Ein paar Elfen begleiteten sie noch und wiesen ihnen den Weg. Man merkte gleich, wo das Feenreich endete und das Koboldreich begann.

Hinter einem steinernen Torbogen erblickten sie eine andere Höhle. Diese war düster und nicht so farbenfroh wie die der Elfen. Man merkte, dass die Kobolde kein Händchen für die Natur übrig hatten. Am Torbogen verabschiedeten sie sich von ihren letzten Elfenbegleitern, bevor sie misstrauisch den Torbogen durchschritten.

»Hoffentlich sind die kleinen Kerle nicht so finster drauf, wie ihr Land aussieht.«

Dana musste lachen. Stundenlang durchwanderten sie das Reich der Kobolde, ohne dass sie einen der kleinen Geschöpfe zu Gesicht bekamen. Hier und dort sah man zwar Tiere, nur von den kleinen Kerlen sah man nichts. Dana hatte wenigstens die Wegbeschreibung, um das Dorf der Kobolde zu finden. Dort angekommen platzten sie geradewegs in ein großes Fest hinein. Der Koboldkönig hatte Geburtstag. Das brachte Dana auf eine Idee. Sie wollte den neuen Thron als Geburtstagsgeschenk überbringen, um so an die Stiefel zu kommen. In dem Schreiben von Aurora stand ja nicht viel, nur dass die Stiefel eben nicht den Feen gehört hatten.

Sie machten sich auf, den Koboldkönig und seinen Thron zu finden. Sie mussten viele Kobolde fragen. Einige gaben patzige Antworten, andere reagierten gar nicht auf sie und einige, man staune, waren richtig höflich und wiesen den richtigen Weg. Keiner der kleinen Kerle hatte Angst vor ihnen. Zum Glück residierte der König in einer Höhle, die für unsere Freunde groß genug war. Am Eingang gaben sie das Schreiben ab und warteten darauf zum König vorgelassen zu werden. Es dauerte. Irgendwann war der König so gnädig, sie zu empfangen. Er stellte sich als König Willi Knirsch der I. vor, um gleich darauf loswettern:

»So, so, ihr seid also gekommen, um mir meinen Thron zu stehlen.«

Sein Thron, das waren die beiden Stiefel, die dicht nebeneinandergestellt und nur durch Holz und ein bisschen Band zusammengehalten wurden. Zur Verzierung steckten ein paar Geweihe und Äste in den Tauen. Irgendwie sah er grotesk aus. Dana musste sich beherrschen, um nicht irgendwas unüberlegt Komisches zu sagen. Shari hatte sich bei diesem Anblick gleich abgesetzt.

»Eure Majestät, wir sind gekommen, um euch einen neuen Thron zu schenken, der euer würdig ist.«

Sie musste sich ordentlich zusammenreißen, um keinen Lachanfall zu bekommen, als sie ihn ansprach.

»Und wo ist er? Hast du ihn in der Tasche? Wie sieht er aus?«

Nachdem sie ihre Beherrschung wieder erlangt hatte, antwortete sie mit ernster Miene.

»Eins nach dem anderen. Habt ihr hier einen Arbeitsraum, wo ich den neuen Königsstuhl zusammenbauen kann?«

»Natürlich ... Außerdem, wenn mir der neue Thron gefällt, dürft ihr den alten entsorgen.«

Gönnerhaft winkte er mit den Händen. Was für ihn so viel hieß, er wolle in Ruhe gelassen werden. Umgehend führte man Dana und Gomek, durch einige Gänge, zu einer kleinen, aber fein ausgerüsteten Werkstatt. Hier gab es alles, was das Handwerkerherz höherschlagen ließ. Nachdem sie das

Begleitpersonal verlassen und Gomek die Tür geschlossen hatte, begann er herzhaft zu lachen.

»Was hat dir denn den Tag versüßt?« Dana sah ihn irritiert an.

»Stell dir vor, du nennst den König einfach **Willi** ... reagiert er dann ganz zer**knirsch**t?«

Er wollte sich ausschütteln vor Lachen über sein "gelungenes" Wortspiel.

»Nun reiß dich aber zusammen! Wir haben schließlich noch einiges zu tun.« Auch sie konnte sich ein Grinsen nicht verkneifen.

»Der erste Schritt ist gemacht. Jetzt musst du nur noch die Rune erstellen und ich lasse den Kristall in die richtige Form wachsen.«

Nachdem sie sich wieder beruhigt hatten, begannen sie sofort mit der Arbeit. Dana hatte die Größe des Königs abgeschätzt und ließ nun den Kristall in die gewünschte Form wachsen. Es wurde ein schöner Thron. Viele Tiermotive und Blumen gaben ihm einen majestätischen Anstrich. An der Spitze der Rückenlehne prangte eine prächtige Krone. Nachdem sie fertig war, setzte sie nur noch die Rubinrune in die Krone ein.

»Fertig. Hoffentlich gefällt es ihm.«

Sie nahm den Thron vorsichtig hoch und ging damit in den Thronsaal. König Willi Knirsch war ganz aus dem Häuschen, als er seinen neuen Thron sah.

»Das ist meiner?« Ungläubig sah er Dana an. »Wenn das stimmt, mache ich euch zu Ehrenkobolden und ihr seid auf ewig herzlich willkommen.«

»Es sei eurer.«

Augenblicklich ließ er seinen alten Thron entfernen. Die Stiefel übergab er Dana, die daraufhin unverzüglich den neuen Kristallthron auf den alten Platz stellte. Prompt musste er den soeben fertig geworden Thron ausprobieren.

»Wenn ihr wollt, könnt ihr an meiner Feier teilnehmen!«, murmelte er gedankenverloren und streichelte behutsam seinen neuen Königsstuhl.

»Gerne, eure Majestät. Nur müssen wir die Stiefel nach Hause bringen.«

»Das hat Zeit, Ihr dürft dann auch den Monolithen benutzen, sofern ihr ihn in Gang bekommt. Ich weiß ja, wer ihr seid. Der ist doch von euch. Mein Urahn hat davon gesprochen, dass Leute wie ihr ihn erschaffen habt, um damit zu reisen.«

Dana blieb vor Aufregung der Mund offen stehen. Hier gab es einen Reisemonolithen? Selbst Shari freute sich riesig darüber. Kein dunkler Tunnel mehr! So machte das Reisen Spaß!

»Wo ist er?«, wollte Dana sogleich wissen.

»Alles zu seiner Zeit. Erst die Feier, dann die Reise.«

Es wurde eine lange Nacht. Am nächsten Tag brachen sie erst zur Mittagszeit auf. König Willi Knirsch ließ es sich nicht nehmen, seine drei neuen Freunde persönlich zum Monolithen zu bringen. Dieser war tief in der Königshöhle versteckt.

Sie verabschiedeten sich dort überschwänglich von dem kleinen Kerl, aktivierten den Stein und reisten zu Erogat zurück.

Kapitel 17
Das Puppenhaus

Erogat erwartete sie schon voller Ungeduld. »Wunderbar, ihr habt den zweiten Teil der Rüstung.«

Dana lachte. »Wohl eher ein Paar.«

Er sah sie verwundert an. Anschließend lächelte er verstehend. »Stimmt und nun erzählt mir, was ihr erlebt habt.«

Es vergingen Stunden, bis Dana zum Schluss kam.

»… und wie geht es jetzt weiter?« Sie sah ihn fragend an.

Erogat warf einen Blick auf die Karte.

»Zwei Teile befinden sich noch in den Höhlen – hier und dort.«

Er zeigte auf zwei Punkte, die auf der Karte besonders markiert waren.

»Sie sind beide sehr weit weg!«, mutmaßte Dana nachdenklich und verglich die Strecken mit dem Bereich der Karte, den sie bereits erkundet hatten.

»Und das letzte Teil hat der König, nicht wahr?«, vermutete Dana.

Erogat nickte. »Das holen wir uns zuletzt ... Das nächste Teil ist das.«

Er deutete auf cinen Punkt der Karte. Er war sehr weit entfernt von dem letzten Fundort bei den Elfen.

»Also reisen wir wieder zu den Elfen, steigen dort in die Unterwelt und suchen das dritte Teil.«

Dana sagte dies so, als wenn sie einen Urlaub plante.

»Nimm das nicht auf die leichte Schulter.« Erogat sah sie vorwurfsvoll an. »Überall können Fallen und Wächter auf euch warten. Seid vorsichtig.«

Mit diesen mahnenden Worten verabschiedete er das Trio. Dana wollte noch schnell ihre Eltern besuchen, bevor sie wieder auf Abenteuerreise ging. Außerdem musste sie zusätzlich nach Elfen und Feen suchen. Das hatte sie Shari versprochen. Nur unter dieser Bedingung und keiner anderen war Shari zu überzeugen gewesen, weiterhin mitzumachen.

»Ewig durch solche düsteren Gänge laufen, da muss man ja Frust kriegen!«, hatte die kleine Fee mal zu Dana gesagt.

Nun, Dana hielt ihr Versprechen. Zuhause angekommen durchsuchten sie zusammen die Gärten und die Felder der Ebene, ob sie irgendwo Elfen oder Feen entdecken konnten. Fehlanzeige, hier gab es keine dieser Wesen.

Dana erinnerte sich aber an etwas, was die Königin ihr erzählt hatte. »… und seit der Mensch überall die Natur verändert, haben wir uns zurückgezogen. Wir helfen lieber der unberührten Natur.«

In diesem Augenblick ahnte sie bereits, wo man Elfen und Feen finden konnte.

Sie ging mit Shari zum alten Wald. Und tatsächlich, hier gab es sie. Die kleine Fee war nicht mehr zu halten und verschwand für einen halben Tag.

Etwas später mahnte Dana zum Aufbruch. Nur widerwillig stimmte Shari zu. Sie wusste nun, wo sie ein paar von ihrer Art treffen konnte, ohne gleich ins Feenreich zu reisen, wo es nun wieder hingehen sollte. Dort befand sich schließlich der Einstieg zu dem Tunnel, der dem neuen Reiseziel am nächsten war.

Kaum hatten die drei die Höhle der Feen betreten, musste Dana Shari festhalten. Hier im Reich der Elfen wollte sie sich geradewegs wieder absetzen, sie hatte keine Lust auf unterirdische Gänge, schon gar nicht auf dunkle. Dana erinnerte sie an ihr Versprechen. Zähneknirschend fügte Shari sich und so stiegen sie gemeinsam in die Unterwelt ein. Das war zurzeit leider der einzige Weg zum nächsten Teil.

Tagelang durchschritten sie die Tunnel und folgten der Karte. An jedem neuen Knotenpunkt sendete Dana Informationen an Erogat, um die Höhlenkarte zu vervollständigen. Immer tiefer ging es in das Gebirge. An einigen Stellen gab es Deckeneinbrüche, die sie mit Gomeks Hilfe und etwas Magie reparieren konnte. Zum Glück, sonst hätten sie aufgeben müssen. Zumal die Schatzkarte, Dana hatte es mehrfach versucht, ihnen keinen anderen Weg zeigte. Sie waren nun schon eine Ewigkeit unterwegs. Die beklemmende Dunkelheit setzte dem Trio mehr und mehr zu. Dank Danas Magie war wenigstens die Versorgung mit Nahrung und Wasser gesichert. Doch auch die Aussicht auf gutes Essen verbesserte ihre Laune nicht wirklich. Und so schleppten sie sich missmutig durch die Gänge. Shari glomm nur noch verhalten vor sich hin. Sie wollte nur noch hier raus. Da vermeldete Dana:

»Wir sind da. Jetzt kommen wir gleich ans Licht. Und du, Shari, ... denk immer daran nicht schnurstracks loszufliegen ... Du weißt ja sicherlich noch, was dir beim letzten Mal passiert ist.«

Sie erreichten wieder einen Knotenpunkt. Dieser sah etwas anders aus. Es gab nur zwei Tunnel und einen Ausgang.

»Vielleicht ist es eine Ecke des Tunnelsystems?«, mutmaßte Gomek.

»Das können wir nur auf Erogats Karte erkennen, ist auch egal. Lass uns nach oben gehen.«

Dana winkte ab und stieg die Treppe hoch. Dort öffnete sie behutsam die, mittlerweile altvertraute, Steinplatte. Schließlich steckte sie, auf Shari aufpassend, den Kopf vorsichtig durch die Öffnung. Erstaunt stellte sie fest, dass dieser Ausgang nicht, wie sonst, in einem Raum, sondern in einer geräumigen Felshöhle endete. Weit und breit erkannte sie keine Gefahren oder Fallen. Sie stiegen durch die Öffnung und sahen sich um. Gomek entdeckte als Erster den Monolithen.

»Zurück brauchen wir also nicht mehr durch das Tunnelsystem.« Grinsend stupste er Shari an. »Da wird aber einer zufrieden sein.«

Alle drei mussten lachen, das Tunnelabenteuer hatte bei allen an den Nerven gezehrt. Nun sehnten sie sich nach Licht und unverbrauchter Luft. Shari, wer sonst, fand als Erste den Weg aus der Höhle.

Frische Luft und viel Licht empfing sie. Dana sah sich um. Sie befanden sich, wie sie schon erwartet hatte, in einer weiteren Höhle. Diese hier war nur um vieles größer als all die anderen, die sie bisher gesehen hatte. Ja, sie glaubte sogar gewaltiger als ihr Zuhause.

Langsam schritten sie voran. Immer auf der Hut vor Fallen und Feinden. Aber nichts passierte. Sie durchquerten einen kleinen Wald und standen vor einem Erdbeerfeld. Und was für Erdbeeren! Sie gingen Dana bis zur Hüfte.

»Wow ...«, murmelte sie überwältigt.

»Sind **das** dicke Dinger! Ich habe ja schon viel gelesen über **unsere** Flora und Fauna, aber, dass es so was Großes gibt! … Man lernt ja nie aus.«

»Dann war das vorhin bestimmt auch kein Wald!«, meinte Gomek und deutete mit dem Daumen in die Richtung, aus der sie gekommen waren.

»Da könntest du recht haben!«, stimmte Dana ihm zu.

Sie gingen langsam weiter. Überall wo sie hinsahen, entdeckten sie weitere riesige Erdbeeren.

»Die müssten wir unbedingt nach Hause bekommen. Damit könnten unsere Leute Kuchen bis zum Abwinken backen.«

Gomek strahlte über beide Wangen, als er das sagte. Dana betrachtete die ganze Sache weniger euphorisch.

»Mich würde eher interessieren, wer diese Dinger gepflanzt hat und wer sie jetzt noch pflegt.«

Dana hatte zweifellos recht. Das Feld sah sehr gepflegt aus, als wenn vor kurzem jemand darauf gearbeitet hätte.

»Ich habe irgendwann mal darüber gelesen, hielt es aber für eine Legende. Es gibt nur ein Volk, was in der Lage ist, solche Früchte anzubauen ... Eigentlich sollten sie ausgestorben sein.«

»Und wer soll das sein?«, wollte Gomek mit vollem Mund wissen. Er konnte nicht anders, er musste die Erdbeeren probieren.

»Riesen! … Es scheint sie doch noch zu geben. Hier unten, von der Welt vergessen.« Dana sah sich fasziniert um. »Hoffentlich sind sie friedlich.«

Sie schickten Shari als Kundschafter voraus. Sie sollte die Riesen finden.

»Es dürfte ja nicht so schwer sein, Riesen aufzutreiben. Sie sind ja schwerlich zu übersehen.«

Dana sagte das mit Humor, innerlich machte sie sich doch Sorgen. Schließlich hatte seit Urzeiten keiner mehr mit diesem Volk Kontakt gehabt. Es dauerte seine Zeit. Schließlich meldete Shari, dass sie ein großes, in jeder Hinsicht, riesenhaftes Dorf gefunden hatte.

Sie lotste Dana und Gomek in ihre Richtung. Sie durchquerten das Erdbeerfeld, querten danach eine Straße, glaubten sie wenigstens, und hinterher ein Feld, das eher an einen Wald erinnerte: Armdicke Stängel, die hoch über ihnen die Ähren trugen. Gomek meinte, dass es sich um Weizen handelte, sei sich aber nicht ganz sicher. Keiner von ihnen hatte so etwas je gesehen.

Da sie zu Fuß waren, brauchten sie doch einen ganzen Tag, bis sie das Dorf erreichten. Hier sahen sie die Riesen zum ersten Mal. Dana hatte zwar irgendwann schon mal Bilder von Riesen gesehen, groß und plump. Die hier wurden dem aber nicht gerecht. Diese sahen eher wie zu groß geratene Menschen aus. Sie trugen sogar die gleichen Sachen. Selbstverständlich in ihrem Format. Dana schätzte sie auf gut zwanzig Meter – im Durchschnitt. Ihr Körpermaß passte zu ihren Früchten. Selbst die Schweine, Kühe, Hühner und Gänse entsprachen ihrem Größenverhältnis.

Wie sollten sie da mit ihnen Kontakt aufnehmen? Dana wirkte ratlos. Sollten sie auf gut Glück weitergehen, wäre es denkbar, dass eins der Tiere sie als Vorspeise ansehen oder aus Versehen auf sie treten könnte ... Das würde die Erfüllung ihres Auftrages mit Sicherheit erschweren. Da kam Gomek die rettende Idee.

»Shari könnte uns doch zu Riesen transformieren. Anschließend können wir uns unter ihnen bewegen, ohne dass wir Probleme bekommen würden.«

Shari versuchte ihr Bestes. Sie schaffte es, trotz verzweifelter Anstrengung, nur Dana zu verwandeln. Danach war sie einfach zu erschöpft für einen weiteren Zauber.

»Na gut, dann muss das eben reichen.«

Dana stand unschlüssig vor dem nun kleinen, ... winzigen Gomek.

»Du wartest mit Shari hier. Ich versuche, den Stammesführer zu finden und mit ihm zu sprechen. Shari wird auf dich aufpassen.«

Danach marschierte sie los, um das Dorf zu erkunden. Dana war kaum ein paar Schritte weit gegangen, als sie angesprochen wurde.

»Unser Chef Galdur erwartet dich schon.«

Dana sah ihn erstaunt an. »Mich? Woher weiß er das? Kann er hellsehen?«

»Zu viele Fragen. Folge mir einfach zu seiner Hütte.«

Der Riese drehte sich, ohne noch ein weiteres Wort zu verlieren, um und marschierte mit mächtigen Schritten auf ein Haus am Ende des Dorfzentrums zu. Er öffnete die Tür und trat zur Seite, um Dana einzulassen. Eine dröhnende, aber freundlich klingende Stimme empfing sie.

»Eine als Riese verkleidete Magierin ... Warum das?«

Sie blieb stehen und suchte im Halbdunkel der Hütte nach dem Besitzer der Stimme. Hinter einem wuchtigen Holztisch bemerkte sie eine wirklich beeindruckende Erscheinung von einem Riesen. Seine Lederkleidung, die langen schwarzen Haare und der mächtige Vollbart gaben ihm ein bedrohliches Aussehen. Wohingegen seine Gutmütigkeit ausstrahlenden pechschwarzen Augen, die sie begutachteten, nicht so recht zu dem düsteren Erscheinungsbild passen wollten. Sein Mund verzog sich zu einem Lächeln.

»Bekommst du Angst vor uns?«

Dana sah ihn offenherzig an. »Nicht vor euch, sondern eher vor euren Tieren. Man weiß ja nie, wann sie Appetit auf ein Leckerli haben.«

Nun brach der Riese in donnerndes Gelächter aus und schlug vor Vergnügen mit der flachen Hand auf den Tisch. Die

Wucht seines Schlages war so gewaltig, dass alles, was sich darauf befand, gefährlich ins Schwanken geriet und umzufallen drohte.

»Du hast Humor, das gefällt mir. Ich heiße übrigens Galdur und bin hier so etwas wie das Oberhaupt.«

Er sah sie freundlich an. »... und du heißt?«

»Dana. ... Ich bin so etwas wie ... der Expeditionsleiter.«

Wieder brach Galdur in dröhnendes Gelächter aus.

»Sehr gut!«, keuchte er nach Luft schnappend. »Sag deiner Freundin, dass sie und der Zwerg gleich abgeholt werden. So kommen sie wenigstens nicht unter die Füße.«

Kurz darauf brachte man Gomek, in einem Körbchen, in die Hütte und stellte ihn auf den Tisch. Er war krebsrot im Gesicht und schien fast zu platzen. So hatte man ihn noch nie behandelt. Shari, die sich hier nun winzig wie eine Fliege fühlte, flatterte aufgeregt um seinen Kopf.

»Keine Angst, euch passiert hier nichts. Wir haben lange auf diesen Tag gewartet.«

Galdur wandte sich Dana zu. »Du wirst dich sicherlich gefragt haben, warum ich wusste, dass ein Magier in unser Dorf gekommen ist.«

»Eigentlich nicht ...«, entgegnete sie leise.

Galdur ging zu einer Vitrine und holte ein kleines Modell eines Hauses mit Glockenturm heraus und stellte es auf den Tisch.

»Vor langer Zeit besuchte uns ein anderer Magier ...« begann er im Plauderton mit seiner Erzählung. »Er berichtete uns von dem Kampf gegen die Dunkelheit und über den Sieg. Er überreichte uns dieses Modell und sagte, wenn die Glocke erschallt, wird einer der Unseren kommen und das, was sich in dem Gebäude befindet mitnehmen. Heute war es dann so weit.

Die Einzige, die heute in unser Dorf kam, warst du. Keiner kannte dich, also musstest du der Magier sein.«

»Und meine Freunde?«

Wieder lächelte Galdur.

»Ihr wurdet beobachtet. Hier habt ihr, weswegen ihr gekommen seid. Nimm deine normale Größe an und finde, was du suchst. Danach werden wir euch dahin bringen, wo ihr herkommt. Sagt uns nur den Ort.«

Unverzüglich gab Shari Dana ihre normale Größe wieder. Galdur setzte sie anschließend auf den Tisch und so konnten die drei das Modell betreten. Innen gab es nichts, abgesehen von einer Kiste. Auf ihr stand in der Schrift des alten Volkes:

»Nur das Medaillon kann mich öffnen!«

»Na, das ist ja mal einfach!«, freute sich Gomek. »Ohne Feuer oder andere Magie, so einfach hatten wir es ja noch nie.«

Dana benutzte nun ihr Amulett, um die Truhe zu entsichern. Danach konnte sie ohne Probleme den Deckel öffnen.

»Zu früh gefreut.« Dana zog ein langes Gesicht.

Die Truhe war leer. Schließlich stürmte sie nach draußen, um Galdur zu fragen, ob er nicht eine Kleinigkeit vergessen habe ihr mitzuteilen.

»Oh, stimmt ja. **... finde, was nicht sichtbar ist**. Das hat der andere Magier noch gesagt.«

Dana ging langsam zurück in das Gebäude. Dort berichtete sie Gomek und Shari, was der Riese gesagt hatte. Verzweifelt grübelten die drei über den Sinn der Worte nach, als sich Danas Gesicht aufhellte. Ihr war die Lösung gerade wieder eingefallen. Sie stellte sich vor die Kiste und befahl:

»Enthülle, was in dir verborgen ist.«

Es passierte zunächst gar nichts. Schließlich jedoch stieg leichter Rauch aus der Kiste und gab den Blick auf ein Paar, wunderschön gearbeitete, Elbenhandschuhe frei. Dana nahm sie vorsichtig aus der Kiste. Sie wusste ja nicht, welche Kräfte sie besaßen. Nichts geschah. Beruhigt packte sie die Handschuhe weg und verließ mit ihren Begleitern das Gebäude. Wieder draußen auf dem Tisch erwartete sie bereits gespannt, auf seinem Stuhl unruhig hin und her rutschend, Galdur.

»Na, alles bekommen, was ihr wolltet?«

»Ja.« Dana lächelte.

»Es war alles da, was wir uns erhofft hatten. Vielen Dank! Können wir denn jetzt los?«

»Natürlich ... jetzt noch nicht! Wir haben euch zu Ehren ein kleines Fest vorbereitet. Danach, also erst morgen, werden wir euch gehen lassen!«, lachte Galdur.

Es wurde ein wirklich **riesenhaftes** Fest. Dana und Gomek bekamen je einen kleinen Tisch auf die Tafel gestellt und einer der Riesen bediente sie. Er musste alles in sehr, sehr kleine Portionen zerlegen, damit sie es auch genießen konnten. Bis spät in die Nacht ging das Fest. Anschließend fielen die drei Abenteurer todmüde ins Bett. Ein Kind aus dem Dorf hatte sein Puppenhaus zur Verfügung gestellt.

Am nächsten Morgen brachen sie auf. Der Korb, den Gomek schon kannte, wurde noch einmal als Transportgerät eingesetzt. Vor dem Höhleneingang ließ man sie dann zu Boden. Bevor sie in der Höhle verschwanden, verabschiedeten sie sich herzlich von den Riesen. Gomek hatte auch nicht versäumt zu fragen, ob man mit ihnen Handel treiben könnte. Er hatte nur nicht bedacht, als sie zustimmten, wie man die großen Früchte transportieren sollte. Aber dies Problem, so meinte er vergnügt, sollten doch andere lösen. Gut gelaunt betrat das Trio die Höhle, um zurückzukehren. Erogat wartete bestimmt schon voller Ungeduld auf sie.

Kapitel 18
Einfach zu viel Sand

Wieder zurück platzierte Dana die Handschuhe auf den Tisch in Erogats Arbeitsstube, wo bereits die anderen Teile der Rüstung lagen. Stumm betrachtete sie die Ausbeute ihrer bisherigen Rüstungsjagd. Einen Augenblick später streckte sie, wie in Trance, ihre Arme aus und rieb die Hände aneinander, als würde sie sich am Feuer wärmen. Erogat bekam das natürlich mit und sprach sie an.

»Eine unwahrscheinlich starke magische Energie geht von den Gegenständen aus. Ich habe das schon bei den ersten Teilen gespürt.«

Dana erwachte aus ihrer Erstarrung.

»Was hast du gesagt? Ich glaube, ich war gerade ganz weit weg.«

Erogat wiederholte seinen Satz.

»Wird diese Energie noch größer werden?« Dana betrachtete nachdenklich die Stücke auf dem Tisch. »Wenn ja, wie soll ich die Teile dann zu dem Gefangenen bringen?«

»In Einzelteilen …«, war Erogats lakonische Antwort.

Dana musste sich vom Tisch losreißen, um aus dem Bann der Rüstungsteile zu kommen. Der Geist lotste sie zur großen Karte der Unterwelt.

»Sieh sie dir an. Wir haben doch schon eine recht beachtliche Karte erstellt. Und dennoch scheinen wir erst am Anfang zu stehen.«

Dana war froh, nicht mehr in der Nähe der Teile zu sein und dankbar dafür, dass Erogat sie ablenken wollte.

»Hast du schon eine Vorstellung, wie groß dieses Höhlensystem ist?«

Sie betrachtete neugierig die Karte.

»Nein, noch nicht. Aber die Suche nach dem nächsten Teil wird euch noch tiefer in das Gebirge hinein führen. Dadurch bekommen wir weitere Informationen über das System.«

»Wo liegt denn das nächste Teil?«, wollte sie prompt wissen.

Erogat tippte auf eine Stelle weit außerhalb der Wandkarte.

»Dort müsst ihr hin. Und nein, es gibt keinen anderen Weg als durch die Unterwelt.«

Dabei sah er Shari scharf an.

»Dies ist vorerst eure letzte Exkursion in die Dunkelheit. Danach müssen wir nur noch das Amulett vom König besorgen. Das wirst du doch noch schaffen.«

Die letzten Worte waren direkt an Shari gerichtet, denn sie zog schon wieder einen Flunsch. Am liebsten wäre sie hiergeblieben. Sie hasste die dunklen Gänge, wie sie bereits des Öfteren lauthals angemerkt hatte. Jedoch nach seinem mahnenden Blick beschwerte sie sich nicht weiter und schwieg verdrossen.

»Da wir nach wie vor durch die Gänge kriechen müssen, gibt es womöglich einen Zauber, der uns Licht spendet? Shari ist uns da unten keine große Hilfe.«

Erogat sah Dana verwundert an.

»Hast du den Zauber verpasst? Wir lernen Lichtzauber doch gleich am Anfang der Ausbildung. Na gut, sei's drum. Hier, lies das erste Kapitel dieses Buches. Wenn du damit durch bist, sag Bescheid, dann üben wir ein bisschen.«

Dana betrachtete das Werk skeptisch und las den Titel:

Grundwissen der Magie

Erste Stufe

Sie hatte schon viele von eben diesen Büchern gelesen. Das vor ihr liegende sah sie jedoch zum ersten Mal. Sie machte sich also daran, das gesamte Wissen aus der Lektüre in ihren Geist aufzunehmen. Im Anschluss daran ging sie zu Erogat zurück.

»Ich bin fertig mit dem Wälzer. Es standen aber zwei Zauber über Licht in der alten Schwarte.«

»Wie redest du eigentlich über meine geliebten Bücher?«, schimpfte er.

»Jedoch du hast recht. Einer ist ein Standlichtzauber – den benötigt man, wenn du eine Lichtquelle an einer festgelegten Stelle haben willst. Der andere, der begleitet dich überall hin. Er folgt dir oder schwebt vor dir her. Er kann auch direkt über dir sein, je nachdem wie viel Platz vorhanden ist. So, jetzt üb' mal schön, bis du sie beide beherrschst.«

Dana zog sich in eine Ecke des Raumes zurück, nicht ohne Shari dazu zu holen. Schließlich sollte die kleine Fee diese Zauber auch erlernen. Nach fünf Minuten zog sie wieder ab – sie beherrschte diese Art der Magie auf Anhieb. Im Gegensatz dazu benötigte Dana erheblich länger, bis die, von ihr erschaffenen Lichter, das taten, was **sie** wollte. Abschließend führte sie Erogat die Zauber vor. Sehr zufrieden entließ er nun das Trio zu ihrer nächsten Mission.

Zum Glück für Shari brauchten sie nicht den ganzen Weg durch die Gänge kriechen. Sie reisten bis zu den Riesen und stiegen dort in die Unterwelt ein. Es wurde eine langweilige Reise: Tunnel und Räume kartographieren, Tunnel reparieren. Es gab nichts Außergewöhnliches. Der Lichtzauber war wirklich ein Segen, denn Sharis Glimmen hätte nicht mal eine Taschenuhr erhellt. So folgten die drei dem vor ihnen herschwebendem Licht, immer weiter in die Dunkelheit.

Nach Wochen erreichten sie ihr Ziel. Dana musste mal wieder Shari zurück halten. Nach dem Öffnen der Steinplatte wollte sie sofort losstürmen. Die kleine Fee hatte erneut vergessen, was ihr der letzte Blindflug eingebracht hatte. Dana steckte vorsichtig den Kopf durch die Öffnung. Ein heißer, trockener Windhauch schlug ihr ins Gesicht, der ihr fast den Atem nahm.

»Wo sind wir hier nur wieder hingeraten?«, dachte sie und betrat wieder eine Höhle.

Wie in den anderen gab es auch hier einen Monolithen. Und, wie jedes Mal, suchte und fand Shari als Erste den Ausgang. Sie verschwand sofort, um jedoch nach kurzer Zeit verstört zurückzukehren.

»Da draußen gibt es nichts. Außer Sand und Hitze ... in Hülle und Fülle! Was hat sich der Typ nur dabei gedacht? Wer sollte hier überhaupt leben wollen?«

Sie folgten Shari durch den Gang nach draußen. Hier war die Hitze noch unerträglicher. Sie befanden sich erneut in einer Höhle, einer wirklich mächtigen Höhle. Wesentlich größer als die der Riesen, nur diese hier war voller Sand. Dana wusste sofort, was es darstellen sollte.

»Aha, er hat eine Wüste erschaffen.«

»Und warum?« Gomek sah sie fragend an. Shari antwortete für sie mit ernster Miene.

»Wüstlinge. Er hat hier Wüstlinge angesiedelt.«

Dana musste lachen.

»Keine Ahnung. Beim nächsten Treffen mit ihm werde ich ihn fragen. Jetzt müssen wir das Rüstungsteil finden.«

»Eins noch …« Gomek machte ein nachdenkliches Gesicht. »Was erwarten uns denn hier für Gefahren? Irgendwas ist ja immer ...«

Dana grinste. »In der Wüste gibt es nicht viel, Eidechsen, Käfer und Skorpione – meistens kleine. Vielleicht auch Ameisen und kleinere Insekten. Nichts, was uns gefährlich werden könnte.«

Dann suchte sie sich einen Stock und drehte damit einen Stein um. Gomek sah gerade noch, wie ein winziger Skorpion unter dem nächsten Stein verschwand.

»Siehst du, keine Gefahr. Mit solchen **Kleinigkeiten** werden wir allemal fertig, oder etwa nicht?«

Sie zog die magische Karte zu Rate, um die Richtung zu bestimmen.

»Zu dumm, hier gibt es ja wirklich nicht viele Orientierungspunkte.«

Gomek murmelte verstimmt: »Ich würde sagen – keine.«

»Also brauchen wir wieder einmal den Sucherzauber.«

Dana hatte es gerade ausgesprochen und schon war die kleine, leuchtende Kugel unterwegs.

Stundenlang folgten sie ihr. Zum Glück gab es vereinzelt kleine Oasen, wo sie sich etwas ausruhen und erfrischen konnten. Die Hitze machte ihnen doch sehr zu schaffen.

Doch auch hier erreichten sie ihr Ziel. Mitten im nirgendwo blieb die Kugel stehen. Sie rührte sich keinen Meter mehr vom Fleck.

»Hier soll es sein?« Dana sah sich um. »Nichts als Sand, wohin man auch blickt. Keine Kiste oder Gebäude zu sehen.«

Dana tippte die magische Kugel an. Doch sie rührte sich nicht mehr vom Fleck.

»Dann müssen wir wohl oder übel ein Loch graben. Unter uns ist der einzige Ort, wo wir nicht hinsehen können.«

Gomek zeigte auf dem Boden.

»Na gut.«

Dana machte sich bereit.

»Tritt mal beiseite. Vielleicht kann ich ja den Sand beiseite zaubern.«

Sie fing sofort an, die oberste Schicht mit einem Windzauber wegzublasen. Es war schwieriger, als sie gedacht hatte. Kaum war ein Loch entstanden, rutschte feiner Sand von den Seiten nach. Dana schimpfte leise vor sich hin, nichts funktionierte richtig. Nach einer Stunde hatte sie gerade mal ein Loch, von vier Meter im Durchmesser und einem halben Meter tief, geschafft.

»Es muss einen Weg geben!«, dachte Dana gerade, als Gomek sie heftig am Arm packte und kräftig zudrückte.

»Sind das deine **kleinen** Skorpione, die wir nicht zu fürchten brauchen?«

Dana folgte mit ihrem Blick Gomeks ausgestrecktem Arm. Was Dana sah, ließ sie erschaudern. Riesige Skorpione begannen, die drei einzukreisen. Sie überragten sie um mehr als das Doppelte ihrer Größe. Mit den mächtigen Scheren und dem schwertartigen Stachel an ihren wippenden Schwanzenden wirkten sie mehr als bedrohlich. Dana entfachte sofort einen Feuerring, um sich und Gomek vor eventuellen Angriffen zu schützen. Der zeigte augenblicklich Wirkung. Die Skorpione wichen unverzüglich vor dem Feuer zurück. In einiger Entfernung des Rings verharrten sie.

»Ich glaube, wir müssen uns mit ihnen verständigen. Vielleicht glauben sie, dass wir ihnen ihr Revier streitig machen.«

Dana sah Gomek an.

»Oder wir fragen das kleine Hutzelmännchen, was sie wollen.«

Gomek hatte eine winzige Person auf dem Rücken eines der Tiere ausgemacht. Dana folgte seinem Blick.

»Vielleicht der Bewacher des Rüstungsteils, wer weiß.«

Das zu kurz geratene Kerlchen kletterte vom Rücken des Skorpions, der ihnen am nächsten stand, und kam langsam auf sie zu. Durch eine Geste wies er Dana an, den Feuerzauber zu beenden.

»Sagt mir erst, wer ihr seid und was ihr von uns wollt.«

Sie wollte sich nicht überrumpeln lassen.

»Mein Name ist Hump und das ist meine Skorpionarmee.«

Damit zeigte er, mit einer weit ausladenden Geste, auf die kampfbereiten wartenden Skorpione.

»Außerdem bin ich der Wächter der Pyramide.«

»Welcher Pyramide denn?« Dana sah ihn entgeistert an. Leise sagte sie zu Gomek.

»Er war wohl zu lange in der Wüste, ... sieht Pyramiden, wo keine sind.«

Laut aber meinte sie.

»Hier gibt es keine Pyramide.«

»Nur weil du sie nicht sehen kannst, kann sie trotzdem vorhanden sein!«, antwortete das kleine Männchen.

»Das ist ein Argument!«, murmelte sie.

»Garantierst du mir, dass deine Armee uns nicht angreift?«, wollte sie nun wissen.

»Selbstverständlich, wenn du dem Geschlecht des alten Volkes entstammst.«

»Lass mich raten …«

Dana beendete ihren Feuerzauber und ging langsam auf den kleinen Kerl zu. »… du hast auf uns gewartet. Das kommt mir sehr bekannt vor.«

»Stimmt, eine alte Prophezeiung ließ mich heute hier anrücken. Es heißt dort:

»Es wird ein Magier mit zwei Begleitern erscheinen
und Eintritt in die Pyramide fordern.
Gewährt ihnen Zugang.«

… so, oder so ähnlich lautete sie. Und zack, da seid ihr nun.«

»Also eine Vorhersage. Oder hat euch das einer meines Volkes erzählt?«, hakte Dana neugierig nach.

»Kann auch sein. Nun seid ihr ja hier. Tretet mal beiseite und lasst das mal einen Fachmann machen.«

Dana musste innerlich grinsen. Er wollte das schaffen, was sie mit ihrer Magie nicht hinbekam? Das wollte sie sehen. Der kleine Kerl trat an Danas Loch und schüttelte den Kopf.

»So doch nicht!«, murmelte er vorwurfsvoll und zückte einen kleinen Stock, den er in den Sand steckte.

Er trat ein paar Schritte zurück und wartete, dass der Stab seine Wirkung tat. Erst passierte ... nichts.

»War wohl nichts!«, feixte Gomek.

Der Kleine sah ihn missbilligend an. Kurz darauf begann die Erde unter ihnen zu beben und langsam wuchs, vor aller Augen, eine Pyramide in die Höhe.

»Na, was sagst du jetzt, du Schlauberger ...!« Hump sah Gomek schnippisch an. »Ist das nun eine Pyramide oder nicht?«

Gomek betrachtete verblüfft das Bauwerk.

»Er hat es geschafft ...«, knurrte er ungläubig.

Dana hingegen war hellauf begeistert. »Tolle Magie – ist das deine?«

»Natürlich nicht, das hat einer deiner Vorfahren gemacht. Er nannte es … Diebstahlsicherung.«

»Wie geht es da rein?«

Dana hoffte, der Kleine würde ihr den Weg zeigen, was er auch tat. Er berührte am Sockel der Pyramide verschiedene Steine und ein Tor öffnete sich.

»Tretet ein. Ich warte hier auf Euch. Mir ist es nicht gestattet, das Innere zu betreten.«

Hump kümmerte sich nicht mehr um unsere Freunde. Er setzte sich in den Sand und steckte sich ein Pfeifchen an.

»Gibt es vielleicht noch Fallen, von denen wir wissen sollten?«

Keine Antwort, der Gnom genoss einfach den Rauch.

»Na gut, lasst uns hinein gehen.«

Dana ging als Erste. Das Innere der Pyramide war nicht besonders groß, ein Gang, zweimal um die Ecke und schon waren sie in einem kleinen Raum. Als sie ihn betraten, gingen automatisch die Fackeln an der Wand an. Es gab nichts weiter als einen Steinsockel in der Mitte, auf dem eine Schatulle stand. Es fehlte natürlich auch nicht das obligatorische Rätsel. Auf dem Ding stand in goldenen Schriftsymbolen:

»Ich öffne mich nur dem Würdigen.«

»Kann da nicht mal stehen ... nimm mich einfach mit!«

Gomek konnte nicht anders, diesen Kommentar musste er loswerden.

»Was soll's.«

Dana ging langsam auf den Sockel zu.

»Wer, wenn nicht ich, ist würdig die Truhe zu öffnen.«

Gomek hielt sie zurück.

»Vielleicht solltest du die Kiste mit deinem Medaillon berühren, das hatten wir schon mal.«

»Du könntest recht haben.«

Dana zückte ihr Medaillon und ging weiter auf den Sockel zu, berührte die Kiste damit und öffnete den Deckel. Langsam nahm sie den Gürtel aus der Truhe und betrachtete ihn ehrfurchtsvoll.

»Gomek, sieh ihn dir mal an. Wie schön er gearbeitet ist.«

Gomek trat näher.

»Den hat ein Drache gefertigt. Tobens Großvater hat von solchen Artefakten erzählt. Sie enthalten große Macht … die der Drachen. Sehr stark, sehr machtvoll!«, sagte er mit andächtiger, leiser Stimme.

Nachdem sie alle ausgiebig den Gürtel bewundert hatten, verwahrte sie ihn gut und wandte sich Gomek zu.

»Ich glaube, jetzt können wir zurückkehren. Lass uns losgehen.«

»Meinst du, Hump schmeißt noch ‘ne Abschiedsparty, wie die anderen?«, fragte Gomek verschmitzt.

»Ich vermute nicht. Er ist wohl schon zu lange in der Wüste.«

Damit drehte sie sich um und verließ den Raum. Nach zwei weiteren Ecken standen sie wieder vor der Pyramide. Hump stand langsam und umständlich auf.

»Habt ihr alles, was ihr wolltet? Wenn ja, kann ich euch zu eurem Tor bringen. Ihr könnt auf meinen Skorpionen reiten. Sie sind jetzt lammfromm.«

Dana und Gomek waren ganz aus dem Häuschen, sie durften aufsitzen. Mann … war das ein Geschaukel …, da zog Shari es lieber vor, zu fliegen. Die Rückreise ging bedeutend schneller. Am Ziel angekommen sprach Dana Hump noch einmal an.

»Vielen Dank für deine Hilfe. Was hast du denn jetzt, da der Schatz gehoben ist, vor?«

»Wer weiß? Meine Tiere brauchen mich.«

»Glaubst du das wirklich?«, wunderte sich Dana.

»Oder willst du mit uns kommen?« Sie sah ihn erwartungsvoll an.

»Vielleicht später einmal. Wenn ihr hier mal vorbeikommt, besucht mich doch einfach in meinem Dorf!«, erwiderte der Gnom fröhlich.

»Hier gibt es ein Dorf? Warum hast du das nicht gleich gesagt!«, wollte Dana, mit einem schnellen Seitenblick auf Gomek, verblüfft wissen.

»Ihr habt nicht gefragt. Meine Leute hätten mit Sicherheit ein großes Fest für euch arrangiert. Vielleicht ein anderes Mal.«

Er drückte Dana noch eine Karte in die Hand, drehte sich um und verschwand, wie er gekommen war – sehr plötzlich. Gomek sah Dana irritiert an.

»Dorf, Leute, eine Party für uns? Das darf doch nicht wahr sein. Das haben wir verpasst? So ein Mist!«, ärgerte sich Gomek. Dana jedenfalls lachte.

»Nächstes Mal, wenn wir wieder hier sind, bekommst du deine Feier. Lass uns zurückkehren. Erogat wartet bestimmt schon auf uns.«

Sie betraten die Höhle und reisten zurück. Erogat erwartete sie mit Sicherheit schon voller Ungeduld.

Kapitel 19
Des Königs Geheimnis

Zurück in Erogats Arbeitsraum drückte Dana Gomek den Gürtel in die Hand.

»Nimm du ihn und lege ihn zu den anderen Teilen auf den Tisch. Dich kann die ausstrahlende Magie der Teile nicht belasten – wie Erogat das nur aushält.«

Dana vergaß des Öfteren, dass er nur ein Geist war und nach anderen Gesetzen existierte.

»Schon überredet!«

Gomek zuckte mit den Schultern.

»Wenn du meinst. Nur, wie willst du die Teile dann zu dem Gefangenen bringen, wenn du jetzt schon Probleme mit dieser Magie hast?«

»Keine Ahnung. Vielleicht weiß Erogat eine Lösung. Ansonsten muss ich wohl die Teile einzeln zu ihm bringen.«

Erogat rief Dana zu sich. Er stand vor der großen Karte der Unterwelt.

»Wir haben schon ein beachtliches Stück des Labyrinths kartographiert, und doch fehlen uns noch einige bedeutsame Teile, um ein Schema zu erkennen. Das soll jetzt aber nicht unser Problem sein. Das letzte Teil der …«

Dana unterbrach ihn.

»Die Rüstung. Wie bringe ich sie zu unserem Gefangenen? Die Magie ist so stark, ich spüre sie bis hier. Wie kann ich mich davor schützen?«

»Eins nach dem anderen.« Erogat lächelte sie vertrauensvoll an.

»Erst das Teil des Königs und dann dein Problem. Hast du eigentlich eine Idee, wie du an das Medaillon kommen willst?

Diebstahl ist keine gute Idee – und den König fragen? Das Schmuckstück gehört schließlich zu seiner Staatsrobe, davon wird er sich nicht so einfach trennen. Außerdem ist er gedanklich nicht so ganz auf der Höhe – hast du jedenfalls mal erwähnt.«

»Eine Idee hätte ich da schon.« Danas Augen leuchteten bei dem Gedanken.

»Wir machen es wie bei den Kobolden, nur bekommt der König ein Duplikat. Schade, dass wir nicht wissen, wie das Medaillon genau auszusehen hat und welche Kräfte es besitzt. Ich muss wohl in den Palast einbrechen. Kannst du, wenn ich das Objekt mit dem Kommunikationskristall abtaste, ein Bild erstellen?«

»Warum fragst du, ... natürlich kann ich das«, erwiderte Erogat von sich selbst überzeugt.

»Gut, danach könnten wir eine Kopie herstellen und sie dann austauschen. Sie muss ja nur so lange herhalten, bis wir mit unserem Vorhaben fertig sind. Danach bekommt er schließlich das Original zurück«, überlegte Dana.

»Du hast wirklich Mut, deinen König zu bestehlen ...« Der Geist wollte noch etwas hinzufügen, als Dana ihn unterbrach:

»Nicht stehlen, ... nur ausleihen. Außerdem, wenn es funktioniert, haben wir alle was davon.«

Erogat sah sie zweifelnd an. »Du bist dir sicher? Dann sieh zu, dass du dir 'was überlegst, um in den Palast zu kommen. Viel Glück.«

Damit entließ er das Trio und das machte sich auf den Weg zur Zwergenstadt.

»Hast du schon eine Idee, wie wir an das Medaillon kommen?«, raunte Gomek Dana zu.

Sie saßen bereits den halben Tag auf einer Bank und beobachteten die Regierungspyramide.

»Eigentlich nicht. Ich glaube, man sollte mal den Premier besuchen. Er hat mir ja schließlich gestattet, immer und zu jeder Zeit, seine Bibliothek zu benutzen.

Jetzt wäre wohl der geeignete Zeitpunkt sein Angebot anzunehmen.«

»Und was mache ich in der Zwischenzeit?« Gomek wirkte ratlos. »Ich darf da nicht mit hinein.« Enttäuschung lag in seiner Stimme.

»Entspann ein bisschen. Heute Nacht müssen wir vielleicht schon loslegen. Bis dann.«

Mit einem Seufzer stand sie auf. »Schnell ran, schnell weg. Das Glück ist mit den Mutigen.«

Nachdem sie sich mit ihren Worten Mut zugesprochen hatte, marschierte sie los, um den Premier zu treffen. Sie hatte keine Probleme in den Palast zu kommen. Verstohlen sah sie sich überall um. Wo standen die Wachen, gab es andere Schutzvorrichtungen? Zu ihrem Erstaunen gab es nichts dergleichen. So erreichte sie unbehelligt das Zimmer des Ministers. Sie klopfte an die Tür. Von drinnen hörte sie eine Stimme, die sie hereinbat. Nachdem sie das Zimmer betreten hatte, wurde sie von dem Minister freudig begrüßt.

»Hallo Dana, schön, dass du mich mal besuchen kommst. Was macht deine Suche? Geht es voran? Erzähl mir doch ein bisschen von dem, was du bis jetzt erlebt hast. Dein Vater hat uns zwar einige Geschichten von deinen Reisen erzählt … aber aus erster Hand ist's bestimmt viel interessanter.«

Dana saß wie auf Kohlen, erzählte ihm aber brav einige Erlebnisse von ihren neuesten Abenteuern. Hin und wieder wurden ihre Ausführungen, durch kurze Fragen von ihm, unterbrochen. Sie nahm sich selbstverständlich die Zeit, um auch die zu beantworten, ... er war schließlich der Premierminister. Irgendwann wurden sie jedoch von einem Klopfen an der Tür gestört. Der Premier musste zu einer Sitzung.

»Tut mir leid, Dana, aber da muss ich hin. Ich würde ja lieber noch mehr Geschichten hören, aber die Pflicht ruft.« Der Premier drückte sich schwerfällig aus seinem Sessel hoch.

»Kann ich noch etwas bleiben? Sie sagten mal, ich könnte jederzeit ihre Bibliothek benutzen«, bat Dana höflich.

»Na klar, du findest ja alleine raus. Denk daran, der Palast wird um 22 Uhr geschlossen. Bis dahin musst du ihn wieder verlassen haben. Danach gibt es keine Möglichkeit ihn zu verlassen und die Wachen reagieren dann sehr verärgert.«

Er drehte sich um und verließ sein Amtszimmer.

»Das war ja Klasse.« Dana sah Shari an.

»Nicht nur alleine in diesem Komplex, nein, auch noch den halben Wachplan bekommen ... Mal sehen, wie es weiter geht.«

Dana sah sich im Zimmer um. Es gab nur noch eine weitere Tür, die sie bis jetzt übersehen hatte. Diese führte in einen Nebenraum, wo wohl die Schreiber des Ministers saßen und natürlich die, die auf den Balkon führte. Sie öffnete die Balkontür und trat hinaus. Wieder war sie ganz fasziniert von dem Anblick, der sich ihr bot.

»Diese Aussicht …«, murmelte sie verträumt, »hier müsste man seine Wohnung haben.«

Schweigend stand sie dort und genoss das Panorama. Bis Shari kam und ihr ins Ohr kniff.

»Aufwachen, wir sind nicht zum Träumen hier. Such lieber einen Weg, wie wir nachts in den Palast kommen.«

Dana wachte aus ihrem Tagtraum auf.

»Ist ja schon gut ...«, maulte sie und lehnte sich über die Brüstung, um zu schätzen, wie weit es zum Boden war.

»Zu hoch, um an einem Seil heraufzuklettern. Fliegen wäre schön.« In dem Augenblick, wo sie das sagte, kam ihr **die** Idee.

»Shari? Kannst du mich in eine Elfe verwandeln, so richtig ... mit Flügeln und so?«

»Jetzt sofort?« Shari blickte sie irritiert an, traf aber Anstalten sofort zu zaubern.

»Natürlich nicht jetzt, Dummerchen ... später.«

Shari brach den Zauber sofort ab.

»Klar, du musst nur Bescheid sagen, dann geht es los. Muss witzig sein, dich fliegen zu sehen. Es ist schwieriger, als du denkst!«, gluckste die kleine Fee.

»Dann wirst du mir wohl helfen müssen. Jetzt was anderes ... flieg‘ zu den Gemächern des Königs und sieh nach, ob es dort am Balkon Sicherungen gibt.«

Kurze Zeit später war Shari wieder da, um Bericht zu erstatten.

»Kannst du knicken, alles mit uralter Magie gesichert. Woher sie stammt, weiß ich nicht. Jedenfalls kommen wir über den Balkon nicht in die Königsgemächer.« Shari schüttelte unmissverständlich ihr kleines Köpfchen.

»Auch nicht schlimm. Dann gehen wir durch den Thronsaal, denn diese Tür hat keine Sicherung.«

Dana ging zurück ins Zimmer.

»Sieh dich mal um, ob du irgendwas Nützliches finden kannst, womit wir den Balkon markieren können. Schließlich müssen wir ihn ja heute Abend wiederfinden.«

Nach kurzem Suchen entschied Dana sich, eine Vorhangkordel zu duplizieren und sie außen am Balkon anzubringen.

»Solltest du sie nicht lieber seitlich am Balkon befestigen, sonst kann sie ja jeder sehen.«

Sharis Einwand war begründet. Dana versetzte die Kordel so, dass man sie nicht sofort erkennen konnte.

»Heute Nacht verschwindet sie ja eh wieder. Komm, lass uns gehen. Gomek wartet sicherlich schon auf uns.«

Dana verließ das Gebäude mit der Gewissheit, einen narrensicheren Plan zu haben. Und heute, um Mitternacht, würde sie ihn in die Tat umsetzten. Draußen traf sie auf Gomek, der schon ungeduldig auf sie gewartet hatte.

»Na, wie sieht es aus? Hast du einen Plan? Einen, der uns nicht im Kerker enden lässt?«

Dana umriss kurz ihren Plan. Danach verabredeten sie, sich gegen zweiundzwanzig Uhr unter dem Balkon des Palastes zu treffen. Als Dana und Shari den Treffpunkt erreichten, saß Gomek bereits auf einem Stein und wartete auf sie.

»Wartest du schon lange?« Dana wunderte sich über seine Pünktlichkeit.

»Ich bin schon früher gekommen. Keine Angst, mich hat hier keiner entdeckt. Ich war erst nach der Abenddämmerung hier.«

»Na gut. Üben wir uns in Geduld ... bis im Palast alle Lichter gelöscht werden.«

Dana suchte sich einen bequemen Platz, von dem aus sie die Fenster beobachten konnte. Nach und nach gingen die Lichter aus. Es dauerte eine ganze Weile, bis alles dunkel war. Dana hängte anschließend noch eine halbe Stunde dran.

»Jetzt haben wir fast Mitternacht, wir sollten beginnen. Shari – fang an.«

Unverzüglich wurde Dana in eine Fee verwandelt. Probehalber schlug Dana mit den kleinen Flügeln. Prompt hob sie ab, überschlug sich und landete im Gras. Sie rappelte sich wieder hoch, um sofort den nächsten Flugversuch zu starten. Der endete schmerzvoll an der Mauer. So ging es Runde um Runde. Jeder Versuch von Shari zu helfen wurde dankend abgelehnt. Gomek musste sich ordentlich zusammennehmen, um nicht loszuprusten.

»Soll ich dir ein Band um dein Füßchen binden, um dich wie einen Ballon zu führen …?«, raunte er ihr leise zu, »oder willst du die Wand mit deinem Kopf einreißen, um dir das Fliegen zu ersparen?«

Anschließend flüsterte er Shari schmunzelnd ins Ohr: »Wenn unser Schöpfer gewollt hätte, dass wir fliegen sollen, hätte er uns wahrscheinlich Flügel verliehen ...«

Es fiel Gomek wirklich schwer, sich zu beherrschen. Dana hingegen schimpfte leise vor sich hin und stieß wilde Verwünschungen aus. Gomek staunte nicht schlecht über ihre Ausdrucksweise.

»Wo sie das wohl gelernt hat?«, murmelte er nachdenklich. Irgendwann gab sie schließlich doch auf. Es war ein Wunder, dass sie bei den diversen Bruchlandungen nur ein paar blaue Flecken davongetragen. Mit hochrotem Kopf wandte sie sich an Shari:

»In Ordnung ...«, fauchte sie, »hilf mir, da hinaufzukommen ohne dass ich noch eine weitere Bauchlandung mache. Es wird ja langsam peinlich.«

Shari kam vorsichtig näher. Sie hatte vor Danas Wutausbruch doch etwas Angst bekommen.

»Fliegen ist gar nicht so einfach«, murmelte die kleine Fee eingeschüchtert. Dana merkte, dass sie sich im Ton vergriffen hatte.

»Tut mir leid, Shari. Kommt nicht wieder vor.« Verlegen entschuldigte sie sich bei der kleinen Fee.

Danach hakte sie sich bei Shari ein und sie flogen, mehr recht als schlecht, zu dem markierten Balkon. Oben, auf dem Vorbau angekommen, löste Shari den Zauber auf. Danach öffnete Dana, nun wieder sie selbst, leise die Tür und betrat vorsichtig das Zimmer. Sie hielt den Atem an und lauschte nach verdächtigen Geräuschen. Angespannt bewegte sie sich auf die nächste Tür zu. Immer auf dem Sprung sich sofort zu verstecken. Behutsam öffnete sie die Tür zum Flur. Alles war still. Plötzlich fand sich Dana, auf allen vieren auf der Erde wieder.

»So, das ist besser ...«, dachte Shari. *»... als Maus fällst du bestimmt nicht auf.«*

»Das war aber nicht abgesprochen ...«, beschwerte sich Dana.

»Hoffentlich gibt es keine Katzen im Palast, sonst ende ich noch als Lebendfutter!«, piepste Dana und setzte sich irritiert auf, um zwanghaft ihr kleines, zitterndes Näschen zu putzen.

»Ich pass schon auf!«, murmelte Shari fröhlich und flog langsam und vorsichtig, die Lage zu sondieren, vorweg. Dana mit ihren kurzen Mäusebeinchen musste sich ordentlich beeilen, um hinterher zu kommen.

Sie erreichten ohne Zwischenfall die Tür, die zu den Gemächern des Königs führte. Dana lief einfach unter der Tür durch. Shari war zu groß, um es ihr nachzutun. Sie verwandelte Dana also wieder zurück und wartete. Nachdem Dana sie eingelassen hatte, wollten sie gemeinsam das Zimmer durchsuchen, als eine Stimme sie zusammenschrecken ließ.

»Einen wunderschönen guten Abend ... Du hast ja selbst hereingefunden. Was kann ich für dich tun, Dana?«

Erschrocken drehten sich beide in die Richtung, aus der die ruhige und sympathische Stimme gekommen war. In einer Ecke ging das Licht an und dort saß in einem bequemen Ohrensessel ... der Regent.

»Eure Majestät …«, stammelte Dana.

Gleichzeitig wies sie Shari an, nur mittels Gedanken, den Geist des Monarchen zu untersuchen. So wie er sprach, wusste sie nicht, ob es der echte König war. Er wirkte so ... anders.

Sofort vermeldete Shari: *»Ein brillanter Kopf und hochintelligent. Kein bisschen senil.«*

»Na, hat deine kleine Freundin bestätigt, dass ich der wahre König bin?«, raunte der Monarch Dana zu.

»Äh … ja, aber wie ist das möglich …? Bei unserem letzten Treffen, da wart Ihr, ... wie sag ich es am besten, ... Eure Zugbrücke langt nicht mehr über den ganzen Burggraben.«

Er lachte herzlich über Danas Anmerkung.

»Stimmt, eine Masche von mir. Eigentlich habe ich nicht mehr das Verlangen, König zu sein. Seit dem Heimgang meiner Frau macht mir nichts mehr Spaß. Aber setz dich doch.«

Er deutete auf einen zweiten Sessel.

»... ich habe Getränke und Kekse für euch besorgt.«

Dana setzte sich in den anderen Ohrensessel.

»Lasst mich raten: Auch Ihr habt auf mich gewartet. Es scheint Bestimmung zu sein. Überall, wo ich auch hingehe, erwartet man mich bereits.«, stellte sie nachdenklich fest. Gleichzeitig versuchte sie, es sich in dem großen Sessel bequem zu machen.

»So wird es wohl sein ...!«, entgegnete der König. »Ich weiß, warum du hier bist. Dazu später mehr, erst muss ich dir eine Geschichte erzählen. Sie beginnt, als der Herrscher des Chaos gefangen wurde. Er wurde eingesperrt, das Gefängnis hast du bereits gefunden, soweit ich weiß, und die Teile der Rüstung versteckt. Mein Urahn bekam die »Kette der Ruhe und des Glücks« zur Aufbewahrung. Seit dem Tag trugen die Frauen der Könige diese Kette. Wenn wir sie anlegten, na du hast es ja selbst erlebt. Als meine Frau von mir gegangen war, habe ich angefangen, sie selbst zu tragen. Sie hilft mir dabei, meinen Schmerz zu vergessen. Irgendwann erschien einer von deinem Volk und erzählte einem meiner Vorfahren,

...In der neunzehnten Dynastie, im sechsten Mondzyklus
bei Vollmond, wird ein Mädchen kommen, das das Medaillon einfordern wird.
Verweigert es ihr nicht ...

... und nun bist du hier. Wir können den Vollmond leider nicht sehen. Also habe ich deine Aktivitäten verfolgt. Du hast mittlerweile alle Teile bis auf die Kette.«

Dana hatte bis jetzt schweigend zugehört, während Shari begeistert alle Kekse niedergemacht hatte.

»Woher wissen Sie, dass ich sie besitze?«

Der König schmunzelte. »Dein Vater, er ist so stolz auf dich. Er erzählt pausenlos, was du schon alles geschafft hast.«

»Aber eins verstehe ich nicht. Warum sollen alle denken, dass Sie nicht ganz richtig im Kopf sind? Sie verfügen über einen brillanten Geist und könnten die Regierungsgeschäfte auch allein führen.«

Der König schwieg ein paar Minuten, um darüber nachzudenken, bevor er bedächtig antwortete.

»Einmal König – immer König … bis in den Tod. Ohne meine Frau verließen mich die Kraft und der Mut, weiter zu regieren. Ich verfüge über gute Minister, die exzellente Arbeit leisten. Und das Medaillon half mir, dreihundert Jahre lang, meine Rolle als Verwirrter zu spielen.«

»Sie können nicht abdanken?« Verwunderung lag in Danas Stimme.

»Theoretisch schon. Nur, ich kann keinen Nachfolger vorweisen – und ein Zwergenreich ohne Monarch – das geht nicht. Die Zwerge brauchen einen König, er hält die Gemeinschaft zusammen ... selbst wenn er nicht alle beisammen hat.« Schwermut klang aus seiner Stimme.

»Und nun? Geben Sie mir die Kette?« Dana versuchte, diese unselige Königsgeschichte, zu umschiffen.

»Wir haben da ein kleines Problem. Diese Kette gehört jetzt zur königlichen Ausstattung. Der Premier wäre sehr ungehalten, sollte ich sie nicht mehr tragen. Außerdem wollen wir unser kleines Geheimnis doch für uns behalten.«

»Was schlagen Sie denn vor?« Dana sah ihn erwartungsvoll an.

»Ein Duplikat!«, entgegnete er spontan.

Dana lachte. »Meine Idee. Fangen wir sofort an.«

»Das wird so nicht funktionieren!«, dämpfte er König ihre Euphorie.

»Nimm einmal diese Goldmünze in die Hand.«

Dana tat wie ihr geheißen und streckte die Hand aus. Nun platzierte der König die Münze in ihrer Hand.

»Und nun?« Dana verstand nicht.

»Dupliziere die Münze!«, ermunterte er sie.

Dana hatte nun zwei Münzen in der Hand.

»Nun gib mir die nachgemachte Münze zurück.«

Kaum hatte der König die Münze in der Hand, verschwand sie mit einem leisen Geräusch und einem Rauchfähnchen. Dana schluckte.

»Was ist da gerade passiert?«, wollte sie verstört wissen.

»Ihr könnt alles verdoppeln außer Edelmetalle und Edelsteine. Sobald ihr sie aus der Hand gebt, verschwinden die Duplikate wieder. Hat euch das noch keiner erzählt?«

»Nein!«, murmelte sie verlegen.

»Warum auch. Wir benötigen solcherlei Dinge eigentlich nicht. Was machen wir nun?«

Dana wirkte ratlos.

»Wie wolltest du denn weiter vorgehen?«, wünschte nun der König zu wissen.

»Eigentlich sollte ich das Amulett mit diesem Kristall abtasten. Danach hätte Erogat ein Bild davon gehabt. Nach diesem Bild würden wir eine genaue Kopie anfertigen und sie anschließend gegen das Original austauschen!«, erklärte sie voller Eifer.

»Gute Idee. Woher bekommst du den Edelstein?«

»Keine Ahnung, verdoppeln geht ja nicht.« Dana sah ihn ratlos an.

»Da weiß ich Rat. Ich habe dir einen Passierschein für die Zwergenminen ausstellen lassen. Dazu bekommst du noch eine Karte, um einen bestimmten Schacht zu finden, der wiederum zu einer Höhle führt. Dort wirst du einen passenden Edelstein finden.«

Er schob ihr ein paar Papiere zu, die in seiner Nähe auf dem Tisch lagen.

»Woher wisst Ihr von dem Ort?«, wollte Dana jetzt neugierig wissen.

Er lächelte sie an. »Ich war nicht immer nur König. Weißt du ..., mein Vater gehörte zu jenen Monarchen, die sagten, dass man sein Volk nur verstehen kann, wenn man mit ihnen gearbeitet hat. So schickte er mich in die Minen! – Also, taste das Medaillon mit der Kette ab und erstelle eine Kopie.«

Er stand auf und ging zu einem Beistelltisch, auf dem eine kleine Schmuckschatulle stand, öffnete sie und legte anschließend die Kette auf den Tisch.

Es verschlug ihr fast den Atem. Das Schmuckstück, so dicht vor ihr, da spürte sie die volle Macht seiner Magie. Sie musste sich zusammenreißen. Der König hatte es natürlich mitbekommen.

»Ist 'was? ... Kann ich dir helfen? Vielleicht solltest du etwas trinken – Gebäck gibt es ja nicht mehr.«

Lächelnd sah er nach Shari. Sie lag, nachdem sie alle Kekse verdrückt hatte, im königlichen Bett und schlief den Schlaf der Gerechten. Lange Gespräche waren nichts für sie.

»Nein, es geht schon wieder.«

Sie benutzte den Kristall und fragte sofort Erogat, ob alles vernünftig angekommen war.

»Wunderbar. Wo bist du? Doch nicht immer noch im Königsquartier?« Eine leichte Panik lag in Erogats Stimme.

»Das erkläre ich später. Versuch bitte von dem Bild ein Modell zu erstellen. Wir sehen uns dann morgen.«

Sie beendete das Gespräch. Der König hatte die ganze Zeit fasziniert zugehört.

»Das habe ich ja noch nie gesehen, geschweige denn gehört. Es ist ja viel besser als immer nur zu »wieseln«. Kann ich auch so einen Kristall bekommen?« Seine Augen leuchteten vor Begeisterung.

»Ich werde Erogat darum bitten. Es gibt bis jetzt nur zwei Verbindungen. Zu Erogat und zu mir, mehr nicht.«

»Das macht gar nichts. Vielleicht werden es ja eines Tages mal mehr!«, freute er sich.

»Wie kommen wir denn jetzt aus dem Palast?« Dana erhob sich.

»Ich bringe euch nach draußen, und hier …« Damit gab er ihr ein versiegeltes Pergament.

»Damit kannst du mich jederzeit besuchen.«

Dana stand schon in der Tür, als der König sie noch mal ansprach.

»Hast du nicht 'was vergessen ...?«

Sie sah ihn fragend an. Lächelnd deutete er auf sein Bett, wo die kleine Fee immer noch schlief. Verlegen weckte Dana das kleine Ding.

Anschließend geleitete er die beiden, wie versprochen, zum Eingang.

Kapitel 20
Die Zwergenmine

Draußen vor dem Gebäude erwartete Gomek sie voller Ungeduld. Er dachte sich schon, dass sie einen anderen Weg finden würden, um den Palast zu verlassen.

»Was hast du denn da nur so lange gemacht? Noch einen kleinen Plausch mit dem König?«

Seine Frage war ironisch gemeint. Dana sah ihn überrascht an.

»Woher weißt du das?«

Gomek fiel aus allen Wolken.

»Der König hat dich erwischt und du sitzt nicht im Kerker? Hast du ihn bezaubert?«

»Natürlich nicht, er hat auf mich gewartet, später mehr. Nun müssen wir als Nächstes wieder zu Erogat.« Dana packte Gomek am Arm und zog ihn mit sich zum Monolithen.

Kurz darauf standen sie wieder in Erogats Arbeitszimmer. Er war gerade dabei, von der Kette ein räumliches Abbild zu erstellen. Während sie auf die Fertigstellung warteten, erzählte sie von dem Treffen mit dem König.

»Sehr schön!«, unterbrach er sie. Keiner wusste, ob er die Erzählung meinte oder sein Modell.

»Sieht doch gut aus. Danach können wir eine Nachbildung bauen.«

Es stimmte. Man konnte jede Einzelheit gut erkennen. Er hatte ein schönes räumliches Bild erstellt, das man sehr gut von allen Seiten betrachten konnte.

»Und nun?« Gomek sah fragend in die Runde.

»Arbeitsteilung.« Dana klopfte Gomek auf die Schulter.

»Du wirst eine Zeichnung der Kette und der Fassung des Steines anfertigen. Dann musst du zu unserem Ausbilder, dem Zwergenschmied im alten Wald und die Teile originalgetreu nachbauen.«

»Wieso bei ihm?« Wunderte sich Gomek.

»Er wird es nicht ausplaudern, was du in seiner Werkstatt erschaffen hast. Deswegen!«, entgegnete Dana bestimmt.

»Woher bekomme ich das Gold?« Gomeks Nachfrage war berechtigt.

Dana wandte sich an Erogat. »Hast du zufällig noch Gold hier herumliegen?«

»Bestimmt! Irgendwo liegt auf alle Fälle noch was von dem Plunder herum. Vielleicht dort!« Erogat deutete in eine Ecke seiner Bibliothek.

»Apropos Gold. Warum hast du mir nichts davon erzählt, dass wir Edelmetalle und Edelsteine nicht duplizieren können!«, viel Dana bei dieser Gelegenheit ein.

»Diese Sachen sind für unsereins bedeutungslos. Sie sind nur nützlich, um die Magie zu verstärken. Das einzige Lebewesen, das nach Reichtum strebt, ist der Mensch. Er ist so versessen danach, dass nichts seine Gier befriedigen kann. Das könnte ein Grund sein, warum wir diese Sachen nicht verdoppeln können!«, mutmaßte der Geist.

»Und die Zwerge?« Danas Neugier war geweckt.

»Deren Reichtum liegt in der Familie und ihrer Arbeit!«, entgegnete Erogat.

In der Zwischenzeit hatte er einen Goldbarren unter seinen Sachen entdeckt.

»Hier Gomek, das ergibt eine schöne Kette ... und was machst du?« Erogat drehte sich zu Dana.

»Ich gehe in die Minen und suche nach dem Edelstein.«

Sie zeigte dabei auf die Karte, die sie vom König erhalten hatte. Dann brachen sie auf. In der Zwergenstadt angekommen, trennten sie sich. Gomek, um zu schmieden, und sie, um wieder in die Tiefen des Berges zu gehen, in die Zwergenmine. Seltsamerweise freute sich Shari darauf.

»Was ist denn mit dir los? Höhlen und Tunnel sind doch gar nicht deine Welt!«, wunderte sich Dana.

»Ha!«, lachte die kleine Fee selbstbewusst. »Wir gehen ja ins Zwergenreich, das wird wenigstens interessant. Da kann es bestimmt nicht so schlimm sein wie in den gruseligen Gängen. Wir sind hoffentlich nicht alleine dort. Die Zwerge müssen doch arbeiten, oder?«

Unsicherheit klang aus Sharis Stimme.

»Wir werden es sehen!«, flüsterte Dana ihre kleine Freundin ins Ohr.

Sie folgten dem Weg, der zwischen Museum und dem Wissenschaftsministerium begann, eine Zeit lang in den Berg. Als der Pfad eine Biegung machte, verbreiterte sich dieser zu einem runden Platz. Rings um die Fläche hatten die Zwerge kleine Holzunterkünfte errichtet. Dana und Shari bewegten sich zielstrebig auf das einzige, große Tor zu. Dort musste es, nach Danas Meinung, in die Minen gehen. Bevor sie jedoch das Tor erreichte, versperrte ihnen ein Zwerg den Weg.

»Kein Zugang, kleines Frollein. Selbst als junge Heldin darfst du nicht passieren.«

Sie lächelte ihn an und drückte ihm den Passierschein des Königs in die Hand. Er schluckte, so einen Schein hatte er schon eine halbe Ewigkeit nicht mehr gesehen.

»Entschuldigung …«, stammelte er verlegen. »Das konnte ich nicht ahnen.«

Sofort begann er das Tor zu öffnen, und trat dann höflich zur Seite.

»Hoffentlich weißt du, was du da tust. Sollten Schwierigkeiten auftreten … überall gibt es Alarmknöpfe. Drücke einen und wir kommen dir zu Hilfe.«

Dana bedankte sich höflich für den Tipp und betrat die wahre Welt der Zwerge. Erst hier fühlte sich ein Zwerg in seinem Element, außer man heißt Gomek. Bei dem Gedanken musste sie doch schmunzeln. Gomek mit Hacke und Schaufel, das hätte sie zu gerne gesehen.

Nahe dem Eingang befand sich eine Karte des Tunnelsystems. Dana erkannte sofort, dass hier nicht alles darauf verzeichnet war.

»Siehst du, Shari, sie haben immer nur eine Ebene dargestellt. Die Karte würde sonst zu groß und unübersichtlich werden.«

Danas Vermutung war richtig. Als sie auf einen Arbeiter traf, der Reparaturen an den Tunnelwänden ausführte, bestätigte er ihren Verdacht.

»Überall hängen Karten herum, aber sie zeigen nur die Ebene, in der du dich befindest. Andere Ebene, andere Karte. So einfach ist das.«

Danach ließ er sie stehen und setzte seine Arbeit fort. Dana ging weiter und bewunderte die Arbeit der Zwerge. Mit größter Sorgfalt hatten sie die Tunnel aus dem Gestein gearbeitet. Alle waren mit Tafeln versehen: Wann sie gebaut wurden, wieviel und was sie abbauten, und vieles mehr. Sie schienen für die Ewigkeit gebaut worden zu sein.

Sie erreichte einen Fahrkorb. Mit dem fuhr sie in die nächste Ebene. Die große Betriebsamkeit, die Dana vermutet hatte, gab es nicht. Vereinzelt kam es zu Begegnungen mit einigen Arbeitern.

»Warum sind hier so wenige Zwerge?« Sie fragte einfach mal einen der Jungs.

»Seit wir nicht mehr aus dem Berg herauskommen und unsere Handelspartner nicht mehr hinein können, benötigen wir keinen Bergbau mehr. Wir suchen nur noch nach Lichtkristallen für unsere Beleuchtung, aber sonst …« Er zuckte mit den Schultern und arbeitete weiter.

Sie wollte auch nicht weiter stören. Sie wusste nun aber, dass sie mit ihrem Vorhaben viele, wenn nicht alle glücklich machen konnte. Sie erforschte diese wunderbare, neue Welt weiter. Shari war schon wieder genervt. Sie hatte sich etwas anderes vorgestellt. Jetzt wollte sie nur noch schnell nach oben ans Licht.

»Nein.« Dana sagte es mit einer Bestimmtheit, die keinen Widerspruch duldete.

»Jetzt sind wir schon mal hier. Nun untersuchen wir auch alles.«

Nachdem sie die gesamte Ebene durchforstet hatten, fuhren sie eine Etage tiefer. Dort zog Dana die Karte des Königs hervor und verglich sie mit der an der Wand.

»Immer noch nicht, also weiter.«

Auch hier war nicht viel los. In einem Bereich entdeckte sie eine wasserfeste Tür. Diese zog sie magisch an. Das konnte vielleicht auch mit der Aufschrift zu tun haben:

»Bitte immer geschlossen halten!«

»Was wohl dahinter ist.« Sie legte den Kopf an das Türblatt.

Es drang das leise Plätschern eines Wasserlaufes an ihr Ohr. Sie konnte nicht widerstehen. Schwerfällig öffnete sich die Tür. Dana steckte den Kopf durch den Türspalt. Zunächst sah sie nichts, Finsternis umgab sie. Nachdem sich ihre Augen an die Dunkelheit gewöhnt hatten, konnte sie weit oben einen hellen Lichtfleck ausmachen.

»Jetzt weiß ich, wo wir sind, weit unterhalb des Wasserfalls, kurz über dem Fluss ..., der nach nirgendwo führt.«

Plötzlich wurde sie unsanft an der Schulter gepackt und in den Gang zurückgezogen.

»Was machst du denn hier, Kind? Du hast Alarm ausgelöst. Diese Tür muss immer geschlossen sein, da sonst, bei Hochwasser, die Tunnel geflutet werden. Das ist ein Grund mit, warum ihr hier nicht herumspazieren sollt.«

Dana entschuldigte sich wortreich und setzte sich schnell ab. Es fehlte noch, dass die Zwerge sie hinauswarfen. Sie hatte ja schließlich einen Auftrag.

Immer tiefer ging es hinab. Sie erreichten endlich die unterste Ebene. Hier musste wieder ihre Karte helfen.

»Hier sind wir richtig ..., wo längs? Ah ja, dort entlang.«

Sie zeigte auf den linken Gang von ihr. Langsam und vorsichtig folgten sie ihm. Hier unten war es lange nicht so ordentlich wie in den anderen Ebenen.

»Hier war seit Jahrhunderten niemand mehr.«

Dana sagte es mehr zu sich selbst als zu Shari. Sie musste immer wieder über Geröll klettern und Spinnweben entfernen, um durch die halbverfallenen Gänge zu kommen. Der Karte folgend ging es immer weiter in die Tiefe. Links, rechts, die nächste Abzweigung und so weiter. Dann erreichten sie eine kleine Höhle.

»Sackgasse!«, meinte Shari schadenfroh.

»Am Ziel!«, frohlockte Dana.

Mit einem Ohr am Fels lauschend, klopfte sie mit dem Finger die Seitenwände ab. An einer Stelle veränderte sich der Ton. Ein Lächeln huschte über ihr Gesicht.

»Hier ist der Eingang ... selbstverständlich versteckt!«, triumphierte sie.

Nun erschuf sie vorsichtig und wohlüberlegt einen Durchgang. Letztendlich wollte sie nicht, dass hier noch etwas einstürzte. Die erste Höhle war leer. Shari wollte schon voller Schadenfreude einen Kommentar abgeben, als Dana durch eine weitere Öffnung im Felsen, andächtig, die nächste Höhle betrat. Was für ein Anblick! Es blitzte und funkelte in sämtlichen Farben. Sie war regelrecht geblendet von dem Licht, das sich tausendfach in den Edelsteinen widerspiegelte. Sie musste kurz die Augen schließen. Doch langsam gewöhnte sie sich an dies bunte Vielerlei der Farben. Hier gab es Smaragde, Diamanten, Rubine und vieles mehr. Diese Schönheit war einfach überwältigend. Sie setzte sich bedächtig und ließ diese Pracht auf sich wirken.

»Ich glaube, hier darf man keinen Menschen reinlassen. Der würde wohl durchdrehen ... Zum Glück ticken wir anders.«

Dana stupste Shari lachend an. »Komm, sei nicht mehr mürrisch. Wir sind am Ziel. Jetzt suchen wir noch den passenden Stein und dann geht es wieder nach oben.«

Shari begann sofort damit, die Höhle absuchen. Und tatsächlich, nach kurzer Zeit hatten sie den passenden Stein gefunden. Triumphierend hielt sie ihn in die Höhe.

»Wunderbar!«, lobte Dana die kleine Fee. »Also zurück. Hoffentlich ist Gomek auch schon fertig. Auf geht 's.«

Oben am Tor holten sie sich noch einen Rüffel ab. Im Anschluss daran ging es zu ihren Eltern, ihrem Treffpunkt mit Gomek. Zwei Tage später erschien er freudestrahlend.

»Alles erledigt. Wir können aufbrechen.«

»Dann ’mal los!«, frohlockte Shari.

Kurz darauf erreichte das Trio gut gelaunt die Arbeitsstube von Erogat. Dort passte Dana den Edelstein dem Bild an und setzte die beiden Teile zusammen.

»Nicht zu unterscheiden. Gleich wie ein Ei dem anderen. Jetzt kann ich zum König und das Medaillon austauschen. Keiner wird den Unterschied merken. Gomek, du wartest hier. Ich bin bald wieder zurück.«

Dana drehte sich um und machte sich auf, dem König ihre Aufwartung zu machen.

Kapitel 21
Licht und Schatten

Zunächst wollte sie niemand zum König vorlassen. Er habe keine Zeit, hieß es. Erst als Dana das Schreiben des Königs vorzeigte, wurde sie, mit tausend Entschuldigungen, zum König vorgelassen. In seinem Wohnbereich waren sie unter sich.

»Na, hat es geklappt?«

Dana zog die Kette aus der Tasche und überreichte sie dem König.

»Perfekt, einfach perfekt. Schade, dass man die Magie nicht auch übertragen kann. Es würde einfacher für mich sein, den Trottel zu spielen.«

»Ihr kriegt das schon hin. Wenn alles vorbei ist, bekommt ihr das Original ja wieder.«

»Das stimmt natürlich!«, lachte der König und holte die echte Kette aus der Schatulle und übergab sie Dana. »Viel Glück und Erfolg. Es hängt sehr viel von deiner Mission ab.«

Nachdenklich verließ sie den Palast und machte sich auf den Rückweg zu Erogat und Gomek. Dort angekommen wollte sie Gomek die Kette übergeben, damit er sie zu den anderen Teilen legen sollte.

»Nicht doch …« Erogat hielt sie davon ab. »Das musst du schon alleine machen.«

Dana sah ihn entgeistert an.

»Warum? Die Magie belastet mich doch nur.«

»Egal ... versuche es!«

Mit der Kette in der Hand bewegte sie sich langsam auf den Tisch zu. Nichts passierte. Sie spürte keine Magie, hatte kein Schwindelgefühl, auch sonst ging es ihr gut.

»Was passiert hier? Hab ich ‘was kaputt gemacht?« Verwirrt drehte sie sich nach Erogat um.

»Nicht doch, jetzt ist die Rüstung komplett. Nun wirkt ihre Magie nur noch auf denjenigen, der sie trägt!«, beruhigte der Geist sie.

Dana war erleichtert. Somit hatte sich auch das Transportproblem erledigt.

»Wenn das so ist, dann können wir ja sofort aufbrechen.«

»Pass aber auf, der Herrscher des Chaos ist ein Schwergewicht in Sachen Magie und mit allen Wassern gewaschen. Sei vorsichtig. Eins noch, das magische Wort, das den Gefangenen wieder freigibt, lautet »Amenti«. Es ist der Name des Bewachers zum Eingang in die mythologische Unterwelt.«

Erogat wirkte besorgt, als er ihr das sagte. Dana wusste, dass er das nicht ohne Grund alles erwähnte.

»Vielen Dank, wird schon schiefgehen.«

Sie packte sämtliche Teile der Rüstung in einen Beutel und machte sich auf den Weg, um dem Herrscher des Chaos die Stirn zu bieten. Sie reisten direkt zur Gefängnishöhle. Gomek musste, zu seinem Leidwesen, wieder draußen warten.

»Ich bin mächtig gespannt, wie der Typ aussieht. Nach dem, was du erzählt hast, kann es einen ja nur gruseln!«, rief er ihr noch zu, als Dana bereits die Stufen hochstieg.

»Es wird schon nicht so schlimm werden.« Antwortete sie ihm.

Klar, sie hatte auch Bedenken, doch sie wollte vor Gomek keine Schwäche zeigen. Danach verschwand Dana durch das Portal. Unten am magischen Buch stellte sie den Beutel geräuschvoll ab. Sie rief nach dem Wesen. Nichts passierte. Hatte er schon gespürt, dass sie die Rüstung besaß?

Normalerweise kam er doch sofort, um sich über sie lustig zu machen.

»Lärm hab ich mittlerweile genug gemacht. Ich habe Zeit. Er wird schon kommen, dafür ist er zu neugierig.«

Tatsächlich. Es verging keine Viertelstunde, da verdunkelte es sich hinter der magischen Barriere.

»Na, kleines Fräulein ...«

Die Worte waren noch nicht ganz verklungen, als aus der Dunkelheit die beiden rotglühenden Augen erschienen und Dana interessiert musterten.

»Lass deine Sprüche, ich bin eine Magierin des alten Volkes und nicht dein kleines Fräulein. Wie sieht es nun aus? Stehst du zu deinem Wort? Oder bist du nur ein Maulheld?«

Bewusst versuchte sie ihn zu provozieren, damit er keinen Rückzieher machen konnte.

»Starke Worte. Aber nein, wenn du die Rüstung hast, bin ich dabei. Du musst diese nur durch die Barriere werfen, der Rest geht dann von ganz allein.«

Sie warf den Beutel mit den Teilen durch die magische Wand und wartete auf das, was da kommen sollte. Es passierte zunächst ... gar nichts. Dana wollte schon enttäuscht einen Kommentar loswerden. Da öffnete sich der Beutel, und die Einzelteile der Rüstung erschienen.

Wie von Fäden gezogen schwebten sie in der Luft. Schließlich bewegten sich die Stiefel Richtung Boden, als wenn ein Unsichtbarer sich die Stiefel anzog. Anschließend glitten der Gürtel, die Handschuhe, der Stirnreif und zu guter Letzt das Amulett an seinen Platz. Ein lauter Seufzer erklang und der Schatten verschwand.

»Ups, wo ist er denn jetzt hin?« Dana beobachtete das Schauspiel fasziniert weiter.

Langsam erschien eine Silhouette zwischen den Rüstungsteilen. Das Abbild einer Gestalt wurde von Minute zu Minute immer kräftiger, bis Dana einen jungen Mann erkennen konnte.

»Willst du mich nicht rauslassen?«, machte sich der Jüngling bemerkbar, nachdem Dana sich nicht rührte.

»Was für eine Stimme …«, murmelte sie, als der Klang seiner Stimme sanft in ihr Ohr drang. »Dunkel und einschmeichelnd …, zum Butter schmelzen.«

Dana war sofort ganz hin und weg.

»Bist du das etwa, wo ist dein anderes ... Ich?«, flüsterte sie benommen.

»Gebändigt und weggeschlossen. Lass mich schon raus. Die Rüstung verhindert, dass ich oder meine dämonische Persönlichkeit was anstellen kann.«

Dana schüttelte ihre Benommenheit ab und schloss das Buch. Dazu sprach sie leise eine Formel und löste so den Vorhang auf. Was sie sah, haute sie fast von den Beinen. Passend zur Stimme, stand ein, vielleicht achtzehnjähriger, gutaussehender, braungebrannter jugendlicher Bursche vor ihr.

Ein Traum von einem jungen Mann. Athletisch gebaut und durchtrainiert mit langen, schwarzen Haaren. Schulterlang rahmten sie sein ebenmäßiges, perfekt geschnittenes Gesicht ein. Seine pechschwarzen, glänzenden Augen musterten sie interessiert.

Geschmeidig erklomm er die Plattform. Als er Dana erreichte, musste sie zu ihm aufblicken. Er war mehr als einen Kopf größer als sie. Höflich stellte er sich vor.

»Nenn mich Ses–Tan, ich ..., nein, der Andere und ich ..., oh Mann, ist das kompliziert. Egal ..., wir sind der erste der »Ogdur Jahad«, der sieben Herrscher des Chaos. Und mein unausstehliches Gegenstück …« Er schwieg einen Augenblick und hörte in sich hinein. »Er will nicht, dass ich seinen Namen preisgebe. Er denkt, dass du ihn damit beherrschen kannst.«

Ein Lächeln huschte über sein Gesicht, welches Dana die Sprache verschlug.

»Egal, vielleicht wird das ja unsere letzte Reise … Er nennt sich Setesch. Und du bist …?«

»Dana!«, hauchte sie schwach. Sie war sprach– und atemlos ... und ganz weit entrückt.

»... und was machen wir als Nächstes?«

Er versuchte, weiterhin mit ihr zu reden. Wer weiß, in welcher Fantasiewelt sie sich gerade befand. Er wusste von seiner Wirkung auf Frauen. Aber auf eine Magierin, ... und in diesem speziellen Fall auch noch eine junge?

»Na ja, wer kann, der kann!«, grinste er verlegen und setzte sich auf die Kante des Podestes und wartete darauf, dass ihr Anfall vorbei ging.

Wie selbstverständlich saß Shari auf seiner Schulter und ließ sich von ihm kraulen. Es dauerte eine ganze Weile. Schließlich setzte Dana sich neben ihn. Verdutzt sah sie Shari bei ihm sitzen.

»Mit dir habe ich nicht gerechnet. Vielleicht mit einem hässlichen Fiesling, ... aber du!« Dana fand langsam wieder zurück in die Realität.

»Das fanden deine Leute damals auch. Aber es ist wohl eher ein makabrer Scherz der Natur. Böse Zungen behaupten, je mieser der Charakter, ich meine mein Gegenstück, desto schöner das Aussehen. Ich hoffe, es stört dich nicht!«, lachte Ses.

»Nein, natürlich nicht ... Ich habe vorhin bemerkt, dass du mit deinem anderen Ich in Verbindung stehst.« Dana sagte das etwas erstaunt.

»Nur in dieser Rüstung. Sonst habe ich nichts zu melden. Er ist viel zu mächtig, als das ich ihm die Stirn bieten könnte!«, erwiderte er betrübt.

»Ich habe dir noch ein paar Sachen zum Anziehen mitgebracht ... leider wusste ich nicht deine Größe.«

Dana kramte in ihrem Rucksack nach den Textilien.

»Eine Hose langt. Der Lendenschurz ist wohl nicht das Wahre in dieser Zeit. Damals …, das waren noch Zeiten.« Er blickte verklärt ins Nichts.

Dana räusperte sich, um ihn in die Gegenwart zurückzuholen. Anschließend reichte sie ihm die Hose, korrigierte deren Sitz, so dass sie ihm passte.

»Was machen wir jetzt? Willst du gleich auf den Kristall los oder habe ich noch eine Galgenfrist, um mich hier noch ein wenig umzusehen?«, erkundigte er sich voller Neugier.

»Ein bisschen Zeit haben wir noch, aber nicht weglaufen!«, meinte sie scherzhaft.

»Mit der Rüstung ist das nicht möglich. Ich kann nicht lügen oder kämpfen, und mich von dir entfernen geht auch nicht. Ist schon 'ne tolle Erfindung – nicht für mich, aber für dich!«, erwiderte er ironisch.

Gutgelaunt zwinkerte sie ihm zu und machte sich abmarschbereit.

»Dann lass uns erst mal diese ungastliche Stätte verlassen. Mein Freund wartet draußen auf uns.«

»Dein Freund?« Verwundert sah er sie an.

»Nicht so wie du denkst, freundschaftlich, Weggefährte, Kampfgenosse … so in dem Stil.«

»Aha!«, murmelte er verlegen über seine Neugierde. Schließlich verließen sie zusammen die Höhle. Gomek war schon wieder am Fuße der Treppe eingeschlafen. Diesmal weckte Shari ihn nicht. Sie verließ die Schulter von Ses–Tan nicht.

»Wie soll ich dich anreden? Ses, Ses–Tan oder Tan?«, erkundigte sich Dana neugierig.

»Nenn mich einfach Ses. Ist das dein Freund? ... Er sieht aber nicht gerade wie ein Zwerg aus. Eher menschlich, mit der gleichen Eigenschaft, überall und zu jeder Zeit zu schlafen ... Möchte ich auch können.«

Dana weckte ihn vorsichtig auf. »Hallo Gomek, wir sind wieder da.«

»Mann, wo wart ihr denn so lange?« Sein Blick viel auf Ses. »Wwwwer ist das denn? Wo findet man denn **so** einen Burschen? Nein ... sag nicht, das ist der Bösewicht.«

Ein bisschen Neid klang aus seiner Stimme, obwohl er auch gut aussah. Aber das … neidlos musste er es anerkennen, dieser Jüngling war vollkommen. Bevor Dana ihn vorstellen konnte, nahm Ses Gomeks Hand und schüttelte sie.

»Ich bin erfreut, deine Bekanntschaft zu machen, ich bin Ses.«

»Und … und ich bin ... sprachlos.« Gomek formulierte seinen Satz erstaunt aber höflich.

»Du bist also das Wesen, vor dem die ganze Welt gezittert hat?« Verwundert betrachtete Gomek sein Gegenüber.

»Nicht ganz, das ist mein anderes, das dämonische Ich! Meine Wenigkeit ...«, er deutete an sich hinunter, »hat keiner auf der Rechnung. Würde man mich und mein anderes Ich als einen Körper betrachten, wäre ich wohl eher der … Blinddarm. Nutzlos und eigentlich überflüssig.«

»Aha, so ein Aussehen aber kein Selbstbewusstsein.« Gomek schmunzelte.

Dana ging dazwischen, das Gespräch zwischen den beiden fing an, sich aufzuladen.

»Wie sieht es aus, wollen wir erst mal was essen? Du isst doch, oder?« Damit wandte sie sich an Ses.

»Jetzt wo ich wieder, nach Tausenden von Jahren, einen Körper habe, natürlich. Durst verspüre ich auch. Lass uns eine kleine Party feiern. Meine Befreiung – meine Freiheit, solange sie währt.«

Sie saßen am Lagerfeuer, aßen, machten Späße und lachten. Ses erwies sich als höflicher und zuvorkommender Unterhaltungskünstler. Doch immer, sobald Dana ihn auf seine Vergangenheit ansprach, blockte er ab. Er schien sich für das, was sein anderes Ego getan hatte, zu schämen. Sie bekam nur so viel heraus, dass, wenn der Andere seine Körperform übernahm, Ses nur zusehen konnte, wie sein anderes Ich seine Opfer manipulierte und ins Dunkel zog.

»Es machte mich immer ganz traurig, ich, der Gutaussehende wurde für seine dunklen Machenschaften missbraucht. Nur damals einmal ... und heute, in dieser Rüstung, bin ich Herr meiner selbst. Und der Andere ist Statist. – natürlich mit Einschränkung von dieser Schutzkleidung.«

Dana versuchte zudem etwas über die Höhlen zu erfahren.

»Natürlich! ... Die Höhlen. Nach der großen Schlacht, als wir gejagt wurden, suchten wir ein sicheres Versteck. Über eine unendliche Zeit zogen wir von einem Zufluchtsort zum nächsten. Immer wieder wurden wir aufgespürt. Bis wir irgendwann auf dieses Gebirge gestoßen sind. Durchlöchert von einem gigantischen Höhlensystem. Da kam ihm die Idee, sich sein eigenes kleines Reich aufzubauen. Er sagte ständig:

»Ein Fürst ohne Reich ist kein Herrscher!«

So fing er an, Lebensformen zu sammeln und in ihren eigenen Umgebungen zu halten. Ich glaube, er wollte auch forschen. Es gab Spezies, die sich der Dämonenkraft widersetzen konnten und andere, die sich nach einer Dämonenübernahme nicht mehr von ihrem Wirt trennen konnten. Keiner von den Dämonenfürsten wusste warum. Es ging so lange gut, bis uns die Zwerge in die Quere kamen. Nichts gegen dich, Gomek.« Er sah ihn freundlich an.

»Und weiter?« Dana brannte darauf, noch mehr zu erfahren. Jedenfalls solange Ses noch so gesprächig war ... wer wusste schon, wann oder ob der Andere ihm nicht doch irgendwie den Mund verbieten konnte.

»Eigentlich nichts mehr. Der Rest ist Geschichte. Auch diesen Kampf verloren wir ... und wo der endete, wissen wir ja alle.«

Nachdem er nunmehr seine Sicht der Dinge dargelegt hatte, schwieg er bedrückt. Dana merkte, dass er nicht weiter über dieses Thema sprechen wollte.

»Lasst uns schlafen gehen. Morgen haben wir eine weite Reise vor uns.«

Sie brachen sehr früh auf. Ses hatte seine gute Laune wieder. Er war ein vollendeter Kavalier. Er half Dana über Unebenheiten hinweg, trug Shari auf seiner Schulter – obwohl sie sich eh nicht von ihm hätte verjagen lassen. Dana war das Gehabe von der kleinen Fee schon richtig peinlich.

»Ach lass sie doch, sie ist ja noch so klein!«, wiegelte Ses immer wieder ab.

Tagelang durchquerten sie die Höhlen. Sie gingen bewusst ein paar Umwege, damit er mehr von dieser Welt sehen konnte.

Bei den Leuras machten sie noch einmal halt.

»Erzähl ihnen nicht, wer du bist. Ich weiß nicht, wie sie auf den Entführer ihres Volkes reagieren würden.« Dana sagte es mit ernster Miene.

»Wieso … Ich habe damit doch gar nichts …«, wollte Ses einwenden.

»Egal, sie würden es nicht verstehen.«

Es wurde ein fröhlicher Tag. Tront war ein vortrefflicher Gastgeber. Er vergaß auch nicht, sein »Maskottchen«, die Schlange, vorzuführen.

»Also, Dana, wie du sehen kannst, geht es unserem Gast gut.«

Sie feierten bis in die Nacht. Früh mussten sie wieder weiter. Tront und ein paar seines Volkes verabschiedeten den kleinen Trupp. Er wusste, was sie vorhatten und wünschte ihnen Glück.

Tage später erreichten sie die letzte Höhle, von der sie nur noch der Tunnel von dem Kristall trennte. Ses war in den letzten Tagen immer ruhiger geworden.

»Nun ist es so weit. Ich habe es versprochen und so muss es sein!«, erklärte er mit ernster Miene.

»Wir können ja noch einen Tag warten.« Dana sah ihn verständnisvoll an.

»Das bringt nichts, schnell ran, schnell weg. Eine alte Weisheit!«, erwiderte er bestimmt.

»Na gut, wie du willst. Ich werde also zwei Schutzbrillen für uns herstellen. Schließlich müssen wir ja sehen, wohin wir gehen.«

Sie fertigte nun die Brillen, gab Ses eine und wandte sich an Gomek:

»Du und Shari bleibt besser hier. Dir macht die Magie des Kristalls ja nichts aus, aber ihr – ich weiß nicht. Die Magie ist sehr stark. Mich wird sie höchstwahrscheinlich schnell umhauen. Hoffentlich klappt alles so, wie wir es uns ausgedacht haben.«

Anschließend folgte sie mit Ses dem Tunnel nach draußen. Gomek kramte Danas alte Brille aus einer Ecke und folgte ihnen im angemessenen Abstand.

Dana und Ses betraten hintereinander den Krater. Sie spürte sofort, wie die Magie ihr zusetzte. Ses trat an ihre Seite und half ihr, sich in eine Ecke zurückzuziehen, wo er glaubte, sie wäre dort etwas geschützter. Es war abgesprochen, dass er dann sofort zu dem Kristall gehen sollte. Beide hofften, dass er der Magie bis dahin widerstehen konnte. Langsam bewegte er sich auf den Kristall zu.

Dana beobachtete ihn angespannt. Die Magie schien ihm nichts anhaben zu können. Entweder war sein anderes Ich so stark, oder die Rüstung schützte beide. Ses erreichte den Stein und berührte ihn sogar. Dana nahm mittlerweile das Geschehen nur noch schemenhaft wahr.

»Dana, jetzt ist der richtige Augenblick ...«, drang seine Stimme leise zu ihr durch. »Befreie mich von der Rüstung ... jetzt!«

Bevor Dana vollständig das Bewusstsein verlor, schaffte sie es mit letzter Kraft das Lösungswort zu sprechen. Was nun passierte, bekam sie nicht mehr mit. Gomek, der den beiden gefolgt war, sah, wie Dana bewusstlos zusammenbrach. Sofort wollte er losstürmen, um ihr zu helfen. Er kam aber nicht mehr dazu.

Die Teile der Rüstung fielen von Ses ab und augenblicklich verdunkelte sich der Krater. In dieser absoluten

Finsternis erschienen zwei, jetzt vor Hass glühende, rote Augen.

Der Dämon, nun befreit, wollte sich umgehend auf Dana stürzen. Noch bevor er sie erreichte, veränderten sich jedoch seine Augen. Erstaunen lag nun anstelle des Hasses in ihnen. Er kam nicht weiter. Irgendetwas hielt ihn zurück. Ein Wutschrei erklang und ließ die Umgebung erzittern. Helle Blitze und Energiestöße schossen mittlerweile aus der Dunkelheit. Licht war schemenhaft zu erkennen.

Der Kampf Licht gegen Schatten begann nun. Immer heftiger durchdrangen Blitze die Dunkelheit. Gomek hatte fast den Eindruck, dass das Wesen gewinnen würde, was wäre dann? Zeitweise bekam das Licht dann wiederum die Dunkelheit die Oberhand. Bis letztendlich die Finsternis begann, Risse zu bekommen. Lichtschein drang daraufhin immer öfters durch die pechschwarzen Nebel und begann sie weiter aufzureißen. Die Kontrahenten schienen gleich stark zu sein. Sie drehten sich umeinander immer schneller, bis sich diese Auseinandersetzung zu einem magischen Orkan ausweitete.

Er, Gomek, spürte nichts von der Energie. Dieser Kampf war magisch und für ihn nicht zu spüren. Immer schneller drehte sich das Gebilde aus Licht und Schatten im Kreis, bis es zuletzt in einer gewaltigen Explosion endete. Gomek hob schützend seine Arme über dem Kopf und schmiss sich auf den Boden. Gleich darauf lachte er verschämt.

»Die Explosion kann mir ja nichts anhaben … aber sicherlich Dana ...«, Gomek versuchte, sie in diesem Chaos auszumachen.

Zu seinem Leidwesen verhinderten die Entladungen in seiner Nähe, sie zu entdecken. Er verfolgte das Geschehen weiter. Magische Wellen liefen pulsierend die Kraterwand hinauf ohne den geringsten Schaden anzurichten. Er sah Impulswellen, die überall eindrangen. Nichts konnte sie stoppen. Das alles passierte ohne einen einzigen Laut.

Schließlich begann der Boden unter ihm sich zu bewegen. Steine rollten die Kraterwand herunter. Immer vehementer bewegte sich die Erde, bis ein heftiges Erdbeben das gesamte Gebirge erfasste.

»Blöd gelaufen,« knurrte Gomek, »jetzt bricht das Gebirge auch noch in sich zusammen. War das alles umsonst?« Die Antwort musste warten.

Ein Stein brach aus der Decke über ihm und traf seinen Kopf. Er war sofort ohnmächtig. So bekam er nicht mehr mit, dass sich eine Gestalt aus den letzten, sich auflösenden Nebelschwaden löste.

In aller Ruhe bewegte diese sich lächelnd auf die Bewusstlosen zu.

Kapitel 22
Schöne neue, **alte** Zeit

Dana spürte, dass jemand ihre Stirn mit einem nassen Tuch abtupfte. Schließlich erfasste sie eine wohlige Wärme, so etwas hatte sie noch nie verspürt. Sie versuchte, die Augen zu öffnen.

»Lass dir Zeit, Dana, du hast ganz schön ‘was abbekommen.«

Diese Stimme, so sanft und einschmeichelnd. Es konnte eigentlich nicht sein. Langsam öffnete sie die Augen. Sie lag in den starken Armen von Ses. Er kniete neben ihr und benetzte ihr Gesicht. Neben ihm saß Shari und hielt die Schale mit Wasser. Dana wollte sofort zurückweichen.

»Wieso bist du …, warum bist du nicht …, kann es sein …, wo ist der Andere …, hat es funktioniert?«, stammelte sie vor sich hin.

»Der Andere ist weg. Du hast mich mit deiner Idee befreit. Und ja, wir haben es geschafft.«

Er deutete auf den erloschenen Kristall. Langsam richtete sie sich auf. Die Wärme, die sie gespürt hatte, das war die Sonne, die hoch am Himmel stand.

»Wo ist Gomek?«

»Er sitzt am Eingang des Tunnels. Er hat was an den Kopf bekommen. Ich habe ihn schon verarztet.«

Dana sah hinüber zum Tunneleingang. Dort sah sie Gomek kauern. Er hielt sich den schmerzenden Kopf, den ein dekorativer Stirnverband zierte.

»Tja ...«, Ses grinste. »Neugier macht aua!«

Alle lachten außer Gomek, er sah nur wehleidig zu ihnen herüber. Dana sah Ses an.

»Wieso kannst du ohne Rüstung …, hättest du nicht auch ... verschwinden müssen? Nicht, dass ich mich nicht freue, dass du noch hier bist. Aber theoretisch hättest du doch deinem anderen Ich folgen müssen. Wo immer das auch sei.«

»Theoretisch ... Aber wie du siehst, hat der Kampf nur die dunkle Seite von mir mitgenommen. Ich bin nicht böse darüber. Jetzt bin ich wirklich frei.«

Er wollte sie hochheben und zu ihrem Lager bringen.

»Bitte noch nicht. Lass uns die Sonne genießen.«

Er lachte. »Natürlich, als Dämon hätte ich das auf jeden Fall abgelehnt. Wir … « Er reusperte sich verlegen. »Sie hassen schließlich das Licht.«

Er ging alleine zum Lagerplatz zurück und holte die Sachen. Auf dem Rückweg nahm er Gomck unter den Arm, damit sie alle zusammensitzen konnten. Zuletzt sammelte er noch die Teile der Rüstung ein und übergab sie Dana.

»Die werde ich wohl nicht mehr brauchen!«, verkündete er lächelnd.

Dana war neugierig. »Wer oder was bist du denn jetzt geworden?«

»Keine Ahnung. Vielleicht ein Mensch?« Schweigend formte er einen Feuerball und ließ ihn wieder verschwinden. Anschließend versuchte er, einen Stein mit Magie zu bewegen. Auch das klappte.

»Vielleicht bin ich ja auch ein Magier geworden …«, murmelte er nachdenklich. »Wer weiß das schon?«

Er betrachtete seine Hände. »Aber höchstwahrscheinlich bin ich nur ein Dämon ohne dunkle Seite. Ich werde es wohl herausfinden müssen. Wenn ihr mich nicht mehr braucht, würde ich mich gerne auf die Suche nach meiner neuen

Bestimmung in dieser Welt machen.« Er blickte sehnsüchtig Richtung Tunneleingang.

»Du kannst natürlich auch mit uns kommen.«

Dana sah ihn erwartungsvoll an.

»Jetzt noch nicht. Vielleicht später einmal. Im Augenblick möchte ich erst mal meine neu gewonnene Freiheit genießen.«

Bevor er sich verabschiedete und aufbrach, übergab er ihr einen Siegelring.

»**Das** ist mein Dämonenring …«

Dana wollte protestieren.

»… ich habe noch einen anderen!«, beschwichtigte er sie. »Damit kannst du Dämonentüren und Portale öffnen, und, was noch wichtiger ist, er verschafft dir Zugang zu meiner Festung …«

Dana unterbrach ihn. »Portale? Ihr besitzt auch Portale, ich hatte keine Ahnung ... und deine Festu ...?«

Ses ließ sie nicht ausreden: »Ja, auch wir benutzen so was. Hör weiter zu, was ich dir erzähle. Also meine Festung liegt tief im Berg, im Zentrum des Labyrinthes. Eine Wegbeschreibung und ein paar nützliche Unterlagen findest du in meinem ehemaligen Gefängnis. Ach ja, der Ring, er gibt dir eine gewisse Sicherheit, solltest du auf Dämonen treffen. Ich hoffe, sie erkennen das Siegel noch. Ich war ja ‘ne ganze Weile weg. Solltest du meine Hilfe benötigen, dreh den Ring und sage meinen vollständigen Namen ... Jederzeit und überall. Danach suche ich dich auf. Egal wo du bist, ich werde dich schon finden.«

Er verabschiedete sich und ließ die drei verdutzt zurück.

»Was er jetzt wohl vorhat?« Gomek wunderte sich nur.

Er mochte Ses inzwischen genauso gerne wie die anderen.

»Egal, lass uns noch ein bisschen die Sonne genießen, bald geht es wieder in den Berg. Zuhause werden wir vermutlich schon erwartet.«

Sie brauchten doch einige Tage für den Rückweg. Überall suchten sie nach Verwüstungen. Gomek hatte ihr natürlich von den Erschütterungen erzählt. Aber alles war normal.

Am Kraftwerk wurden sie wie Helden empfangen. Alle wollten ihre Geschichte hören. So mussten sie eine Zwangspause einlegen, um von ihren Abenteuern zu berichten. Danach brachte die halbe Belegschaft sie in die Zwergenstadt. Was für ein Empfang! Girlanden und Spruchbänder waren gespannt:

»Ein Hoch auf unsere Helden«

oder

»Dana und ihre Freunde sind die Größten«

Es war ein triumphaler Empfang. Auf dem großen Platz waren Tische aufgebaut, beladen mit allem, was die Küchen und Speisekammern hergaben. Selbst der König, der naturgemäß auch eine Ansprache hielt – **ohne sein Medaillon** – hatte seinen Weinkeller geplündert. Jeder wollte eine Rede halten und jeder bestürmte unsere Helden, um ihnen die Hände zu schütteln. Unseren Freunden wurde das fast zu viel. Nur Gomek, der fand das prima. Die gesamte Jugend himmelte ihn an. Er war ihr Held, ihr neues Idol. Darauf hatte er so lange warten müssen: seine Anerkennung.

Das Fest dauerte noch an, als unsere Helden auf den Stühlen einschliefen.

Am nächsten Morgen wurde Dana unsanft durch Erogats Kristall geweckt. Sie aktivierte ihn verschlafen. Er hatte eine wichtige Nachricht für sie:

»Ich glaube, ich hab eine Idee, wie wir Maschgart finden können.«

E N D E

Thomas L. Hunter

Wurde 1958 in dem schönen Schleswig Holstein geboren.
Nach erfolgreichem Abschluss des Kindergartens und der Schule begann die Lehrzeit.
Anschließend rief die See nach ihm da er immer schon den Hang zum Abenteuer und zur Fantasy hatte.
Bis er dann vor einigen Jahren selbst anfing zu schreiben.
Geschichten, konnte er schon immer gut erzählen, so dass sein erster Fantasy–Roman nun endlich auch zu Papier gebracht wurde.

Wichtige Person:

Dana:	Ein weißblondes, blauäugiges und sportliches zehnjähriges Mädchen. Sie stammt von den Bewohnern des Kontinent Mu ab. (Werden auch das Alte Volk genannt)
Alte Volk:	Stammt vom Urkontinent Mu. Wird sehr alt. (Ca. 15000 Jahre) und hat vor Urzeiten das Wissen in die Welt getragen. Wurde später von den Menschen verjagt, so dass sich viele von ihnen unter die Erde oder auf Inseln zurückgezogen haben. Einige sind zurück zum Urkontinent. Mu‘ Nagaan – das Alte Volk – oder Sho’en Gar, was so viel heißt wie »Die aus der Zeit stammen«
Naya Shari:	arab. kleine Sonne. Kleines geflügeltes, goldfarbenes Wesen. Schlüpft aus einem, mit Hieroglyphen, beschriftetem Ei. Kommt nur in Verbindung mit Bewohnern von Mu vor.
Olo:	Zwerg, Wissenschaftler und Erfinder. Adoptievvater von Dana und Ehemann von Ala, sechshundertachtundvierzig Jahre alt. Arbeitet sehr viel und ist beliebt. Sein bester Freund, privat und am Arbeitsplatz ist Toben.
Tala:	Zwergin, Lehrerin, zurzeit ohne Arbeit. Ehefrau von Olo, fünfhundertundzwei Jahre alt.
Frau Hurtig:	Ein Wiesel, das persönliche Nachrichten überbringt. Gehört zur »Nagerpost der Zwerge«.
Toben:	Arbeitskollege und bester Freund von Olo und Onkel von Gomek, Pate von Dana.

Gomek: junger gut aussehender Zwerg, neununddreißig Jahre alt und bester Freund von Dana.

Erogat: Geist eines Zauberers und gehört zum Volk von Mu. Seit über 3000 Jahren tot. Wartet auf das Erscheinen des Alten Volkes. Hilft Dana, mit ihren neuen Fähigkeiten fertig zu werden, und bringt ihr das Zaubern und das **alte Wissen** bei.

Duckreps: kleine, flugunfähige, kräftige Entenschnabelechsen. Sie werden als Transport und Reittiere genutzt. Es sind besonders genügsame und freundliche Tiere.

Aldo: uralter Zwerg, ca. tausend Jahre alt mit zig Falten und Runzeln im Gesicht – aber mit jugendlichen stahlblauen, allwissenden Augen: Leiter des Wasserkraftwerkes.

Mogat: uralter Zwergenschmied, der noch das Veredeln durch Runen beherrscht. Er wohnt irgendwo im alten Wald.

Nargot: Ein alter Haudegen, der verschollene Großvater von Toben, Forscher und Entdecker vieler Welten im Gebirge – und nicht sehr geschätzt von seinen Mitbürgern, die seinen Spleen nicht verstehen konnten.

Leuras: kleine, etwa einen Meter große, schuppige Wesen mit einem großen, froschähnlichen Kopf, übergroßen Augen Gastfreundlich und hilfsbereit.

Tront: Anführer der Leuras.

Setesch: Mit Magie in feste Form gezwungen nennt er sich – Ses–Tan – (Kurzform Ses) und ist in dieser Erscheinungsform ein achtzehnjähriger

	Jüngling, braungebrannt mit pechschwarzen Haaren und genauso schwarzen Augen. Seine Stimme ist tief, angenehm und einschmeichelnd.
Georg:	Yeti – Schneemensch. Lebt tief im Gebirge und ist ein alter Freund des *»Fremden aus der Zeit«* … »Rufus«.
Rufus:	Magier vom »Alten Volk«. Vor vierhundert Jahren wieder aus der Zeit aufgetaucht und sucht seitdem eine Möglichkeit alles ungeschehen zu machen.
Rudi:	der Erste Drache. Sein wahrhaftiger Name – wird er ausgesprochen – kann Welten erschaffen und auch vernichten.
Tegla:	Große Spinne, bewacht den Eingang des Tempels bei den schwarzen Goblins.
Maschgart:	einer der fähigsten Magier. Zeitspezialist.
Galdur:	Chef der Riesen. Urgemütlicher, fröhlicher und netter Zeitgenosse
Hump:	ein Gnom, Anführer der Skorpion Armee und Bewacher der Wüstenpyramide (Aufbewahrungsort eines Teils der Rüstung)
Aurora:	Königin der Elfen und Feen.
Willi Knirsch:	König der Kobolde.
Gesteinsform	Geoden oder Drusen: Ein rundlicher Hohlraum, begrenzt durch eine einheitliche Gesteinsaußenschicht, mit einer Füllung durch Kristalle. Das uralte Monster, ehemals Fürst des Gebirges und einer der sieben Herrscher des Chaos, ist dort gefangen.

Weitere Bücher des Autors Thomas L. Hunter:

Createspace:

ISBN–13: 978–1496013651
ISBN–10: 1496013654

Der Sinn des Lebens ...

und andere Weisheiten aus meiner Feder.

Zum Buch:
Lyrik, Prosa und Zitate,
dazu eine Prise von Gedichten.

Besinnliches und Beschauliches ...,
Fröhliches und Trauriges ...,
Liebe, Frust und Leidenschaft ...
Wer Fragen hat, und Antworten sucht. Wer sie nicht finden kann, und immer noch hofft ...
Dem kann hier möglicherweise geholfen werden.
Vielleicht hat dieses kleine Buch ja die Antworten, die man für sich schon immer gesucht hat.
Ein Blick hinein, kann bestimmt nicht schaden ...

T.L. Hunter

Createspace:

ISBN–10: 149233524X
ISBN–13: 978–1492335245

Zum Buch:

Die deutsche Energiewende stellt sowohl Gesellschaft als auch Industrie vor ein Problem: Während steigende Strompreise nur schwer vermieden werden können, ist der Ausbau der grünen Energien bisher nicht weit genug fortgeschritten, um eine sichere Energieversorgung zu gewährleisten. Tatsächlich gibt es aber noch eine weitere Alternative zu Kern– und Kohleenergie, die nur wenig Beachtung in der Gesellschaft findet: Energie aus Wasserstoff. Genau dieses Thema greift der Autor Thomas L. Hunter mit seinem neu erschienenen Buch »Wasserstoff zum Weltfrieden« auf. In diesem Buch erfährt der Leser einiges über verschiedene Arten der Energiegewinnung, während insbesondere auf die Möglichkeit der Energiegewinnung durch Wasserstoff und Salzwasser als »Energie der Zukunft« eingegangen wird.
Ein Fokus wird dabei nicht nur auf die Energiegewinnung an sich gelegt, sondern auch auf deren Einflüsse in Bezug auf die politische Entwicklung und den Weltfrieden schließlich befürchten einige Experten einen »Krieg ums Öl«, der durch die Nutzung von Brennstoffzellen und somit Wasserstoff und Salzwasser in ein Zukunftsszenario mit deutlich schönerem Fortgang verwandelt werden könnte. Ein weiterer im Buch behandelter Aspekt ist der des Umweltschutzes: Auch die Emissionen im Rahmen der Verwendung von Wasserstoff als Energieträger werden im Buch behandelt und dem Leser somit nicht vorenthalten.
Wer also eine saubere und sichere Zukunft für sich und seine Kinder wünscht, »LESEN«.

Tredition:

ISBN–10: 3849117081
ISBN–13: 978–3849117085

Durch Wasserstoff zum Weltfrieden.

Zum Buch:

Denkt immer daran, Ihr seid die Zukunft und könnt sie nach euren Wünschen gestalten. Handelt weise, denn irgendwann gibt es kein zurück mehr! Und Geld kann man bekanntlich nicht essen und nicht trinken geschweige den atmen. Unser Öl ist zu wertvoll, als das wir es einfach verbrennen können. Wir brauchen es dringender für andere Lebensbereiche! Es gibt viele Möglichkeiten zur sauberen Energiegewinnung, aber bei der unendlichen Energie der Sonne und der schier unermesslichen Menge an Salzwasser auf unseren Planeten habe ich mich für Wasserstoff als zukunftsweisende Energiequelle entschieden. Es soll die anderen Entwicklungen nicht schmälern, eher als Verbund von verschiedenen sauberen Energiearten als Energiemix zu sehen sein. Wobei ich persönlich Wasserstoff als die Zukunft ansehe.

<u>Alle Bücher sind auch als eBook erhältlich!</u>